聖女のはずが、
どうやら
乗っ取られ
ました
1
I was supposed to be the Saint,
but I was robbed the position,
apparently...
吉高 花
Yoshitaka Hana
Illustration 縞
Shima

オースティン神父
ロスト村にある教会の神父。
アニスを拾い、彼女を保護した。
「加護」のスキルを持つ。
アニス
日本から乙女ゲーム『救国の花園』に
召喚された女性。
「癒やし」のスキルを持つ。
ロロ
ロスト村の教会に居着く黒い子猫だが、
実は魔獣。深い目の傷をアニスに治療され、
彼女を主と仰ぐ。

レック
アニスに特注のポーションを
依頼してきた青年。
どうやら隣国の軍人のようで……？
ヒメ
アニスとともに召喚された女性。
『先読みの聖女』として名乗りを上げ、
その地位に収まるが……。

「にゃあ」

『あ、そうだ、ちょっと手を出してー』

言われた通りに左手を差し出す。

するとそこにロロがぽんと
前足を置いたのだった。

「なあー」

『これ、私の主の印』

聖女のはずが、どうやら乗っ取られました

I was supposed to be the Saint, but I was robbed the position, apparently...

1

吉高 花
Yoshitaka Hana

Illustration
縞
Shima

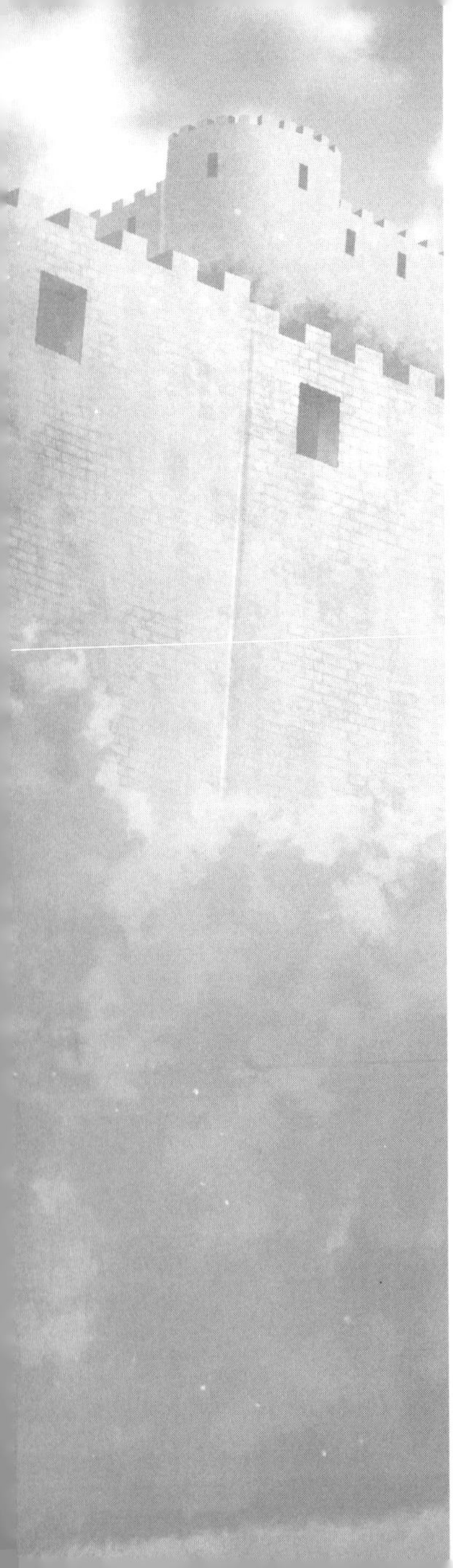

Contents

I was supposed to be the Saint,
but I was robbed the position, apparently...

1

第一章 ✡ どうやら乗っ取られました

『助けてくれませんか？　ＹＥＳ or ＮＯ』


ある日突然帰宅の途中で、目の前にそんな表示が出たらどうするべき？

いや普通は出ない。わかっている。

もちろん私も今までそんなものを見たことはなかった。

でもある日、私は見てしまったのだ。

そんな表示を。

しかも疲れて帰る夜の暗さの中で、目の前に浮かぶその文字たちはひときわ眩《まぶ》しくチカチカと瞬いて、私にこっちを見ろと自己主張さえしていたのだった。

そしてそれまで普通に真面目に生きてきた小市民の私としては、「助けて？」と言われているのにそれを見捨てて脊髄反射で逃げるなんて、そんな思考は残念ながら浮かばなかったのさ。

だって普通は思うでしょ。

「私に、何をしてほしいの？」

って。

え、思わない？　でもうっかり私は思ってしまったのよ。

だからちょっと異常な風景だなとは思ったけれど、なにしろ私は疲れていて、判断力がどうやら低下していて、そしてその浮いている文字が明らかに私をご指名のようだったので、つい思わず言ってしまったのだ。

「え、何を……?」

と。

するとその瞬間にまばゆい光が私の体を包みこみ、そのまま私は真っ逆さまに落ちて行ったのだった——

——歓声をあげて小躍りしているおっさんたちの風景は、端から見たら大変に微笑《ほほえ》ましいのだろうけれど。

「『先読みの聖女』、召喚成功しました!」

はちきれんばかりに胸を張って宣言しているおっさんが見える。

明らかに見たこともないおかしな仰々しい服を着て、なんだかとっても偉そうな飾りをじゃらじゃらつけているおっさんだった。

しょう、かん……しょう……「召喚」!?

ええっとー……?

あまりのことにしばし茫然《ぼうぜん》としていたら、それに気付いた歓声をあげていたおっさんたちもだんだん落ち着いてきたらしい。一番偉そうなローブ姿のおっさんがこちらに一歩進み出て口を開いた。

「して、どちらが『先読みの聖女』ですかな？」

はい？　どちら？

思わずそのおっさんの目線をたどって見てみたら、なんと私のすぐ後ろには、やはり私と同じように茫然と座り込む見慣れた顔があったのだった。

ヒメ……まさかお前もか！　なんでこんな時にもついてくるんだ！

思わずそう叫びそうになるのをかろうじて理性が抑え込む。

世界で一番離れたかった人と、こんな事態にまで道連れとはなんと悲しい運命よ……。

正直、突然の場面変化のショックよりも、このヒメとまだ一緒だったという事実の方が私にはショックが大きかった。

なにしろこの女、以前から私の周りにまとわりついてきては私の家族や友達に馴《な》れ馴れしく近づいて、そして仲良くなってはあることないこと私の悪口を吹き込んで全てを奪っていくのに、何故《なぜ》かそのせいで孤立した私の親友面をするというやっかいな人間だった。

おかげで最近の私はほぼ全ての友人から誹《そし》られ、家族ともだんだん疎遠になってノイローゼ一歩手前だったというのに。

今までどんなに避けても抗議しても嫌がっても逃げようとしても、全く意に介さないで凄《すご》い執念でべったりとつきまとってくるのは、一体何故なのか。そしてまさかこの突然の事態にも付いてくるとは。

得体の知れないその執念、もはや天晴《あっぱ》れとしか言いようがない。怖い。

そのヒメが私と目が合うと同時に凄い勢いで私の隣に来て、相変わらずの馴れ馴れしい態度で耳打ちしてきた。

「ねえ！　ここ、『救国の花園』の世界なんじゃないの!?　『先読みの聖女』って、あれに出てきたヒロインだよね？　今しゃべった人も『大神官』ってなってるし！　これ、いわゆるゲームの世界に異世界転移ってやつ？　ちょっと、なんであんたが召喚されてるのよ。やだすごい！　やった！　ついてきてよかった！」

はあ？　ついてきてって、それ……。

しかしそういえばそんなゲームあったな……そう、乙女ゲームってやつ？

去年中古屋で見つけて興味本位で買って、王子ルートを一通りやった後いつの間にか無くしたんだった。あれ、中古屋でも安く売られていた大昔のゲームだったのに、なんでこのヒメが知っているのか。

「あ、ほら、あそこの人は『ポルル筆頭魔術師』って書いてある。それにここ、あのゲームにあった『先読みの聖女』の召喚の場面とそっくりじゃないの！」

ヒメが興奮したようにしゃべっているが。

「えぇ、名前？　どこに書いてある？　場面も、こんなのだったっけ？　ぜんぜんわからないんだけど……」

私にはそんな場面なんて微《かす》かでおぼろげな記憶しかないぞ。そしてそんな明らかに主要じゃない人物の名前も全くもって記憶が……。

「は？　頭の上に出ているじゃない。名札みたいに。見えないの？」

「いやぜんぜん」

「え？　うそ……」

残念ながら私には、そんな名札はどこにも見えなかった。いやもうみんな普通の人だよ。

なんでヒメにだけ見えているの？　本当に見えているの？

しかし『先読みの聖女』……たしかゲーム内では未来に起こる出来事をひらめきのように垣間見《かいまみ》て、その先見の明と癒やしの力で国を繁栄に導く聖女だったっけか。

まあいわゆるそんなチートかつご都合主義の世界でヒロインの聖女が王子やら大神官の息子やら大魔術師やら騎士団長の息子やらのイケメンたちを攻略するゲームだった。

このゲーム、攻略していない攻略対象にもそれなりにチヤホヤされる設定で、なにしろヌルいご都合主義だったというのは覚えている。おかげで最初は「誰を選ぼうかしら～」と逆ハー状態が楽しかったが、まあ、ヌル過ぎてちょっと堪能《たんのう》したら飽きてしまったやつだ。

しかし全く流行《はや》っていなかった掘り出し物の古いゲームなのにヒメが知っているということは、もしやゲームまで私から盗《と》っていたのか。いつの間に。しかもしっかり遊んだんだね。そしてそれを平気でペラペラとしゃべってバラしちゃうとか、ほんとなんなの？　理解不能……。

「あっ、王子だ」

突然目を輝かせてヒメが見た先には、そういえばそんな感じの顔だったわねーな、かつての私が最初に攻略した相手でもあるこの国の王子がいた。

さすが乙女ゲームの攻略キャラなだけあって、金髪碧眼《へきがん》のキラキラしいイケメンである。ただしゲーム内では大概なナルシストだったけれど。

そんな王子が私たちの前に進み出て、にっこりと麗しい笑顔で言った。

「ようこそ『先読みの聖女』様。私たちはあなたを歓迎します。それで、どちらが聖女様でしょうか？」

そうだよねーゲームでは召喚されたのは一人だったもんねー。だけどどっちと言われても、聖女なんて知らないよ？　どっちも普通の一般人だ、などと呑気《のんき》に私が思っていたら、隣のヒメが勢いよく立ち上がって大声で言った。

「それは私です！　なぜなら私はあそこにいるリン大神官もそこのポルル筆頭魔術師も、もちろんロワール殿下のことも知っているのですから！」

その言葉にその場にいた全員が驚いて、そしてその場にひれ伏したのだった。

なにしろ召喚されたばかりの人間が、いきなりその場にいる人の名前と地位を言い当てたのだ。たしかに驚くよね。

って、ええ!?　どれだけあのゲームをやりこんでいたんだよ、なんでそんなモブの顔と名前まで記憶しているんだ！　と、思ったけれど、そういえば彼女にはここの人たちの名札が見えているんだっけ？

「おお！　すばらしい！　さすが『先読みの聖女』様です。我々はあなたを歓迎します。ぜひ我が国をお救いください」

「まあ喜んで」

そして唖然《あぜん》としている私などは視界にも入れずにうやうやしくヒメの前で跪《ひざまず》いた王子は、彼女の手を取って、そして二人は仲良く連れ立って行ってしまったのだった。

唖然……。

うん、たとえここが理解しがたい異世界だろうが、たとえ知り合いが私たち二人だけだろうが、その唯一の知人をあっさり見捨てて自分の利をとるその姿勢、いっそ清々《すがすが》しいね。

まあそういう奴《やつ》だよ、彼女は。はい知ってた。

考えてみればそりゃあね？

このゲームを一通りやった人間なら、基本的なシナリオは共通だからこの国の将来は知っているのよ。一度ストーリーを進めれば、だいたいの流れは把握できるから。

ゲーム内でのこの国は今、隣の国との戦争真っ最中で、『先読みの聖女』はその戦争での敵国の情勢を言い当てるのだ。そしてこの国はその『先読みの聖女』の助言のおかげでその戦争に勝利する。

いつ誰が、どう動いたから勝てたのか。元々乙女ゲームだから複雑な戦況なんかなくて、結構単純な話だった。

なにしろゲームのメインはその能力に戸惑い振り回される主人公『先読みの聖女』が、その攻略相手と交流するそのやりとりだからね。そして国を勝利に導いて、国民にも祝福されつつ攻略相手と華やかに結婚式を挙げるエンディングになる。

ヒメはあの一瞬でそのゲームの記憶から今の状況を判断して、そしてそのヒロインである『先読みの聖女』として真っ先に名乗りを上げたのだった。

なんて、たくましい……。

私が唖然としているうちに、奴はこの場の全てをかっさらっていったよ……。

「あの……それであなたは、どなたです？」

周りの人々がやれやれ終わったという解放感を漂わせながらぞろぞろと召喚の間らしき部屋から出て行く中、すっかり忘れ去られて相変わらず腰を抜かして座り込んでいた私におずおずと話しかけてきたのは、どう見ても雰囲気が神官見習いか魔術師見習いか、とにかく明らかに下っ端だね君、という感じの若者だった。

「えーと、あの……誰でしょうね？」

だって、『先読みの聖女』の座はとられちゃったしねえ？


それでも一部の役人らしき人たちが召喚した手前放っておくわけにもいかないと判断したらしく、私は「大魔術師」様のもとに送られることになった。

まあ正真正銘、明らかに身寄りはないしね。

そしてそれなのに、うすうす思っていた通りの「元の世界には帰れない」通告。

まああのヒメのせいで元の世界もグチャグチャになってはいたものの、一応選択肢は欲しかったよね。悩んだとは思うけどさ。悩みたかったというか。

しかし喚《よ》び方は知っているのに帰し方は知らないって、どうなの？

そりゃあ国の一大事を前に個人の権利なんてという考えもあるかもしれないけどさー、でも私、この国の人ではないし？　全くなんの義理も無いというのに。

挙げ句の果てに「ああ、聖女にくっついて来ちゃった余分な人ね」という周りの目、やめて。

でも喚んじゃった手前放り出すわけにもいかず、そして異世界から来たのなら何かしらの異能かチートでもあるかもしれないと、まあ、大っぴらに言ってしまえば私はどうやら観察対象というか実験動物というか、そんな扱いになったようだった。

もしくは放っておいて何か文句を言って暴れられるくらいなら、保護して監視しておこうというところでしょうか。

どうやらこの世界の人はみな魔力とスキルを持つ世界のようで、人々は個性のように様々なスキルを何かしら持つらしい。

だけどここで人の能力を鑑定できるような人が居ればよかったのだろうけれど、残念ながらそういう能力のある人はめったにいないらしく、エリート揃《ぞろ》いであろう王宮の魔術師たちの中にもどうやらいないようだった。

居てくれよう、そうしたら私も楽だったのに！

なぜなら私は城内の隅っこに簡素な服と部屋を与えられて、毎日毎日若き「大魔術師」様のところに行かされてはやれアレが出来るかやってみろ、コレが出来るかやってみろと、いろいろな事を試すように言われて、でも頑張ってはいるのになぜか何にも出来なくて、それを見たイケメン「大魔術師」様から冷たい視線が突き刺さる、そんな針のむしろのような生活をするはめになったのだから。

私は心が折れそうです。

さすが「大魔術師」というだけあって能力は高いのだろうし、そのためにプライドも高そうだ。

というよりもそういえばこの人、ゲームの攻略対象ではなかったか？　あの有能だけどすっごいプライドが高ーい人。

ああーいたわーそしてこんな顔だったわー。

なんでこんなポンコツの世話をしなければならないのだ、そんな心の声が態度にダダ漏れですよ。

多分ですがこの男、ハイレベルな人が好きなんだろう。雑魚になど用はないのにこれが仕事とは理不尽な、そういう目です、はい。

うへえ……。

最初に見たあの「助けてくれませんか？」の表示は一体何だったのだろうか。

もしかして、その後の状況的にあの時どうやら近くにいたであろうヒメあての表示だったのかしらん？

てっきり私に向かって言っているのかと思ったのに。

なのに私がうっかりそれに反応してしまったから巻き込まれたのかな。

私は連日この世界にはこんなにもいろいろなスキルがあるのね、と感心するくらいには様々なスキルを試されてはみたものの…………。

悪かったわね！　そんな目で見なくても出来ないものは出来ないの！　生まれてこのかた出来た事なんてないんだよ！

なのになんで非難する目で見られなければならないのか。

どうやら人々の噂《うわさ》によると、めでたく召喚された『先読みの聖女』様は王宮の奥であのイケメン王子につきっきりでお世話をされているらしい。そしてすばらしい神託を授けているそうな。

いいなーいいいものを食べていいお洋服を着てのんびりしているんだろうなー。

私だって言えるんだけどなー。

「今は時期ではありません。半年待つのです。寒い冬の日に、突然事態は動くでしょう」

とかなんとか。

そう、冬のある日に、敵国の天才的な軍師でもある有名な将軍が死ぬのだ。そしてその将軍を倒せないがためにずっと劣勢だったこの国は、『先読みの聖女』がその将軍の死を予言したために戦力を温存出来て、しかもその将軍が死ぬ間際に立てた計画をもその『先読みの聖女』が見抜いたことで一気に効果的な攻撃を仕掛けることができて、その結果形勢を逆転して勝利へと進むことになる。まあゲームならではのご都合主義ですな。

だってなにしろしつこいようだが、ゲームのメインはその敵将軍の死を視《み》てしまって動揺する聖女とそれを慰めたり心配したりする若くて美しい王子や宰相子息、そして敵国の作戦を断片的に視た聖女の話を聞いてその解析と相談に乗る大魔術師や将軍の息子とかとの恋愛だからね。

しかしいいいなあ、いい暮らしをしてイケメンに囲まれるの。

まあみんな何かしら個性が強くてナルシスト王子ルートだけで私はお腹《なか》がいっぱいになってしまったから、他の人ルートは途中で放り投げたんだけどね。ロリコンもヤンデレも筋肉馬鹿もオタクも、ぜんぜん萌《も》えなかったわ。どうも個性強すぎな上にご都合主義が鼻についてしまってダメだった。

たとえ逆ハーという状況になってみても、好みじゃなければただのウザい取り巻きに過ぎないということをあのゲームで私は学んだのだった。どうりであのゲーム、流行らなかったわけだ。

だけど今、現実問題として考えるとこんな「お前、本当に一体何が出来るんだこの役立たずのただ飯食らいの無能」と言わんばかりの視線しか寄越さない人たちに囲まれるよりは、せめて顔だけでも見目麗しい人たちに囲まれていたいし、優しくされたいと思ってしまう。

だからある日大魔術師様の、私の周囲までをも凍らせられそうな目線から逃れてちょうど王宮の奥の奥のそのまた奥の、でも王宮魔術師たちのいる部署からは一番近くの小さな庭に息抜きと休憩に出ていたときに、私は突然思いついたのだった。

『先読みの聖女』、いっそ二人いても良くない？

そりゃあゲームでは一人だったけど、実際に召喚されたのは二人だし？

同じくらいの予言なら私も出来るよ？

それに聖女っていうくらいだから癒やしの魔術なんだろう。それ、私も使えるかもしれなくないか？

そういえば周りの人たちも聖女はあっちで私は聖女ではないと思っているせいか、癒やしの魔術だけはやってみろとはまだ言われていないのよね。

でもそれまで散々様々な魔術を使わせようとさせられてきたおかげで、私は効果は出なくてもやり方だけは学んできていた。

要は手をかざして念じろということだ。

ただし毎回いちいち効果に応じた呪文を教えられたけれど、一体なんの意味があるのかもわからないからさっぱり覚えてはいない。でももし異世界から来た聖女なら、きっと凄いチートなんだろうからもしや呪文なんて無くてもいけるのでは？　少なくとも呪文なしでも少しは効果が出るのでは？

うん呪文なしでもきっといけるいける！　私は聖女、思い込め！

そんな希望もとい願望をもって、いやむしろ少々自棄《やけ》になって、私はせっかくだから実験してみようという気になったのだった。

ええ全くの気まぐれですが。

でも人生何でもやってみればいいのよ。少なくとも試すことに損はないだろう。なにしろ。

こんな生活は、もう嫌だ！

針のむしろ、つらい。

早速私は誰もいない庭の隅にしゃがみ込んだ。

なにしろここは王宮の魔術師たちがわんさかいるところ。そしてさすがにみなさんエリートなので、たいていプライドが高い。だから能力の劣った人間をあざ笑う輩《やから》も一部にはいて、そいつらに見つかってまた失敗を笑われるのは嫌だった。

だからこういうことは、こっそりやるに限る。

かくして私は庭に咲いていた一輪の花を、ごめんねと思いつつ手で折った。

くったりと下を向くお花。

その花にそっと手をかざして集中すると、手のひらになにやら違和感を感じたので、今度はその違和感に集中しつつ元気になあれと念じてみる。

最初はその違和感をどうすればいいのかわからなかったけれど、しばらくいろいろ頭の中でこねくり回していたら、ちょっとした拍子にその違和感がグラついた気がした。

ん？　動いた。どうだ？　こうか？

あれこれ頭の中でこねくり回したイメージを、手を通して送ってみる。

結局は折れた茎のイメージを心の中の手でまっすぐにして……違和感の元をこう、ブチッと。

そう、その違和感をブチッと引きちぎったら、なんと花の姿が戻ったのだった。

くったりから、しゃっきりに。

下を向いていた花はみるみる上を向いて、私が折る前の姿に見事に戻ったのだった。

んんんんー？　出来たんじゃないの～？

これ、「癒やし」の魔術と言っていいよね？

私、癒やしの魔術使えるんじゃないの～？

私はやっと人並みに魔術が使えたのが嬉《うれ》しかった。そしてそれは癒やし？　修復？　の魔術ということだろう。

やった！　やっと一人前になったよ！　適性発見！　やれば出来る子！

念のために他の植物でも何度か試してみたけれど、その全てがなんとあっさり成功したのだった。

そして動物でも応用できるような感触もあった。残念ながら弱った動物も人間も見当たらないから確証はなかったけれど、でも、この感じではきっと同じように視えるだろうことは何故か想像がついた。

私は嬉しくなって早速いつもの部屋にとって返し、そして大魔術師様にこのことを意気揚々と報告したのだった。

「私、折れたお花を元に戻せました！　私、癒やしの魔術が使えます！」

その言葉を聞いたときの大魔術師様の顔といったら。

真っ青になった上に驚愕《きょうがく》に目を見開いて、そして叫んだのだった。

「なんと聖女様に失礼な！　それは聖女様だけの魔術。だがもう『先読みの聖女』様が別にいらっしゃるのだぞ！　それを知った上でのその虚言か！　許せん！　不敬だ！」

えええええぇぇ――――!?


そしてその後どうなったのかというと。

なんと私は僻地《へきち》へと追放されたのだった。

どうやらそういう大きな癒やしの魔術が使えるのは「聖女」だけで、そしてこの国には昔からその聖女は一人しか現れないのだと後から知った。しかも今回はどこを探してもいないから、とうとう多大な労力をかけて召喚までしたのだと。それほどの苦労の末にやっと現れる貴重な「聖女」様なのに二人なんてあり得ないということらしいのだが。

でも、でもさ。私も召喚された異世界の人だし、聖女かもしれないよね？　そりゃあのヒメみたいに人の上に名札は見えないけれど、同じ世界から召喚したんだから他の能力は同じかもしれないじゃないか。

だいたいその申告した能力を証明もさせずに嘘《うそ》つき呼ばわりってどうなのよ。

どうも最近思っていたけれどあの王宮の人たち、ちょっと頭が固すぎなんじゃあないの？

聖女が二人いたっていいじゃない。私だって周りから少しだけでも優しくされたかったのよ。ただそれだけだったのに。

しかしどうやら結果的には私が突然聖女だと言い出したことになり、そしてそれが「聖女ヒメ」の耳に入り、その結果。

「そんな嘘を言い出してまで私をあなたと引き離したいのね！　きっと彼女は私が幸せになるのが許せないんだわ。昔からそうだった。私は友達だと思っていたのに……悲しい！　いつも感じていたこの悪意はきっと彼女のものだったのだわ。彼女は自分ではなく私が聖女だったから、きっと私を恨んでいるのね。彼女が聖女じゃないのは私のせいではないのに……。彼女が王宮にいる限り、きっと彼女は自分が聖女だと嘘をつき続けるでしょう。もし周りの人たちがそれを信じてしまったらこの国はどうなるの？　私はあなたとこの国を、ただ守りたいだけなのに」

とかなんとか言って、あの王子に泣きついたとか。

それを人づてに聞いた私はまたかとうんざりした。

そうやって今まで散々大嘘を吹き込んで、一体何人の人を私から引き離してきたことか。

まさかここでもやるとはね。

感じていた悪意って、なんだそれ。私はいい暮らしとイケメンいいなーくらいしか思っていなかったのに。

人の上に名札が見えるということは彼女も何らかの能力持ちなんだろうし、癒やしの魔術も使えるのかもしれない。だから彼女が聖女として暮らすことにはあまり疑問を感じてはいなかった。

しかし私がまごまごと使えもしない魔術を試されるという無為な日々を送っている間に、彼女はすっかりあの王子と王宮内の人々の信頼を獲得していたらしい。私はあっという間に「大切な聖女様を侮辱した」という罪を着せられて、めでたく追放とあいなったのでありました。

なんだかな。まさか異世界にまできてこの仕打ちとは。

というより、どうも全てが安易すぎでは？　いくらなんでも裁判もしないで、いきなり断罪ってどういうこと？　みんながみんないい大人なのに、ヒメの言うことは信じて私の言葉は何一つ聞かないって、おかしいんじゃないの？　と、しばらく悶々《もんもん》と考えていたのだが。

――ああ！　わかった！

私は突然、天啓のようにひらめいて理解したのだった。

つまりこれは、乙女ゲームの中なのだ。

しかもう、きっとあのヒメをヒロインにしたシナリオが動き出しているのだ。

どうりで攻略対象の王子やら私の世話役の大魔術師やら、誰もかれもが彼女の味方をするわけだ。

まさかゲームの逆ハー設定が、ここでこんな形で生きてくるとは。

全てがヒメの都合の良いように進みすぎるこの事態。あの王宮の攻略対象でもある権力者たちが、そろいもそろって『先読みの聖女』というヒロインを盲目的に崇拝し始めたからとしか思えなかった。

つまりはきっとご都合主義、そして主人公補正。

いやあ、傍《はた》から見ると異常だね……。

まるでどこかの新興宗教のようだ。しかも教祖はあのヒメだ。

だけどそれならこの展開に納得がいく。裁判もせずに全員がヒメの言い分を信じてあっさり有罪とか。

なるほどー。

私は辺境の、今まさに戦争真っただ中の国境に限りなく近い修道院へと護送される馬車の中で、思わずポンと膝を打ったのだった。

まあ戦争中の国境へ送られるということは、つまりは死ねと言っているようなものですね。

良くて一生監禁、あわよくば死ねと。

誰が主導したかは知らないが。

馬鹿なの？　この国。

いやもともと設定が甘々なゲームの中かもしれないけどさ。

でも今、この世界の人たちは生きているのよ？

ゲームと関係ない見えないところではみんなちゃんと働いているのかと思いきや、国の中枢の各分野のトップがこぞって「突然別世界から現れた来歴もわからない聖女」を持ち上げて言いなりとか、もはや頭が足りないとしか思えない。

『助けてくれませんか？　ＹＥＳ　ｏｒ　ＮＯ』

最初に私が見た文字を思い出す。

もちろん今出てきたなら速攻で答えてやる。

ＮＯだ！

こんな仕打ちまでされて、助ける義理なんて何処《どこ》にもない。

丁寧に扱ってくれるなら私だって先読みと称して未来を教えたのかもしれないが、ここまでされたらやるもんか。

むしろあのヒメが牛耳る国なんて滅びてしまえ！

私はガタガタと揺れる馬車の中で一人決意した。

これからは好きにやらせてもらおう。

私が聖女かどうかは知らないが、多少なりとも癒やしの能力はあるみたいだから、なんとかひっそりこの運命から抜け出して、生き延びてやる。そして奴に一矢を報いるのだ。

私の頭には一つの計画が浮かんでいた。

何もしないでびくびく死の運命に怯《おび》えるなんて、まっぴらごめんだ！

そんな決意をしてからは、私は道中で会う人たちを端からこっそり鑑定するようになった。

無断鑑定失礼しますー。

自力で生きて行くには生業が必要だろうと思って。収入を得るためには何か私の売りを作らなければならない。

今のところ私には、まっとうに稼げるあてが「癒やしの魔術」しか思い当たらなかった。だとしたら出来るだけ早いうちに何が出来るか、何処まで出来るのかは把握しておいた方が良いだろう。そして練習も兼ねる。

粗末な宿に泊まる時や、たまにすれ違う馬車、そんな人の気配がする時にはチャンスとばかりに私は「視る」ようになった。

最初はこっそり手をかざしていたけれど、何度かやるうちに手を動かさなくても「視る」コツをつかむ。そしてその違和感もとい不調の内容も少しはわかるようになっていった。

そしてやがて私は素早く人の不調を把握し、ついでにこっそり治す練習も始めたのだった。

勝手に治療失礼しますー。

ある時などは、首に真っ黒な不調を抱えたおじさんをこっそり後ろから治してあげてみたらば、そのおじさんが急に姿勢が良くなり驚いたように目を輝かせてキョロキョロし始めたので、見ていた私が嬉しくなった。

うん良い能力ではないか。

これなら治療師みたいな仕事が出来るかも。人が喜ぶお仕事は気分もいいよね。

そんな感じに将来に期待を持ったときだった。

御者の人、いや護送する役人と言った方がいいか、その人が言うにはもうすぐ目的地に着くという頃。そしてそろそろ私をこっそり逃がしてくれるように御者と取引しようかと思っていたタイミングで。

突然、私の乗った護送馬車が襲われたのだった。

大勢の盗賊風の人たちに囲まれて、私の乗っていた馬車は止められた。そして乱暴にドアを開けられたあと、私は引きずり出されたのだった。目の端に御者が逃げるのが見える。

どうやら私だけが捕まったようだった。

これはマズい。非常にマズい。

攻撃や防御に関する魔術も技術も何も持っていない私は、この盗賊たちに対抗する術がない。

冷や汗が背中を伝う。

盗賊たちは下品な笑みを浮かべながらぐるりと私を囲んでいる。

盗賊の一人が言った。

「殺す前に、ちょっと楽しんでもわかんねえよな？」

ちょっと！　殺すのは決定事項なの!?

「まあ良いんじゃないか？　でも手早くやれよ。俺も帰って報告しなきゃいけないんだから」

どうやら頭領らしい男が言った。でもこいつ、一人だけ身なりも言葉遣いも上品だな。雰囲気が盗賊というよりは……兵士？

しかも何処に帰って誰に報告する予定だ？

いやでも今はそれどころではない。

どうする？　どうする！　時間稼ぎ？　でも時間を稼いだら助かるのか？

だいたいなんでこんな文無しの罪人を襲うのか。馬車だって粗末だし、しかもよく見たら護送車だってわかるのでは？

そこまで考えて、私は一つの可能性が浮かんですごく嫌な気分になった。

「帰って誰に報告するの？」

ダメ元で頭領かつ兵士らしき人に問う。

兵士らしき人は鼻で笑って答えた。

「お前が知ることではない。聖女を詐称するような罪深い人間には死がふさわしい、それだけだ。聖女様を泣かせるとは言語道断」

ほほう……なるほど、やっぱりね。

では通りすがりではなくて、私を狙って襲ったのね？

うっかりこんな事態を想定していなかった自分が情けない。だけど、まさか辺境へ追放しただけでは飽き足らなかったとは。

まさか殺そうとまでするとは、びっくりだよ、ヒメ。

もちろんヒメ自身が直接命令したかはわからないが、もしもヒメでなければ取り巻きの誰かだろう。でも聖女様を崇拝するあのボンクラたちが、その聖女様の悲しむかもしれないような行動を積極的にとるとは思えない。だから彼らがやったとしても、それはすなわち聖女ヒメがそれを望んだから。それ以外にはきっとない。

思わず私も目が据わる。

本来私は人を傷つけたりしたくない程度には善良な人間なのだけれど。

でも自分の貞操と、そして命が危険にさらされているこの状況では、そうそうそんな綺麗事《きれいごと》も言ってはいられないよね。

私は必死に助かる道を考えた。

考えろ。考えろ!

私に攻撃魔術は使えない。あるのは癒やしの魔術だけ。

…………。

…………。

……逆をやっちゃう?

苦し紛れに思いついたのは、そんなことだった。

一度にこんなたくさんの人たちを視るのは初めてだけど、もちろん背に腹はかえられない。

必死で私を取り囲む人たちをまとめて視る。

おお結構いろいろ視えるじゃないか。さすが盗賊、不摂生な生活をしているのだろう。誰も彼もがあちこち……黒いよ？　揃いも揃って不調で真っ黒だ。これは大変都合が良い。

私はこれまた初めてながら、なにしろ必死だったので、えいやでその黒い違和感を増幅方向に念じてみた。心の手で思いっきり煽《あお》る。

燃えろー燃えろー燃え上がれ！

限界まで燃え上がってしまえ！

とたんに私を囲んでいた盗賊たちが、苦悶《くもん》の表情を浮かべ始めた。

揃って膝をついたり地べたでのたうち回ったりして苦しんでいる。

さあこれで、とてもじゃないけれどもう私を襲ったり殺したりする気力を残している者なんて、あっ、いた……。

なんだよ頭領、いやきっと多分王宮の兵士！　健康体か！

さすがそれなりに育ちが良くて若くて鍛えているだけはある。どうやらたいした体の不調がなかったらしい。

突然始まった盗賊たちの阿鼻《あび》叫喚《きょうかん》にしばし啞然として、その後はっと気付いて私を睨《にら》んだ。

「なんと聖女どころか、お前は悪魔だったのか！　手も触れず、呪文も唱えずにこのような恐ろしいことをするなど悪魔にしか出来ない所業！　やはり聖女様のおっしゃることは正しかった！　成敗！」

その兵士はそう叫んですぐさま腰に差していた剣を抜き、そして躊躇《ちゅうちょ》無く私に力任せに斬りつけたのだった。

首から脇腹にかけてばっさりと斬られて倒れる私。

えええ～脳筋すぎるのでは～？

あ、でも最初から殺すつもりだったんだっけ？

世界がぐるりと反転していくのを眺めつつ、思わずこの危機的状況とはかけ離れた冷静な思考が駆け巡る。

盗賊たちはそれを見て、さあこれで俺たちの仕事は終わったとばかりにほうほうの体であっという間に逃げ出して行った。歩けなそうな人を仲間が担ぐという、こんな状況ではなかったら美しいであろう仲間愛も見た。

そして私に斬りつけた兵士はそんな盗賊たちには目もくれず、証拠におそらく血がついているであろう私の髪を一房切り取ると、そのまま一人馬に乗って走り去って行ったのだった。

そしてそこに残されたのは、ばっさりやられて血だらけで地面に倒れている私だけになった。

こんな何も無さそうなところに捨てていくなよ～もう。

おっとまずい、目の前が暗くなってきた。

あまりの事態にまだ痛くはないが、どうやら血がたくさん出ている様子だ。

これはおそらく、いやどう見ても命の危機だな。


でもね？

私は周りに人の気配がもうないのを確認してから、すぐさま今までの練習の成果を総動員して自分の体を修復していったのだった。

うへえ、思っていたより結構深手だったな。

でも一番斬られるとまずそうな頸動脈《けいどうみゃく》あたりは、さすがに斬られた瞬間にとっさに修復をしていたから主な出血は他の場所からだけのはず。

いやあもう本能のように脊髄反射で修復していたよね。

人って意外と逞《たくま》しい。

死の危険が迫ると、本能が目覚めて勝手に持てる能力を総動員するんだね。いやほんと練習しておいてよかった。でなければ出血多量で今頃は確実に冷たくなっていただろう。さすが王宮の兵士、一撃で確実に殺《や》る技術を持っている。

やがて私はゆっくりと立ち上がった。

自分の流した血で血だらけだけど、傷は全て修復した。

あの兵士や盗賊たちが去る前に、私が生きているのがバレるとまたやっかいそうだから少し待ったのだけど、ちょっとそのために血を多めに失ったようだ。

うーん、くらくらする。体が重い。

しかし命はなんとか助かった。

今が暖かい季節で良かった。体力の消耗が抑えられる。

しかしまさか刺客が送られるとは。

しかも黒幕はやはりヒメか。

心の底からふつふつと怒りが湧き上がってきた。

——聖女様のおっしゃることは正しかった！

たしかにそう叫んでいた。

へえ、おっしゃったんだ。

へえ？

ヒメはそこまで私が邪魔なのか。

なんなの聖女は自分だけにしたいとか？　そのためだけに私を消したいということ？

ふうん……じゃあ、消えてあげましょうかね。

今は。

きっとあの兵士が私の死亡を報告するだろう。なんならあの盗賊たちも、普通なら助からないような深手を私が負ったのを見ている。

では今は、私はこの瞬間から、死んだことにしてもらいましょう。

どうせ生きているのが知られたら、また刺客がやってくるのだろうから。

いちいち生き返るのはめんどくさい。

そして私は私のやり方で、やりたいようにやらせてもらう。

勝手に喚んでおいて、そして不要と判断したらとたんにポイ捨てするようなこの国に義理はない。

全てを独り占めして、邪魔になったらしい私を消そうとするような元知り合いにももちろん何の情もない。

私は決意した。

泣き寝入りなんてするものか！


と、私が顔の前で拳を握りしめて決意を固めていたら。

なんとさっきまでは人の気配がなかったはずなのに、後ろから突然のんびりした人の声がして驚いたのだった。

「おや、血まみれですが、大丈夫ですかな？」

びっくりして振り返ったら、そこには馬にまたがった、髪も髭《ひげ》も真っ白なおじいさんがいた。

ついさっきまで誰もいなかったはずなのに、はて一体どこから来たのか。

でも、もしかしてこれは好都合？

血まみれのまま一人佇《たたず》んでいた私は上げていた拳をそっと下ろして、精一杯愛想よく微笑んで言ったのだった。

「はい大丈夫です。ありがとうございます。ところで伺いたいのですが、ちょっと近くにこの血を流せるところをご存じありませんか？」

第二章 ✡ 神父様に拾われて

結局私はこの親切なおじいさんに拾われて、そして連れて行かれたのは、ロスト村にあるロスト教会という名の寂れた小さな教会だった。そして私を拾ってくれたこのおじいさんが、この教会の神父様ということだ。

教会ありがたい。身寄りのない人の駆け込み寺だ。ありがとう神様。ありがとう神父様。

そしてどうやらこの場所は、定期的に戦場になるようないわゆる最前線にも近い場所にあるらしい。

「またそのうちに戦いになるじゃろうから、覚悟しておくといいよ」

そう静かに語るこの神父の名はオースティン神父。

神父ではあるが片足は動かないし、顔にも大きな傷跡があり、そしてその他体のあちこちにガタがきている様子が視《み》えるご老人だった。

どうやらかつて戦争に参加して、その時に負傷したらしい。

一体いつからやっているんだろうね、この戦争。それとも別の戦争なのかな？

それでも右も左もわからない私を拾ってくれて、一通りこの教会で暮らせるように手助けをしてくれたことにはとても感謝している。

なにしろ元の世界とは全てが勝手の違う、戸惑うことばかりだったから。

なんと元の世界の知識だけでは、私は食事さえもままならなかったのだ。

この世界では、一番簡単であろう目玉焼き一つ作れなかった。

まず火のつけ方がわからない。

そもそも水道もガスも電気も何もない。

しかし一通りは衣食住が用意されていた王宮を放り出されたからには、まずはこの生活に慣れないといけなかった。

井戸から水をくみ、魔石で火を熾《おこ》して料理をする生活。服はオースティン神父が古着をもらってきてくれて、ベッドもどこからか調達してくれた。本当にありがたい。

そしてそんな最初は慣れなかった生活も、毎日回していればだんだんと慣れてきた……かな。

辺境の暮らしなんて、まあこんなものだろうと思う。夜には清潔なベッドで眠れて、卵や肉もなんとか少しは食べられる生活がありがたい。

戦場に近いとはいえまだ小さな村として、ここはなんとか機能しているからどうにかなった。さすがに本格的な野営とかは無理です。

そしていろいろな魔術が使える世界らしく、慣れてみれば実は最初に覚悟していたほどは不便ではなかった。

火を熾したり、洗濯や掃除、そういったものは全て魔術の込められた石や道具が使えるのだ。

いや楽ですね。これはいい。私も道具さえあれば、あっという間にプロのような働きが出来る。

それでもしばらくは新しい生活に慣れる必要もあったからおとなしくして、本来の人見知りをいかんなく発揮していた私だったけれど、一ヶ月もしないうちにだんだん周りにも馴染《なじ》み、様子がわかってきたのだった。

まずこの神父様、一見満身創痍《そうい》でよぼよぼなのに、実はのほほんとしつつも働き者で、杖《つえ》を突きつつホイホイ何処《どこ》へでも行っては人々と交流するまめな人だった。それに村の人たちも、こんなに戦場に近いのに残っているだけあって、みんな肝が据わっていていい人が多い。

なにしろ身寄りのない正体不明の私にも、差別なく普通に接してくれたのだから。

私はオースティン神父が拾ってきた、身寄りのない記憶喪失の人間として村の人たちには紹介されていた。

なぜなら私は過去を何も語らなかったから。

召喚のことも聖女のことも、そして名前さえも。

理由は簡単、私が生きていることを王宮に知られては困る。

まあ全身血まみれで立っていた、というインパクトには誰も勝てないのだ。

きっとショックなことがあって忘れちゃったんだね、可哀想《かわいそう》にという対応があたたかい。

だからそんな私にオースティン神父が最初にしてくれたのは、新しい名前をつけることだった。

「じゃあとりあえずはアニスと呼ぼうかね。ほら、この植物の名じゃよ」

彼はちょうど目の前にあった草、いやハーブを指さして、そう私に言ったのだった。

そうして私はアニスになった。

アニス・ログフォル。名字は神父様の名字をもらった。

私はこの名で生きていく。

ちょっと善良な神父様を騙《だま》しているようで申し訳なかったけれど、神父様は「なにか事情があるのじゃろう」と言って、あまり詳しく聞かなかった。さすが神父様、大人というか人生の先輩というか。懐が深い。

私はおとなしく炊事洗濯は、あ、いや洗濯と掃除は頑張りました。同居人がいて楽になったと思ってもらえたらいいと思って。

でも料理は……うん、なにしろ料理のレパートリーがね……ないからね……。

食材も知らない物があるし、調味料も塩とハーブなこの場所で、塩はまだしもハーブなんて知っているのは数種類だけで、あとは最初は全部草にしか見えなかったのだ。それに普通はご当地で食べられている伝統的な料理がきっと気候的にもコストパフォーマンス的にも一番なんだろうけれど、まあ知らないからね。

むしろ私が神父様から教わりました。

オースティン神父はとても手際よく美味《おい》しいお料理を作る。

おかげで私も少々ご当地のお料理を覚えることができました。嬉《うれ》しい。

基本は雑穀と卵、肉が少々。お野菜もつけられる。

流通があまり発達していなくても、鮮度を保つ魔術というものが大活躍の世界だったのでこんな内陸でも新鮮な食材があるのが嬉しい驚きだった。

とにかく今は生きていかねばならない。異世界の片鱗《へんりん》も見せずにまずは溶け込む術を身につける。

そう思ってひたすら生活に慣れることを、村に馴染むことを目標にして暮らしたのだった。

そして私は運を味方につけて、新しい人生を始めることにどうやら成功したらしかった。


私が住む教会には、正確にはオースティン神父と、猫がいる。

まだ子猫だろうか、小さくて真っ黒い、目の見えない猫だった。目の所が大きく傷になっていて、完全に見えなくなっている。

きっと私のようにオースティン神父に拾われたのだろうと思う。

オースティン神父はこの猫をロロと呼んでいたから、私もロロと呼んでいる。

ロロは目が見えないから、いつもだいたい神父様の部屋にいて、たまにふらっと出てくるのだった。

言葉を話さないロロは、すぐに私の癒やしになった。私は少々疲れていたのだろう。

私がおやつを鼻先に差し出すと、ロロがふんふんと匂いを嗅いで、そしてパクッと食べるその様子だけでもなんだか嬉しかった。最初は警戒していたロロも、毎日私がしつこく構いに行くせいで、いつしか少しずつ慣れてくれたのだった。

「ロロ……お前、見えるようになりたい？」

周りに誰もいないときに、私は何度かそうロロに聞いた。

もちろんロロにはそんな言葉は理解出来ないのだけれど、それでも私のそんな語りかけにはいつも甘えるように「にゃーん」と鳴いて応えてくれた。

私が軽く「視た」ところ、傷は目だけのようだ。ただし完全に潰れている。

でも多分、私だったら治してあげられる。

ただしその変化は目に見えてしまう。何故《なぜ》治ったのか、誰もが疑問に思うだろう。

いつかは私の癒やしの魔術を使う日が来るとは思っている。いや使う予定だ。

ただ、この力は諸刃《もろは》の剣だ。

この力を使えば使うほど、私は聖女として有名になるか、または聖女を騙《かた》った詐欺師として追われるようになるだろう。どちらになるかは魅せ方次第だと思っている。

だけれどそこで忘れてはいけないのは、どちらにせよ騒がれればそれだけヒメのいる王宮に私の存在を知られるリスクも高まるということだ。

もう捕まったり責められたり襲われたりなんてしたくない。出来るだけ良い方法を考えなければ。

どうすればよいのか。

神父様なら何か良い方法を知っているだろうか？

オースティン神父ならば、もしかしたら信じてくれるかもしれないと最近の私は感じていた。

「またロロを構っているのだね。しかしロロも珍しく懐いたねえ」

神父様がロロを抱えて座る私に声をかけてくださる。

「珍しいんですか？」

両手でわしわしとロロをなで回しながら聞く私。ロロはおとなしくされるがままだ。

「その子はなかなか人には懐かなくてね。目が見えないから警戒心が強いんじゃよ。でも一緒に暮らしているからかな、ロロも君には触らせるようになったんだねえ」

「なるほど私の毎日の餌付けの成果ですね！」

「んにゃーん」

そんな穏やかな日々。

さすがに疲れた時なんかは、このまま何もかもを忘れてのんびり穏やかな暮らしをずっと続けるのもいいかと思う瞬間もあるけれど。

そうもいかないのが世の中というものです。はい。

だって私は未来を知っている。

ここは将来、戦場になる。

そして目の前に、私だったら治せる人たちがあふれかえることになる。

今は『先読みの聖女』の助言を受けて、一時的に休戦している期間なのだと思う。でもそれはきっとあのゲームのシナリオ通りに、冬に敵国の将軍が死ぬのを待っているだけだ。きっと裏では戦力を溜《た》めている。

冬が来たら、一斉にこの国は隣国に攻撃を仕掛けるだろう。

その冬の戦争で、この国は勝つ。

だけど、国土が軽傷だったわけではない。激しい戦いで国の疲弊はすさまじく、そのために『先読みの聖女』が人を癒やしてまわることになるのだから。まあ癒やしてまわるといっても中央だけだけれどね。

でもそれで国民の『先読みの聖女』への人気は爆発的にアップ、攻略対象の誰を選んで結婚しても国を挙げての祝福になるのだ。

もしも国の中央があれだけの負傷者で溢《あふ》れるのだとしたら、国境に近いこの村なんてきっとひとたまりもないだろう。この村にはきっと、来年の春は来ない。


なーんて、私が真面目に考えていたのに、なんとこの国の王太子と『先読みの聖女』が結婚するという話がある日突然聞こえてきたのだった。


結婚⁉

はて、シナリオが違う。早すぎでは？

結婚って、たしかゲームのエンディングだったよね？　そこがゴールだったもんね？

「先読み」と戦争を通してのゲームのメイン部分である対象人物の攻略はどこに行ったんだ？　それに『先読みの聖女』として国中に名声が高まるのは終戦後だよ？

…………。

えーと、つまりはいきなり王子ルートのエンディングですか？　つまりは将来はこの国の王妃ということですね。

たしかに何でも欲しがりの彼女には、一番おいしい相手なのかもしれない。

なんでも一番がいいのだろう。一番が好きなら、そりゃあ王子様か、なんなら独身だったら王様が一番好きなのだろう。

つまりは、余計な部分を全てすっ飛ばして、いきなりゴール目指して走ったんですね？　彼女の持てる技術とゲームの知識を総動員して、最速で攻略したということですか。

それにしても早いな。

村にお使いに来た時にそれを聞いた私は、心からびっくりしたのだった。

「おばちゃん、それほんと？　ただの噂《うわさ》じゃなくて？　王族が素性のわからない、貴族でもない人と結婚なんて、できるものなの？」

思わず雑貨屋のおばちゃんに聞き直してしまう。

しかし噂好きのおばちゃんは何でも知っていた。

「いや本当みたいだよ？　今日の新聞にも『ロワール王子と聖女の結婚について』っていう告知が出ていたからね。結婚式は先みたいだけど、もう婚約はしたみたいだねえ。それで新聞で告知なんだよ。どうやら王子が聖女にぞっこんで、早く結婚したいみたい？　どうやらあっちではこの話は前からあったみたいだね」

「ぞっこん……」

「よっぽどその聖女様が美人さんなのかねえ。まあ貴重な聖女様だしね。私もこんな整理整頓の魔術じゃなくて、派手に癒やしの魔術が使える聖女だったら王宮でのんびり暮らせたのにねえ！　あっはっは」

「いやおばちゃんのその整理整頓の魔術が込められたハタキ、すっごい便利だから！　とっても助かっているから！　ちょっとパタパタするだけで、なんでもかんでも綺麗《きれい》に整うの凄《すご》いから！」

そう！　魔術万歳！　おばちゃんの作ったハタキ、私は只今《ただいま》絶賛愛用中ですよ。いやあいい世の中だ。

思わずおばちゃんに感謝する実は掃除苦手な私だった。

とはいえ。

美人さんねえ……。

いやどちらかというと美人と言うよりは、あざと可愛《かわい》い感じの顔だと思うんだけど……？

……まあいいや。

盲目的に崇拝されて、なんでも言いなりの人たちを侍《はべ》らせて、ヒメもさぞや満足でしょう。

貧乏だから買えないけれど、おばちゃんが親切にも売り物の新聞の、そこの部分だけ読ませてくれた。

なるほど正式な婚約は明日。そして婚約したら、二人は国際親善という名の旅行に行く……んですって？　戦争をしていない同盟国に、へえ、一ヶ月も？

へえ？

まあ、是非行ってらっしゃい。一ヶ月国を空けるのね？

ぜひ！　行ってらっしゃい！　楽しんで！

好機は突然来たのだと、私はその時に悟ったのだった。

このタイミングを逃してはいけない。時は来たれり。

私の天敵が国を空けるぞ！

そして私はすぐさま行動に移すことにしたのだった。

私は早速教会へ帰って、オースティン神父が一人でいるのを確認した。

そして私は単刀直入に、話があると切り出したのだった。

神父様が私の珍しく？　真剣な顔を見て、普段お仕事で使っているお部屋に招き入れてくれた。

そして私はそこで少し緊張しながら、神父様の様子を窺《うかが》いつつ、でも思い切って真実を伝えたのだった。

「実は今まで隠していましたが、私は癒やしの魔術が使えるのです」

と。

オースティン神父は最初ぽかんとしていたけれど、私の話を聞いてくれた。さすが年の功、いろいろな経験をしているのだろう。彼は私を頭から嘘《うそ》つき呼ばわりすることはなかった。

「話しなさい」

それだけ言って、あとは静かに聞いてくれたのだった。

私にはそれがありがたかった。

なにしろ過去に、とっても痛い目に遭っているからね。

私は少しほっとして、だいたいのここに来るまでの経緯を簡単に説明した。

突然連れて来られたこと、一緒についてきた人が聖女に立候補したこと、結果私は無能扱いで、癒やしの魔術が使えたと言ったら追放されたこと、そして最後には暗殺されかけたこと。

中途半端に隠すときっと不自然になるだろうから、ざっと嘘偽りなく、でもちょっとはしょって説明する。

私が知ってほしいのは、私が「癒やしの魔術」を使えること、そしてそれを王宮には知られたくないということ。その二つだから。

そして私の能力を証明する。

「たとえば神父様、今あなたは右肩と、左腕、そして腰が痛いと思います。動かない足をかばって、体のバランスが崩れているのです。ちょっと失礼」

そう言って、私はオースティン神父の体に手をかざした。

もちろんそんなことをしなくても治すことは出来るのだけれど、こういうときは儀式的なものがあった方が説得力があるだろうと思ってわざとやってみた。

肩、腕、腰それぞれの、今では前のようにただの違和感ではなく、黒く燃えているように視えるところを心の手を使って順番に消していく。

ちぎっては投げ、ちぎっては投げ。

ええ、ちぎって投げるだけですけどね。はいポイポイ。

「おお……?」

オースティン神父が思わずという風に声を出した。

「あれ？　神父様……実は目も悪いですね？　治します。って、よく見たら、胃の方も少し荒れているじゃあないですか」

ついでによくよく視てみたら細かな不調も見て取れたので、もう売れる恩は全部売る勢いで見つけた端から治していった。

この能力を信じてもらうには、疑いようがないほどの効果を見せるのがいいだろう。そう思って。最後に私は神父様の、動かない足の方に目を向けた。神父様の動かない足は、私にはいつも真っ黒に視えていた。

私に黒く視えるものは、きっと私に治せる不調。

私は無言でオースティン神父の動かない方の足に手をかざした。

集中する。量は多いけれど、きっと取り除ける。

私は深く根差していたその黒い煙を、心の手で力いっぱい抱えてはポイッと捨てていった。そしてそれを何度か繰り返してとうとう黒いものが視えなくなった時、私は神父様の方を見た。

神父様は、それはそれは驚いた顔をして、自分の足をじっと見つめていたのだった。

「おお……何ということだ、ありがとうアニス。久しぶりに若返った気分だし、それに……ずっと無かった感覚が足に戻ってきた。今まで何をしても治らなかったのに、こんなことがあるものなのか……！」

オースティン神父はそう言ったあと、恐る恐るといった感じで立ち上がり、そしてゆっくりと部屋の中を歩き始めたのだった。

「なんと、完全に元通りじゃ。こんなことが起こるなんて」

「これで信じていただけたでしょうか」

「これは信じないわけにはいかないな。これはすごい……」

「多分この能力のせいで、私は今追われています。しかし私はこのままこの能力を隠すことはしたくありません。この能力をうまく生かせるように、協力してはいただけませんか」

私は神父様にお願いをしたのだった。

その時。

「にゃーん」

私が神父様と話していたから、どうやら人の気配を感じてロロが部屋に来たようだった。

ロロは警戒心が強い割には、実は寂しがり屋なのかもしれないね。

「ロロ」

私が呼ぶと、ロロが慎重に私の方に歩いてくる。私はロロを抱き上げた。

「……ロロも治すのかの？　アニス」

その様子を見て神父様が私に聞いた。

「はい。ロロも見えた方が生活しやすくて喜ぶのではと」

神父様に聞かれたので、私はそう正直に答える。

本当はもっと早く治してあげたかったのだ。目が見えるようになったらきっと、ロロの世界は広がるだろう。

だけれど神父様はその私の答えを聞いて、何故か警告のように言ったのだった。

「確かに君なら治せるかもしれんの。じゃがそのロロの目を治したら、君は今までの生活が続けられなくなるかもしれないよ。今なら君は、このままこの村かどこかで静かに、たとえばワシの紹介する治療院で治療師として穏やかに暮らすことができるだろう。きっと君は人気者になる。じゃが、そのロロを治したら、そんな穏やかな生活とはかけ離れた生活になるかもしれないとしたら？　それでも君は治そうと思うかね？」

なんですかその不穏な予言。

思わずちょっとひるむ私。

でも私は腕の中でゴロゴロ言っているロロを見下ろした。

ロロは私の腕に顔を擦り付けて、なにやら訴えているようにも見える。

ロロも治りたいよね？

「ロロはもう家族みたいなものですから。ロロが喜ぶことはしてあげたいと思います。それに、私は穏やかな生活も好きですが、それよりも大切なやりたい事があるのです。そのためには私は行動しなければならない。そうしたらどのみちきっと、穏やかな生活ではなくなるのです。ロロとは関係なく」

そう。私にはやりたいことがある。

そのためには、私はある程度有名にならなければならないのだ。貴重な癒やしの魔術師として。

聖女とは呼ばれなくてもいいけれど、私が癒やす事ができるのだということはどうにか隣国へ知られなければならない。そのために、私はこの先たくさんの人を癒やすだろう。今の生活が変わるのはもとより覚悟の上だった。だから。

「治します」

そう言って、私はロロの目に手をあてた。

今まではうっかり治してしまわないように、あまり触れないようにしていた。

でも初めてちゃんと視てみて、ちょっと驚く。結構深い傷だった。驚くほど徹底的に潰されていたのだ。これはただの事故ではないだろう。可哀想に。

私はロロの目に感じた黒い怪我《けが》の塊を心の手で全てたぐり寄せ、そしてしっかり摑《つか》むとぶちっと取り出して、ぽいっと捨てた。

結構大きかった。そして重かった。

え……これは……魔術……?

それは初めての感触だった。今までこれほど直接触ったことはない。でもこの感じは知っている。魔術を感じたときのあの感触だ。

ロロの目は、魔術で潰されていたの?

「にゃーん」

ロロが嬉しそうに一声鳴いて、私の方に顔を上げた。

その目は最初、今までの傷が消えて綺麗に閉じられていたけれど、ゆっくりと目が開いていった。

なんと、開いたその中の目は、綺麗な金色だった。

鋭くて、美しい金。黒い体に金の瞳。

私はその目に射貫《いぬ》かれたような気がした。そして。

「にゃーん」

『ありがとう、主様《ぬし》』

その声は、重なって聞こえたのだった。

はい？

しゃべった……？

「にゃうにゃーん」

『私の目を治してくれた、だからあなたは私の主様。私は古《いにしえ》の約束は守る。私はあなたが死ぬ時まではともにいてあげる』

それまでロロを見つめていた私は、そのままの姿勢で顔だけをオースティン神父の方に向けた。

首がぎぎぎ……と音を立てていそうな感じで動く。

そんな私の様子を見て、オースティン神父は苦笑いをしながら言ったのだった。

「ロロは魔獣だからのう。ロロはこれでも昔はなかなか強くてやっかいな魔獣だったんじゃよ。あまりに強い上に人に迷惑ばかりかけるから、当時のとある偉大な魔術師に目を潰されて封印されていたんじゃ。そしてロロはその時その大魔術師と約束をさせられたんじゃよ。その封印が解けた時、その封印を解いた人間が生きている間はずっと使い魔として従属するとな。さてロロもこれで主《あるじ》が決まったようだし、もうしばらくは悪さが出来ないじゃろう。いやよかったよかった」

って、なんか満足そうなんですけれど？

「なんでそういう大事なことは先に言わないんですか！」

そんな大事なことは、ちゃんと先に説明してくれないと困るでしょ⁉

「いやあ実はロロは過去に、その封印を解いて使い魔にしようとする人間に散々追い回されたことが何度もあってねえ。そして中には封印が解けない腹いせにロロを虐待する人間もいたんじゃよ。封印されている間はただのか弱い猫だからのう。だからロロの事情は秘密にしていたんじゃ。もし君が封印を解けないままだったら、そんな事情は知らない方がいいじゃろ？」

「って、だからって……ああ、だからあの警告……」

「にゃうーん」

『それにしてもしゃべるの久しぶり～はあ～これで楽になるわ～』

とか言って当人、いや当猫は我関せずで伸びをしているけれど。

封印って、なんだそれ。どれだけのことをしたらそんな目に遭うんだ？

「ロロ……一体あなた何をしたらそんなことになるの」

私は思わずつぶやいた。しかし。

「にゃーん？」

『まあいいじゃない、そんなこと。それよりご飯が食べたいな』

という呑気《のんき》な答えが返ってきたのだった。

魔獣…………って、なんでしたっけね？

はは……。

「なーん」

『ごはんー』

ははは……なんだかすごく厄介そうな予感がするよ？

「まあまあ。ところでいいかいアニス、これほどの癒やしの魔術が使えるのは『聖女』だけじゃ。だからそのままワシやロロを癒やしたように人を癒やしていたら、きっとすぐに聖女が現れたと大騒ぎになるじゃろう。もし聖女と呼ばれたくないのなら、何か良い方法を考えなければいけないよ」

「んにゃー」

『聖女は今、王子様とラブラブ婚前旅行しているはずだもんねえ？』

「そうじゃな……ではたとえば、人を癒やすポーションを作れることにしたらどうだろう？」

「にゃ」

『あらいいわね。傷薬と風邪薬と……あとは消毒薬とか？』

「それは良い案だけど、ちょっと待って。ロロ、なんであなたも普通に会話に加わっているの」

私は思わずしたり顔でちょこんと座って一見にゃあにゃあ言っているロロに向かって言った。今までは我関せずで寝ていたじゃないのあなた。こんなに会話できる子だったの!?

「にゃあーんんー」

『あらいいじゃないのー。二人よりは三人の方が知恵も出るってもんでしょー？　久しぶりに話せて嬉しいのよー』

「ねえもしかして……今まで私が言ったことも理解していた？」

「にゃあー」

『もちろんよー』

そうですか。はいそうですか。思わず天を仰いでしまう私。

うっかりわからないと思って何でも愚痴とか言っていたけれど、あれ全部わかっていたんですか。恥ずかしい。

ちょっとやめてよねーそういうことは……。

「まあまあアニス、ロロの言葉はよっぽど魔力の高い者にしか聞こえないから、触れ回られたりする心配は無用じゃよ。むしろお前さんがロロの目を治せるほどに癒やしの魔術が使えて、ロロの言葉も聞こえるというのは相当なことなのじゃよ。お前さんがその『先読みの聖女』とやらだったんじゃないのかね？　それほどの魔力だ。まあでも隠したいというのならそれでもいいがね」

オースティン神父が言った。

それは、私が前から薄々思っていたことだった。

「やっぱりそう思います？　私もちょっとそうなんじゃないかと……まあでもヒメも癒やしの魔術が使えるかもしれないので、本当のところはどうなのかわからないんですけれどね。ただ、今バレるとまた追われるとは思うので、王宮にだけは私のことを知られたくないんです。難しいのはわかっているのですが」

そう。私が癒やせることは広く知られたい。知られなければならない。

だけどヒメにだけは知られたくない。

そういう意味でポーションを作るというのは良い考えのような気がした。

この世界には魔術を込めた石とか道具とか液体、つまりポーションが普通に流通している。

この世界の誰もが、自分の得意とする魔術をそれらに込めて売り、生活の足しにしているのだ。

「ふむ……これほどのものを直接癒やせる魔力は聖女しか持たないが、ちょっとしたものを治す程度なら他にもいなくもない。たいていは他の魔術のおまけ程度じゃがな。だがその能力は治療院では重宝される。ワシがどこか治療院に治療師として紹介してあげよう。どこがいいかね？　もっと大きな街がいいかね」

さすが神父様、顔が広くて素敵！　私は即座に希望を伝えた。つい思わず本心を。

「本当は私は隣国に行きたいのです。この国が戦争をしている敵国に」

「……アニス、君は死にたいんかの？」

「デスヨネー」

うん、まあね。ダメだとは思いましたよ。薄々ね。でも即座に否定ですかそうですか。

「今は戦争中っていうのは知っているよね？　国交も無いし、国境は常に見張られていて、そんなところをホイホイ歩いて越えようとしたらあらぬ疑いをかけられて捕らえられるか、最悪殺されてしまうよ？　ちょっと無理じゃな」

神父様が呆《あき》れたように言う。

「デスヨネー」

なぜ隣国に行こうとしたかを聞かれるだろうし、何をどう答えてもスパイ容疑がかかるリスクがありそうだし、まさかとは思うけれどその流れで拷問とか……絶対に嫌だ。

「まあ何か身分とか立場とかお金とかがあればどうにかなるかもしれんがの。残念ながらワシにはそっちの伝手《つて》はないのう」

身分……うん全くないよね、これが。私はこの国の国民であるのかさえもわからない状態だ。そして立場は天涯孤独、お金もない。全くない。

「では、出来るだけ国境の近くがいいです。隣国との」

「にゃ」

『それでも隣国にはこだわるのねー』

「もちろん。きっと国境沿いにいればここよりはチャンスが掴みやすいと思うし、王宮からも遠くて多少治療師として有名になっても王宮までは知られにくいだろうし好都合です」

「そうじゃのう……ではガーランド治療院がいいだろう。あそこには昔のワシの知り合いもいる。ワシも一緒に行って、頼んであげよう。なにやら面白くなってきたのう。ふぉっふぉっふぉ」

そう神父様は言ってくださった。

神父様は親切な人だ。でも。

「でも神父様はここを離れてはいけないのでは？　そんなご足労をおかけするわけにはいきません し、紹介状を書いてくださるだけでいいですよ。あ、あと出来れば地図も欲しいですが」

しかしそう言う私に向かって、オースティン神父はにやりとしてから言ったのだった。

「ワシがどうしてロロの言葉を理解するのかわかるかね？　ワシも魔力が高いんじゃよ。それはもう筋金入りの魔力でね。そしてそのスキルは、『加護』。筋金入りの加護というのは凄いんじゃよ？

戦場で、見渡す限りの味方が一瞬で全滅するような状況の中でも、この足一本の犠牲で済むような幸運に恵まれる。しかもほら、この前もちょっとふらふら出掛けただけで、聖女を拾って足も治った。ワシは何をしても上手《うま》くいく運命なのじゃよ。そんなワシが、今回は君について行きたいと思った。ワシが何か思ったときは、思った通りにするのが一番いいんじゃ。この教会は他の人に任せることができる。代わりがいるんじゃよ。でもこの聖女に代わりはいないからの」

そう言って珍しく私にウインクをしたのだった。

なんと神父様はとっても羨ましいスキルの持ち主だった。

と、いうことは。

いいなあ、特大の幸運をひっさげた人生か。

一緒にいたらそのおこぼれにあずかれるかしら？　と思って、すぐにちょっと違うかと落胆する。だってその戦場で隣にいた人は、きっと助からなかったんだよね？

ふと、凄惨な戦場に一人だけ生き残った過去の神父様を想像して、私は複雑な心境になったのだった。その場には友達もいただろうに。みんな仲間だったろうに。

生き残ったのは幸運でも、けっして嬉しかったわけではないのかもしれない。

きっと辛《つら》い経験を越えて来ている人なのだと思った。

「年のせいの不調も君のおかげで全部治ったし、まだまだ長生きしそうだからね。せっかくだから楽しむつもりじゃよ？　君のような聖女について行ったら、なかなか楽しいことがありそうじゃあないか、ふぉっふぉっふぉ」

今はそう言って穏やかに笑っているけれどね。

でもこれ、私にも言えるよね？　この加護つき神父様について行ったら、私もいろいろな幸運が見られるかもしれない。

それはちょっと面白そうで、見てみたかった。

「にゃあーん」

『じゃあ準備しないとねー』

そして二人と一匹は、早速国境沿いにあるというガーランド治療院に向かって旅立ったのだった。


結果的に私たちの旅は、オースティン神父が物知りな上に旅慣れていたおかげで、非常に順調だった。

それに考えてみれば女の一人旅は危険だったね。治安という意味ではやはり気をつけなければいけない。また前みたいに動けなくすることも出来るかもしれないが、なにしろ健康体相手だと効果がないというのはちょっと武器としては弱くて心配だ。

そういう意味でも旅のお供で老人とは言え男性がいるというのは非常に心強かった。

そしてその旅の途中で、私たちは小瓶を買ってそこに水を入れてポーションを作った。

まあなんだ、瓶に入れた水にちょっと「人を癒やせ」と言い聞かせるだけだ。しかも神父様の忠告通りに、全然気合いを入れないで凄く適当に作った。どうやらそうじゃないと不自然に優秀なものが出来てしまうらしい。

なにしろ初めて作った時はうっかり気合いを入れ過ぎて、その効果を神父様に呆れられたのだから。

「アニス、やりすぎじゃよ。魔力が外まで相当漏れている。この小瓶一つできっと小隊一つ分くらいの人の熱病が治ってしまうだろう。こんなに優秀なポーションは聖女にしか作れないのだから、そのまま作ってはいけない。もう少し……そうじゃな、百倍くらいに薄めるか」

そう言ってしばらくは、神父様が山ほどの小瓶を調達しては二人がかりで宿で随時その小瓶の水に元のポーションを一滴ずつたらすという作業をすることになった。これが結構面倒くさい。

小瓶を買うのは神父様だ。彼は「加護」スキルを存分に使って小瓶を安く買い、そして私の作ったポーションを、今度はそれはそれは高値で売るのだった。

いつしか私が作る人、神父様が売る人と、見事な分業体制が出来上がっていた。

もちろん神父様の人生経験からくる技もあるのだろうけれど、なにしろ強力な「加護」スキルのおかげで私たちはたまたま小瓶を投げ売りしているところに行き当たり、そして次には急な病気で困っている金持ちとたまたま知り合うのだから見ている方はびっくりだ。そんなことがちょくちょくあって、もちろん普通に困っている人たちにも普通に売るから、私の作ったポーションは常に順調に売れ続けたのだった。

おかげで貧乏旅を覚悟していたのに思いのほか収入があって、泊まる宿もなかなか良いランクに泊まれるのだった。

すごいな「加護」スキル。

このオースティン神父が旅をする時は、たいていがこんな流れになるらしい。

ただようく見ていると、とても真面目で敬虔《けいけん》な神父様とは言いがたい言葉巧みな売り込みもしているんですが。

「でも今回は君のポーションがあるからますます便利に金が入るねえ。なにしろワシのいつも売る『幸運のお札』より効果がわかりやすい上にすぐに結果が出るし、客もたくさんいるからね。いやいいねえ、ふぉっふぉっふぉっふぉ」

って、喜んでいる姿は端から見たら好々爺《こうこうや》という感じだけれど、その台詞《せりふ》を聞くとそろそろ私には狡猾《こうかつ》な商売人に見えてきたよ？　教会にいるときはそんな感じはしなかったのに……。

もしやあれは外面だったのか？　今はとてものびのびしているように見える。

まあ確かに日頃からこんな神父様だったら、ちょっと信仰心にヒビが入る人もいるのかもしれないけれど。

そういえば最初に私を拾った直後も、ちょうど良く私の全身の血を洗い流してくれる大雨が降ったっけ。そしてずぶ濡《ぬ》れの私たちに同情した宿の主人によくしてもらった記憶がある。

そうか……あれ、全部「加護」スキルの恩恵だったのかもしれないのね……。

羨ましいスキルだな、ほんと。

そんなこんなで旅をしているうちに、私も神父様からの教えを受けてますますポーションを作るのにも慣れ、とても簡単に作れるようになったのだった。

ポーションも「何でも癒やす」という効能は通常はないというので、「傷を治す」「熱を下げる」

「よく眠れる」等々、細かな症状別に効くように調整も出来るようになりました。

まあなんだ、「治りはやーい」「お熱さげーる」「よく眠れーる」などと適当に気を抜いてお水に言い聞かせるだけの簡単な作業というほどの事もない作業だ。下手に気合いを入れると神父様からダメ出しされるしね。

それでもいろいろな種類を作れるというのも珍しいらしく、これだけの品揃《しなぞろ》えがあるという状況を最大限に利用して、

「おや……具合が悪そうですがどうしました？　ふむふむ、なるほど。それはさぞお辛いことでしょう。わかりますぞ……実はワシはここにすばらしく効果の高い特別なポーションを持ってましての。これはもうどんなに辛い症状でもすぐさま治るのじゃ。ワシもこのポーションのおかげでこんなに元気に旅をしていられる訳でしてな。どうじゃ、そんなにお辛いなら特別に少しお分けしてもよいですぞ？　ちょっと高いかもしれないが、もちろん試すことも出来るでな、よかったらお試しになりますかの？」

と、好々爺然としたオースティン神父がいかにも親切を装って手あたり次第に売りつけるという、とても怪しい、だが人助けとも言えなくもない商売の出来上がりだ。

もちろん病人や辛そうな人を見つけるのは神父様に言われて私がやっているけれどどね。まあそれも別に難しいことではない。ちょっとスイッチを入れてあたりを眺めるだけだ。世の中不調を抱えている人は意外に多いのだ。

しかし神父様、さすが旅慣れているというか人生に慣れているというか物怖《ものお》じしないというかな

んというか。

優しそうかつ善良そうな神父様から口の上手い商売人に自然に変わっていくその様は見事としか言えなかった。

まあおかげ様で今日もご飯をお腹《なか》いっぱい食べられるので、私は全く文句はありません。

いやあ快適な旅というのは良いものですね。

ちなみにロロは最近は『ごはんー』としか鳴きません。そして勝手にフラフラしているという自由人ならぬ自由猫で旅には全く役には立ちませんでした、はい。

そんな感じでオースティン神父が大量にポーションを売りつけるようになってしばらくしたら、「すごくよく効くポーションを持っている老人と若い娘の二人組」というのが知られるようになりまして。

おかげでリピーターのお客様も出てきてますます商売繁盛だ。中には旅先で待ち構えているお客様もいるような状況になってちょっと驚いた。

そして神父様も私の治療師として広く知られたいという希望をご存じなので、「このポーションはこのアニスが作っていてね」という情報も上手く付け加えて売ってくれたこともあり、次第に私は行く先々で直接依頼をされることもあるようになった。

だけどそうなるとお金は入るけれども面倒も出てきて。

「金は出すから俺にだけ売れ、転売する」

とか、

「私に仕えないか？　そして一緒に儲《もう》けよう」

とかいう輩《やから》ですね。そんな輩に限って非常になんというか……裏社会の気配がするのよ。

これは私一人だったら下手すると誘拐とか脅迫とかあったかもしれないと、いまさらながらに思って怖くなった。

だけれどそんな時には老人とはいえ元は軍人であるオースティン神父が睨《にら》みを利かせ、時には直接制裁をしてくれてなんとか事なきを得る、次第にそんな状況になっていったのだった。

いやあオースティン神父、頼りになります。出会ったときには結構あちこちガタが来ていた正真正銘弱々しいご老人だったはずなのに。

「いやいや、久しぶりに暴れるのも楽しいのう～。今では杖もいらないし体も軽い。それに多少無理をしても君が治してくれるんじゃろ？　じゃあ次はもう少し派手にやってもいいかもしれないのう～ふぉっふぉっふぉっふぉ」

などと朗らかに笑っているけれど。

まさかのゴロツキたちの攻撃をひらりひらりとかわしながら流れるように確実に素手で急所に決めていくその動き、もう手練《てだ》れとしか言いようがないのですけれど？

一体どれだけ実戦経験があるのやら。

本当に、村でおとなしく真面目な神父然としていた彼は一体何処へ行ってしまったのか。杖をついて慎重に歩いていた人と同一人物とはもうとても思えない。あの非力そうな姿で村の人たちから優しくされていたのは、今思うともはや詐欺では……？

そしてそろそろオースティン神父がただの年寄りの神父様から、動きに隙の無いただの脳筋の軍人にしか見えなくなってきたところで、とうとう私たちは目的地の「ガーランド治療院」に到着したのだった。

結局オースティン神父のおかげで商売道具の作り方は学べるわお金は貯《た》まるわ温かいものは食べれるわ良い宿で眠れるわ、なんだか思っていたよりもとってもお得で快適な旅が出来たのだった。

あの時神父様の同行を断らなくて本当に良かった。

「ようこそいらっしゃいました。私は当ガーランド治療院の院長、サルタナ・ガーランドと申します。初めまして、お噂は聞いておりますよ、最近人気の治療師のお嬢さん。そしてお久しぶりです、オースティン殿」

そう言って、質素かつひたすら書物しかないような院長室で出迎えてくれたのは、初老の疲れがにじみ出た紳士だった。なんだかお部屋も服装もとても質素でくたびれている感じ？　そして書類の山がいくつも積み上がっていた。

こんなに大きな治療院つまりは病院の院長がこの様子って、治療院の院長の仕事って、もしかしてとても忙しいのかしら。

なんて言うんだっけ、こういうの。「医者の不養生」？

そして神父様のことは名前呼びなの？　と思ったら。

「サルタナ殿久しぶりじゃの。お元気そうで……はないようだが、なんとか生きているならよかったの。後でその噂のアニスのポーションを差し上げよう。この彼女がそのポーションを作るアニスじゃよ。彼女はここで働くことを希望している。受け入れてくれるかね？　彼女はきっと良い働きをするよ」

どうやら二人は知り合いらしい。神父様の知り合いというのはこの院長だったのかな。

「もちろんです。大歓迎ですよ。戦争は休戦しているはずなのに、国境付近ではどうしても小競り合いが絶えなくて病人だけでなく常にたくさんの怪我人もここへやってくるのです。おかげで非常に忙しくててんてこ舞いで。大変助かります」

院長は心から嬉しそうに言ったのだった。

多分受け入れてもらえるだろうとは思っていたけれど、それでもちゃんと責任のある人から了承されて私は心から安堵《あんど》した。

なにしろ身寄りも身分も無い根無し草みたいな立場だったからね。いわば口コミだけで、履歴書も無しに求職している状態だったのだ。

そして私は考えてみれば「歓迎される」のがこの世界に来て初めてだったので、なんだかとっても嬉しくなった。

院長もいい人そうに見える。

私、頑張ろう。頑張って、たくさんの人を癒やそう。そして目的を果たすのだ。

まずは手始めに、この院長を癒やす事になりそうだけれど。

第三章 ✡ 治療師として名を売ろう

このガーランド治療院は、この地域周辺では最大級の治療院で、いわば大病院だった。そして繁盛しているところの常で大変な人手不足らしい。

私は早速次の日から、このガーランド治療院で働き始めた。

この堅牢《けんろう》な石造りの大きな建物には、毎日たくさんの人が不調を訴えてやってくる。そしてその対応や診療、治療、必要によっては入院まで、たくさんの人たちが働いて対応していた。

そこの従業員は通える人は通いで、そうでない人は簡素な部屋を与えられて、賄い付きだ。そしてお給料はそこそこ、休みは交代で。

いやあ身寄りの無い立場で衣食住が調うのは本当にありがたいですね。住み込み万歳。

……まあそんな好条件のはずが、なにしろ患者が多くて忙しく、休みなにそれ美味《お い》しいの？　な状態ではあったけれど。

でもそのおかげで治療院の職員の人たちにもおおむね「新しい人が入った！　人手確保！」的な受け止められ方をして、出自もたいして気にもされずに受け入れてもらえたのだからむしろ良かったのだろう。

私も最初は慣れないし、だけどできるだけ迷惑もかけたくないし、などと生まれ育った環境による民族的社畜根性のおかげもあって少々忙しくてもたいして不満も無く、頑張って何でもはいはい喜んでーと引き受けて一生懸命に働いていた結果。

いつしか私は人手不足かつ最前線の看護業務からは外されて、裏方としてひたすら各種ポーションを作るようになったのだった。

え？　看護が下手だから外された？　そ、ソンナコトナイヨ？　誰しも得手不得手はあるし、初めてなら普通にちょっとした失敗くらいアルヨネ？　私だけじゃないよね……？

不器用？　そんな言葉はキライよ？

ま、まあ、やっぱり人は適材適所が一番効率がいいということよ。

結局のところ私にとっては慣れない看護をするよりポーションを作ることに専念した方が楽だったし、全体に対する貢献度も高かった。

なにしろ今までの治療用のポーションは主に多忙な院長が一人で作っていたらしく、忙しすぎて常に在庫不足でしかも品質的にも私の作ったポーションよりはいまひとつだったらしいから。

そう、私の作るポーションの評判はとても良かったのだ。おかげでたくさんの患者さんが凄《すご》い勢いで治っていくので入院待ちの人数などは激減したとのこと。よきかなよきかな。

どうやら今まではポーションが足りないので重症患者にしか使われず、軽症の人は普通に自然治癒を助ける手当てしか出来なかったらしい。それが軽症患者にも遠慮なくバシャバシャ使えるようになったので、楽になったと周りの人たちからもとても喜ばれたのだった。嬉《うれ》しい。

まあ、そのポーションを求めて来院する人数がどんどん増えているらしいのは……あー、そんなことも、あるよね……？

おかげ様で私は毎日大量の小瓶に水を汲《く》み、相変わらず気の抜けた調子で、

「お熱さがーる」

「痛いのとれーる」

「傷ふさがーる」

「よく眠れーる」

と、一人ポーション作製室で小瓶の山にブツブツ言い聞かせる日々を送るようになったのだった。

まあ仕事の大半は水の小分けなので、それさえ終われば比較的早くに終わってしまう。だから空いた時間には何か看護のお手伝いを、と最初は思ったりもしたのだけれど、そのたびになぜか「あなたはいいのよ~ゆっくり休んでて？　あ、そこ触らないでね？　ヒマならポーションもっと作って~」とやんわりと断られてしまうしね。

なぜならこの治療院は大きい所なので専門知識のある経験豊富な人がたくさんいて、その人たちが効率よくフル回転で働いているのだ。うん、素人の私が手伝おうとしても足手まといでしたね、はい。

でもまあそれならば、自分に与えられた仕事に集中するようにすればいいか。

そして私は空き時間が出来るとちょくちょくポーション作製室のすぐ近くにある裏庭で、のんびりベンチに座っていることが多くなった。表で忙しく働いている人たちを邪魔してはいけないのだ。

……多分だけど。

やってみないとわからないけれど、今このガーランド治療院に入院している数十人の人たちくら

いなら治せる気はしている。少なくとも部屋ごとなら確実に。

この「治癒」関連のスキルをポーション作りで使えば使うほど私の頭も体もスキルに慣れて、どんどんスキルのレベルが上がっている実感があった。

だからそれはきっと簡単に違いない。今なら。

ちょっと入院している人たちの部屋に行って、視《み》える黒い煙たちをささっと払うだけで終わるだろう。

もちろんその方が早い。そしてきっとみんな嬉しい。

だけど。

それは「聖女ここにあり」と高らかに宣言することでもあった。

「聖女」

それは国の宝。

あの教会からこの治療院に旅をする間にも、いろいろな話を聞いた。

まああんなお薬みたいなポーションを売っていたら、どうしてもそんな話になるよね。

「聖女」とは、とっても貴重でかつ保護すべき国の宝。

普通は見つかり次第王宮の奥深くで厳重に管理され守られるべき立場らしい。

でもそれだけは絶対に、嫌。

この国の王宮は、私にとってはもはや天敵をはじめとした敵の巣窟にしか思えないのだから。

なにが悲しくて私を殺そうとした女とその取り巻きたちのところに行かなければならないのか。

そんな所に放り込まれたら、今度こそ確実に殺《や》られるだろう。

私、名前は変えても顔は変えていないのよ。

でもきっと顔をどうにか変えたとしても、会話をしたらバレるだろうし。

君子危うきに近寄らず。二度と王都になんか足を踏み入れてはいけない。

となると、ちまちまポーションを作る以外に今のところ手は思いつかないのだった。

まあそんな私のポーションも、やたらと効きがいいと評判らしいのでこのままでも近隣くらいまでなら私の存在が知れ渡るのは時間の問題だろう。

別にアニスという名前が知られなくてもいい。ガーランド治療院が突然良質のポーションを作り始めたのは、良い治療師が来たからだ、情報はそれだけでいいのだ。とにかく「良い治療師がここにいる」、その情報が大事だ。

どんどん広まって欲しい。早く、そして確実に。

私なら、どんな病気も傷も治せるのだと、広まるのを待っている。

私の存在をいざというその時に、思い出してもらわなければならないのだから。

季節はもう秋になろうとしていた。時間は確実に流れている。

敵国ファーグロウのその将軍が死ぬ冬まで、残り時間はもうあまり無いのかもしれない。

本当はその敵国へ行ければいいのだけれど、やはりここで聞いても国境を越えるのは難しいらしかった。

その将軍がこのまま何もせずにシナリオ通りに死んでしまったら、この世界はきっとゲームのエンディングへと動き出すだろう。

どうやら「ファーグロウの盾」とかいう大層な二つ名を持っているらしいその将軍が、まさか突然死ぬなんて、今のところは誰も思っていないようだった。しかし確実にシナリオは進んでいる。

あのゲームのシナリオのままにエンディングを迎えてしまったら、一体私はどうなってしまうのだろうか。

あのシナリオを私が少しでも変えられるような点があるとしたら、それは私には一つしか思い浮かばなかった。だから今はそれに全てを賭けると私は決めていた。

伝われ私の治療師としての評判が。近くて遠い敵国の中まで。

伝わってさえいれば、いざというその時に、きっとここへ迎えが来るだろう。まだ私以上に「治癒」スキルの高い人の話は聞いたことがない。そしてゲームの中でも、彼を助けられる人はいなかった。

そしてあのゲームのシナリオから、世界から外れているのは私だけなのだ。

死にゆく将軍を助けられる人がいるとすれば、それは私以外にはいないだろう。

だけど今はひたすらここで、ただその時を待つことしかできない。それがとてももどかしかった。なんとか隣国ファーグロウへ行ければいいのだけれど。そうしたらもっと今より派手に治療師として、いやいっそ「聖女」として名を売れるのに。

今一番怖いのは、将軍のところに着いたときにはもう手遅れになっていることだった。さすがに死人を生き返らせることはできない。

そんなことを考えていたら、そこにサルタナ院長がやって来て私の思考は中断した。

「アニス、申し訳ないが君のポーションの評判を聞いて、他の治療院からぜひ譲ってほしいという要請が最近山ほど来るようになってしまってね。ちょっと大変かもしれないが人助けだと思って、君のポーションを作る量を増やしてはもらえないだろうか」

あ、はーい喜んでー。

その評判が嬉しいよね。評価されるのは素直に嬉しい。

だいたい裏庭でのんびりしていた私が忙しいとか言えないしね。

人のためになって私の目的にも有利になる、なんて願ったり叶《かな》ったりなのでしょうか。

頑張ります！

……などと喜んでいたのがついこの前。うん、どうやらちょっと私の見通しが甘かったようです。

「アニス、いくら忙しいからと言って、こう毎日年寄りのワシを手伝いに駆り出すとはどういうことかな」

隣でオースティン神父がブツブツ文句を言っているのだが。

「でももう私だけでは間に合わないんですよー。詳しい私のスキル事情を知っている人なんて他にはいないし、神父様はこの前までここで毎日のんびりしていただけじゃないですか。ちょーっと水を小分けにするくらい、旅でもやっていたし慣れてますよね？　いやもうほんとに助かりますーほんとーに嬉しいなああ！」

いや本当にね。まさか他の治療院に譲るという量が、ここで使う量の何倍にもなるとは思わなかったよね。いや最初はそれほどでもなかったんだけれど、あれよあれよという間に噂《うわさ》が噂を呼んで依頼が激増したそうで。

おかげで私は今までのノンビリした職場環境から、一人孤独な戦いを強いられる非常に忙しい環境へと激変してしまったんですよ。

全然回らないったら。もう目の前の仕事に追われて毎日ひいひい言うことに。

そんなときにロロを抱いてのんびりお散歩している人を見かけたら、そりゃあ引っ張り込むよねえ？

「にゃーん」

『もういっそ、大きな壺《つぼ》にでもポーション作っちゃえばー？』

構ってくれる人がいなくなってからは、毎日このポーション作製室の日当たりの良い窓際でのんびり寝そべっていたロロが、ふと起きたと思ったら突然そんな建設的な意見を言って驚いた。

珍しく『ごはんー』以外のことを言ったな。

「しかしそれは前代未聞の技じゃのう。下手をすると意図するよりもより遠方まで話題になるのではないか？　でもまあ既にポーションの性能が高性能だと噂にもなっとるし、ちょっと品質を落として大量生産しましたと言えばごまかせるかもしれないかのう。……うん、いいかもしれんのう？のうアニス？」

神父様が両手にポーション用の小瓶とそれに水を入れるための水差しを持ったまま、もういい加減この単調な仕事は飽きたと言わんばかりのしょんぼりとした顔で私の方を見たのだった。

なので、

「あーなるほど。大きな入れ物にたくさん作って、各自勝手に汲んでもらってもいいかもしれないですね。たしかに私も楽ですし」

と私が答えると、

「うんうんじゃろじゃろ？　じゃあ早速サルタナ殿の所に行って、大きな入れ物を調達するように言ってくるかなっ」

そう言って神父様は、小瓶と水差しをさっさとほっぽり出していそいそと部屋を出て行ったのだった。

そんなに私の仕事を手伝うのが嫌だったのね。これが村にいたときだったら、反対に皆のために自分が手伝うから頑張れと励まされていたような気がするんだけどな。

神父様……なんだか村にいたときと本当にキャラが変わったよね……。

もっと真面目で勤勉な人だと思っていたのに、最近の神父様はただひたすら何もしないでノンビリしたい人にしか見えなくなってきたぞ。妙に解き放たれた自由で開放的な空気を感じるのは何故《なぜ》だ。

もはや私についてきたのは、神父様としての体裁と業務から離れてここでノンビリしたいがためだったとしか思えなくなってきたよ……？

そしてとうとう念願のサルタナ院長が手配してくれた大きなカメが届いた時には、まだ日も高いというのにオースティン神父がこれ見よがしに腰を叩《たた》きながら言ったのだった。

「ああ嬉しい！　これで解放される！　あーもうこの老体にはつらいのなんの。ああ腰が痛いー首が痛いー」

「……神父様、私が視たところではそれほど酷《ひど》くはありませんが。ではお礼を兼ねて治しておきますね」

私はそう言って神父様の腰と首と目に視えた、うっすーい埃《ほこり》のような黒っぽい煙を片手でぺっぺと払ったのだった。

もはやそのやりとりは最近の、毎日の仕事終わりの日課のようになっている恒例行事だ。

「……ありがとうなあアニス～、でもワシももう年だから、すぐにあちこち疲れちゃうんじゃよ。ああつらいのう年は取りたくないもんじゃ～」

「神父様、突然言い方を年寄り臭くしてもいまさらです」

「ちっ」

だって私、旅の途中で屈強なゴロツキたちを、いとも簡単に伸していたのを見てますからね？　しかもある程度辛《つら》そうになったら、私がさっさと治していますからね？　最近は私のポーションを浴びるように使っているらしいここのひたすら多忙な院長より、ずっとお元気そうですよ？

まあそれでもオースティン神父としてはこの単調作業から解放されるのが嬉しいようなので、自分一人で出来るようになったなら、今後は一人で回しましょう。

神父様にはそう思ってお礼を伝えた。

でも神父様はそのままウキウキで部屋を出て行くかと思いきや、なぜかそのまま窓際にあった椅子に座ってのんびり私の作業の見学を始めたのだった。なぜだ。ちゃっかり膝にはロロがのっている。

え、いいなあ。私もロロと一緒に日向《ひなた》ぼっこしたい。そこ、暖かくて特等席なんだよねえ。あ、だから神父様が陣取ったのか。

だけどたしかに大きなカメに水を汲んで、そこに一つ一つ「お熱さがーる」等それぞれの効能の魔術をかけていけばまとめて大量にポーションが出来て、びっくりするほど楽になったのだった。

もうこれからは、その出来た中身を各自持ち運べるくらいの小さい入れ物にまとめて移し替えて運んでもらおう。小瓶に小分けする作業はそれぞれの部署や治療院でやってもらえばいい。

おお、便利便利。運ぶ人も軽くなっていいね。どうして今まで気がつかなかったのだろう。

ポーションは小瓶に入っているものという固定観念があったのかな？　頭が固いな私。

「アニス、もしかしてその倍の量でも作れそうかの？」

ふんふんと上機嫌で一人納得していた私に、窓辺でにこにこしていた神父様が聞いた。

「いけますよー何倍でも。この部屋一杯でもきっといけます」

多分視界に入っていれば、大丈夫かな？

「石にも込められそうかね」

「なるほど言われてみれば。やってみますか？」

そう言って、私は物は試しと庭に出て石を拾ってきた。

ふむ。何がいいかな。傷用？　熱用？　どうしよう？　と、私が考えていたら、神父様が言った。

「不調を整えて元気が出るようにできるかな？　さすがにサルタナ殿が忙しそうで見ていると可哀想《かわいそう》でねえ。昔はよく一緒に仕事をさぼった仲なのに、あんなに働きずくめなんて、きっとものすごーくストレスがあるに違いない」

なるほど、院長にあげるなら、よく眠れて元気が出るように……って、もういっそ「治癒」にして総合的に良くなるようにすればいいいんじゃない？　雇ってくれている人には媚《こび》を売っておくのも悪くないよね。

って、あれ？　今さらっと過去っぽいことを言っていたけれど。

二人はどこかで一緒に仕事をしていたのか。それはまさか戦場？

まあいいか。今はサルタナ院長が率先して不眠不休で働いているのは知っているから、少しでもお役に立てたら嬉しいよね。

私は早速庭で拾ってきた石に、「不調が治って元気になーるー」と魔術を込めてみたのだった。

石に魔術を込めるのは初めてなので、念のために手もかざしてみる。

なるほど治療関係のものが全てポーションで流通している理由がわかるほどには石には魔術が込め辛《づら》かったけれど、それでもしばらく頑張ったらなんとか少しだけ込めることができたようだった。

治癒関係の魔術は固形物には溶け込み辛いということなのかもしれない。

うん、でも石自体にはまだ余力がありそうなんだよねえ。じゃあ。

「よく眠れーる」

「気分が晴れーる」

「集中できーる」

練習がてら調子に乗ってついいろいろ重ねがけしていたら、石があるとき突然ピキッと真っ二つになって割れてしまった。

あれ？　そういえば石の余力を視るのを忘れてた？　石って分かり辛いなーもう。

「おや……ふぉっふぉっふぉ。どうやら魔術を入れすぎたようじゃの。この石ではこれが限界だったようじゃ。でも随分たくさん魔術が込められたようだし、ふむ、ではこの大きい方はサルタナ殿に渡して、せっかくだから小さい方はワシがもらおうかなー」

あっれー？　などと私が割れた石を見て首をひねっているうちに、いつの間にか神父様が近くに寄ってきて、ひょいとその割れた石を取り上げてしまったのだった。

うん、ちゃっかりしているよね。まあ、二人とも元気でいてほしいからいいんだけど。

しかし水以外のものに魔術を込めるのは、他のものでも大変なのかしらん？　でも掃除や火の魔術は石や掃除道具に込められていたよね？　魔術によって性質が変わるということなのかな。そして治療関係の魔術は水に溶けやすいということだったということろか。

そういえば私は今まで自分の魔術については「どこまで出来るか」とは考えたけれど、「何が出来るか」とか、「どのように使うか」というのはあまり追求してこなかった気がする。

むしろ神父様に「やってごらん」と言われて初めてそんなやり方があるのかと知ることも多かった。

ふーん？

まあ今日からはポーション作りも少し楽になりそうなので、空いた時間にはいろいろ試してみるのもいいかもしれない。

それから私は、時間の空いた時にはいろいろな物に魔術を込めてみることにした。

石、金属、木、花、家具、油他様々な食材。

結果、魔術が込めやすい物と込め辛い物があることがわかった。

だいたいの傾向としては、長持ちするような堅い物ほど込め辛い。

金属が一番魔術を込め辛くて、次に石、木という感じだ。

ある時はこっそり自分の食事に元気が出る魔術をかけてから食べてみたら、なんだかとても元気になった。うん、こういう使い方は便利だね。

もし同じ原理ならば、例えば前の世界のお守りなんかに入っている木や紙は比較的魔術や祈禱《きとう》が込めやすくて、でもある程度長持ちするちょうど良い媒体だっということか。へえ。

じゃあ、じゃあさ、例えば元気になるような魔術を石に込めて、井戸に投げ込んでおいたら効くのかな？　石から魔術が染み出したりする？　みんなが使う水に使ったらみんなが元気になる？

うーん……でもどう考えても害はないよね？

私は庭に出て、魔術が込めやすそうな石を一つ拾ってきた。

最近は石によっても魔術が入りやすい物と入りにくい物があることが分かってきたのだ。

私は少し考えたあと、その石に「不調が治ーる」の魔術を込めてみたのだった。軽くね。

そして最初は一応その石を、綺麗《きれい》に洗って自分の部屋の水差しに入れて自分で飲んでみた。

まあほら私だったら、何か健康を害するような事態になったら自分で治せるしね、多分。

いきなり気を失ったりしたらマズいけれど、まさか、ねえ……？

そして結果は困るどころか、何やら結構元気になってしかも疲れにくくなったような気がするのだった。

少々凝っていた首や肩も軽くなった。そして飲むのを止めても副作用らしいものもない。これなら腰痛に悩んでいる同僚とか、頭痛に困っていた先輩とかも少しは良くなるんじゃないかな？知らないうちに不調が軽くなっていたら、みんな嬉しいよね？ふんふん、いいねえ、これで職場を快適に！　みんな元気で生き生きと！

そんな思いで治療院の敷地にある、治療院専用の井戸に気軽に放り込んでみたんだけれど。


「アニス、君は一体何をしたのかの？　ん？　正直に言ってごらん？」

と、一見にこやかなオースティン神父に今、問い詰められているのはどうしたことか。

「えぇっと……『不調が治る』という魔術をですね……石に入れて、井戸にこう、ポチャンとですね……」

仕方が無いので目を泳がせつつも正直に言う私。

きっとこの人の圧倒的な人生経験の前では、私がたとえ嘘《うそ》をついても、バレる。なぜだかそんな予感がしたから。だいたいピンポイントで私を呼んで、このサルタナ院長のいる院長室に連行したあたりで多分もうおおかた見抜いているのだろう。

普段はいかにも好々爺《こうこうや》という感じでのほほんとしているのに、いざという時には眼光も鋭く動きも俊敏な人に豹変《ひょうへん》するのを知ってしまうと、ねえ……怖くて嘘なんてつけませんよ……。

でもなんでそんな呆《あき》れた目で見られてしまっているのでしょうか……？

確かに最近のガーランド治療院では、妙に病気や傷の治りが早くて職員たちもみるみる元気になってしまって、なにやら魔法でもかかっているのではという噂がですね……ええまあ広まってはいますけどね……そして今、私の背中に冷や汗が流れているわけですね……。

私たちのやりとりを聞いていたサルタナ院長が困った顔をして言った。

「やはり水でしたか……。実はもう、どうやら水が特別なのではないかと言われ始めていましてね。その水を分けてくれと近隣の人たちがここに大勢やってくるようになって、しかも人数が日に日に増えているのですよ。そろそろ治療院としての業務に差し支えが出始めています」

あれ、なんか大ごとになっている……？

院長が泣き笑いのような顔でさらに続けた。

「さらには遠方にもかかわらず、わざわざこの治療院に入院したいという患者さんが続々とやってくるようになりましてね。本来の近隣の患者さんたちにまで手が回らなくなりそうなんですよね」

ああー……私の量産ポーションでせっかく少し楽に回せるようになってきていたお仕事が、またここに来て増えているということなのですね……。

「すみません……ちょっとした出来心で」

思わず冷や汗をだらだらと垂らしながら謝る私。

「どうするかのう、サルタナ殿。今から井戸の底をさらうのは大変だし、いまさらその魔術の効果を無くしてもますます業務に差し障りが出るじゃろう。もういっそ水を小分けにして治療院の前で売って、その金で人を雇った方がいいのではないかの？　きっと儲《もう》かるぞ？　ふぉっふぉっふぉ」

オースティン神父が久しぶりに商売人の顔になって言った。

しかしサルタナ院長は根が善人で、そして真面目な人だった。

「しかし今まで無料で分けていた水を売るのも。そんなことをしたらちょっとうちの治療院としての評判が悪くなりそうだよ」

「じゃがもういっそ評判が少し落ちた方が楽になるんじゃないのかね」

「それでは困っている人々を助けるというこの場所の使命が」

と二人で押し問答を始めてしまった。

ただでさえ忙しいサルタナ院長の負担をどうやら私が増やしてしまったらしい。そんなつもりはなかったんだけれど、私はとても申し訳なくなってしまった。

「あの……」

私が思わず声を出したら一斉に二人に振り向かれてちょっと怖かったよね。

でも頑張って言う。

「あの、もしよかったら、もう一つ同じような石を作りましょうか？　そして、誰でも自由に汲めるような場所にある井戸に入れれば、みんながそちらに行くということにはならないでしょうか」

そうしたらみんなが嬉しくない？

でもそんな私の思いつきを聞いて、神父様は複雑な顔で言った。

「アニス、それでその井戸は誰が管理するのかね？　ほとんどの人は喜ぶだろうが、悪さをしようとする人間もいるじゃろ。たとえば独り占めしようとする人間がいたり、勝手に商売を始めたり、君が作った石を盗《と》ろうとしたり、中には喧嘩《けんか》を始める人間もいるかもしれない。愉快犯で毒を入れようとする人間もいるかもしれんよ？　この治療院の敷地の中でそういうことがあると困るんじゃよ。そういうのを防ぐにはルールや監視が必要になる。そんな井戸が二つに増えるのはのう……」

「えぇ……ちょーっと頭痛や肩こりをとって元気になるくらいの効能しかないのに、まさかそんな事態に……？」

「なるんじゃよ。君からしたらほんのちょっとした魔術だと思っているかもしれんがの。じゃが汲み放題の肩こり薬とか頭痛薬なんて普通はないじゃろ？　ただ元気になるというだけで、金を出してでも欲しいという人は山ほどいるんじゃよ？　そして人というものは、時にはそれを争ってでも手に入れようとする」

「はいたしかに……すみませんでした」

その時、サルタナ院長が若干虚《うつ》ろな目をして言い出した。

「いや、でも外にもその井戸を作るのはいいかもしれないぞ。もうとりあえずこの治療院に水目当ての人が押し寄せなければそれでいいんじゃないかな？　その新しい井戸をこの治療院の敷地の外にすればいい。そしてそこで窃盗があろうが商売する人間がいようがうちには関係なければもういいかなー」

って、院長、もう疲れ果てていろいろ投げやりになっている感じですね。

どうやら私が思いつきでうっかりやってしまったことでとても迷惑をかけてしまったらしい。申し訳ない。

「ふむ、まあそうじゃな……では、近くの村にでも行って交渉してみるかの。村人たちが自由にその水を使う代わりに管理もしてくれれば、ここからは手が離れるじゃろ。ついでにここに来る病人も減るかもしれんよ？　ふぉっふぉっふぉっふぉ」

そうして話が決まったのだった。交渉の上手《うま》い神父様が行ってくれれば、きっとどこかの村が引き受けてくれるのではないか。

普段作っているポーションよりかは随分効能の弱いものだから、どうせわからないだろうと思っていたのだけれども、どうやら自覚が足りなかったらしい。

私は半ば放心状態で、また癒やしの魔術と相性の良さそうな石を探しに庭に出たのだった。

結局私はその後、同じ効能の石を三つ作ることになった。

ぜひ欲しいという村が三つあったことと、複数箇所あった方が不当に高く売られたり、戦争で争奪戦になったりしにくいだろうという神父様の配慮もあったようだった。

「だからアニス、石は三つよろしくね〜」

ととってても軽ーく頼まれました。まあ作るけど。

自分の蒔《ま》いた種は自分で刈り取らねばならない。もうこれ以上のトラブルなんて嫌なので、私は慎重に効果が全く同じくらいの石をぴったり三つ作ったのだった。なんだかおかげでスキルの調整のレベルも上がった気がするぞ。

で、その結果。

「ガーランド治療院には、とてつもない魔力の治療師がいる」という噂があっという間に広まったのだった。それこそその井戸水に乗っかって、水と一緒に各地に運ばれていったのだ。

うん、考えてみればそうなるよねー……。

そしてその頃から、出来たらポーションではなく石で欲しいという依頼も来るようになったのだけれど、もうそれはサルタナ院長を通して断ってもらっていた。

私は学んだ。治癒魔術の石は、危険だ。使っても無くならないって怖い。

肩こりや頭痛やちょっとしたドリンク剤程度の効能でもあの騒ぎなのだ。

これで傷が治ったり病気が治ったりする石なんて作ったら、それこそこの前の騒ぎどころではなくなってしまうだろう。

しかもその石を巡って所有権争いだの窃盗だの詐欺だのの犯罪が、どうやら考えられるそうなのだ。その結果、最悪製造元である私の責任問題に発展してしまったら、私は当初の目的どころではなくなってしまう。そんな事態は出来るだけ避けたい。

だから、私の知らない場所まで行ってしまうような石はもう怖くて作れなかった。

せめて、誰が持っているのかくらいは把握できないとね。

それにいざというその時に、私ではなくその石が隣国へ運ばれてしまう可能性も考えてしまう。

でもあんな微力な石ではなく、私自身が運ばれた方が確実なのだ。それは誰にもわからないことだけれど。

そして石にも治癒魔術を込められる治療師としての名声が高まってしまい、最近の私には一抹の不安が湧きはじめていた。

この治癒魔術の石の話がこの周辺だけだったら嬉しいが、もし王宮にまで伝わってしまったら、調査なりなんなりされてしまうのではないか。

世にも珍しい、普通の治療師では作れないであろう「治癒魔術の石」。

石への魔術の込め辛さを考えるに、すでに「聖女」お手製のもの以外では前例の無いほど優秀だと言われている今の私のこのポーションを、全力を出さないと作れないレベルの人にはきっと石に込めるのは無理だと思う。たとえ作れるとしても、きっととてつもない時間がかかるだろう。

だから石の依頼があるだけならまだいいけれど、その治癒の魔術が込められた石の存在に王宮が興味を持ったり、その作製者に興味を持ったらどうなるか。

たとえ私だとバレていなくても王宮に来て石を作れとか、珍しいから会ってみたいとか言われたら、どうする。

のこのこ行ってこの顔を見られた瞬間に、ヒメやかつての私と会ったことのある王宮の人たちには私が生きているのが即バレだ。

絶対に行ってはいけない。

王宮に行くくらいなら、逃亡した方が「生き延びる」というその一点でずっとましだった。

王子とその婚約者であるヒメも、そろそろ外遊から帰ってくる頃ではないだろうか。

常に新聞は確認しているけれど、あまり詳しいことは書いていなかった。

一応この治療院は住み込みなのでお給料はあまり使っていないし、それにここまで旅をしている時に稼いだお金もある程度ある。きっといきなりここから逃亡しても、しばらくは生きていけるだろう。

でも、そうなると突然全てを放り出して私は姿を消すことになる。今や私の作るポーションありきで回っているここの業務が滞るかもしれない。でも私はここの人たちに、そんな迷惑をかけるようなことは出来るだけしたくなかった。

せっかく知り合いもできて居心地良く暮らしているのに。

親しい友達はつくれなかったけれど。なぜならもし親しい友人をつくってしまったら、私を追う王宮の人たちが、その人に将来どういう扱いをするかわからなかったから。

でも挨拶を交わしたり、ご飯を食べるときなどには世間話をしたりして、和やかな時間を一緒に過ごす程度には親しくなった人たちがここにはたくさんいるのだ。

このまま平和に、平穏に、治療院の一員として働いていたい。その時が来るまでは。

だけど……。

まんまと捕まって殺されるのも嫌だ。

自分は追われている。その意識は常に私の脳裏に居座っている。

私は少し考えた後、私が作っていたポーションを私がいなくなってもしばらくの間は作れるように、それぞれの魔術を込めた板片を作ってサルタナ院長にこっそり託すことにした。板には効能も書いてわかりやすくなっている。今度は石ではなく木の板にしたので、水に浸《つ》けてポーションを作るうちに劣化して、いつかは壊れてしまうだろう。

サルタナ院長は私がその板片を見せた時にはとても驚いて、親切にも「どうして」と聞いてくださったけれど、どこまで話せばいいのかはまだ私にはわからなかったから、ちょっとだけぼかして伝えることにした。つまり、

「実は私を追っている人間がいて、捕まりたくない。その時は逃げる」

という事情だけ。

決して犯罪者ではないのだけれど、私を捕らえたいと思っている人がいるから、と。

するとサルタナ院長は同情の表情をして、

「なるほど、確かにその能力を独り占めしたい人はたくさんいるでしょうね」

と言って板片を受け取り、厳重に管理することを約束してくれたのだった。

これでもし王宮に興味を持たれて私が突然逃げて行方をくらましたとしても、院長に渡したその板があれば、しばらくはこの治療院の業務は回るだろう。

きっと何人かの、ポーションを作れる治療師を雇うまでのつなぎにくらいはなるはずだ。

そして親切にも院長は、同時に私の正体が外部の人にはわからなくなるように、この治療院の全職員に対して私の正体に関する情報を出さないようにと箝口令《かんこうれい》も敷いてくれた。表向きの理由が有名になってしまった治療師の誘拐防止ということになっていたので、今のポーションがないと業務が大幅に増えるであろう職員の人たちが、とても快く引き受けてくれたと後から聞いた。

このサルタナ院長の配慮のおかげで、随分と王宮に正体がバレる心配が減った気がする。サルタナ院長は、本当にいい人だ。ありがたい。

広く知れ渡るのは、ただ「優秀な治療師の存在」だけでいい。それが女だとか、まだ若いとか、そんなことは広まらなくても、私の目的には支障はないのだから。

きっともうしばらくはここにいられる。だけれど常に気をつけなければいけない。

突然捕縛とか、絶対にごめんなのだ。

絶対に。

そうそう、あと心配なことといえば。

どこからどうみても子猫にしか見えないけれど、どうやら魔獣らしいロロだ。

一見かわいらしくもか弱い見た目と、お腹《なか》が空《す》いた時だけは積極的に人に擦り寄ってご飯からおやつまで、自由自在にここの人たちから食べ物をもらって猫人生を謳歌《おうか》しているロロさんですよ。

この調子だったら一匹だけでも十分どこでも暮らしていけそうではあるけれど。

でもそんなロロも私の事は主《あるじ》と呼ぶから私もその人生、いや猫生に責任がね。あるのよね。

非常事態になって私がここを逃げ出すときには、ロロを連れていくかどうか正直少し悩んだ。

私はひとりぼっちよりもロロがいてくれたら嬉しい。会話も出来るし、抱いて寝れば温かい。

でも、不自由な逃亡生活よりもここでかわいがられていた方が、ロロにとっては幸せなのかもしれないよね。

私はあるとき、ポーション作製室の窓際がすっかり定位置になって、今日もまあるくなって寝ているロロのところに行って言ってみた。

「ロロ、もしも王宮の兵士が私を捕らえに来たら、私は急いで全力で逃げるつもりよ。でもあなたは普通の猫としてここにいれば、きっと今まで通りにごはんも貰《もら》えてかわいがってももらえるだろうから、もしもそっちの方が良いならここでのんびり暮らしてもいいよ」

予告はしておかないとね。一応私に憑《つ》いているらしいし。きっと私の許可があれば、ロロも心置きなく残れるだろう。それにある日突然主が自分を置いて逃げてしまったら、悲しいじゃないか。

でも私がいざ逃げるときは、きっと時間の猶予はないだろうとも思うから。こんな話は事前にしておかないとね。

しかしロロはちらりと目を開けて、その金色の瞳を私の方に向けて言ったのだった。

「にゃーん？」

『逃げるの？　いつ？　まあそれでもいいけど、私はアニスの使い魔なんだから私を使えばいいんじゃないの？』

そしてすいっと立ち上がって、うみょーんと伸びをしながら続けた。

「くあぁ……。にゃあーう」

『兵士がやってきたら教えてあげる。なんなら始末もしてあげるわよー』

ちょっと？　やっていることと言っていることが随分乖離《かいり》してますが。

「始末……？」

私はびっくりして聞いた。

だってロロって、日向ぼっこして寝ているか『ごはんー』って言うのが仕事なの？っていうくらい今まで普通の猫だったよ？　なのに始末ってなにさ。

「にゃにゃ」

『人間の二、三十人くらいだったら片手間で一瞬よー。もし殺すなって言われたらちょっと面倒くさいけど』

「ええ、なにあなた、そんな物騒な猫だったの？」

「んにゃ？」

『猫じゃなくて魔獣よ？　そんじょそこらの魔術師よりは強いわよー？　ふふん』

猫なのに、器用ににんまり笑って胸を張るロロ。

「あらまあ、それはびっくり」

「なあー」

『主が言っておいてくれれば、兵士を見つけ次第始末しておくわー』

シャキーン、って、いや待って。その爪仕舞って。それってある日突然この治療院の中か敷地に兵士の死体が転がるって話よね？　それはちょっとどうなの……なにちょっとネズミ見つけたら捕まえておくわーみたいなテンションで物騒この上ないことを言っているの。

ロロ、結構危ない子だった。え、魔獣ってそういうものなの？　元の世界にはいなかったから全然ピンときていなかったよ？　でも。

「えええっと、じゃあ、始末はしなくていいけど見つけたら教えてくれる？　そうしたらこっそり逃げられるから。私は殺人犯になりたくはないのよ。悪名は駄目、ぜったい」

この小さな猫が、二、三十人もの兵士をどうやって「始末」するのかぜんぜん想像がつかないのだけれど、確かにオースティン神父も魔獣だとは言っていたし実際に普通の猫とは違ってしゃべるから、嘘は言ってはいないんだろうな。うーん、活躍するところを見たいような見たくないような。

「にゃあー」

『まあそれが主の命令なら。じゃあパトロールして見ておくわねー』

しかしそんな戸惑っている私のことには我関せずで、そんな物騒かつ勇ましいことを言った目の前の小さな黒猫は、私との会話は終わったと判断したらしくすぐに大きな欠伸《あくび》を一つして、また丸まって眠り始めたのだった。

あれ……？　パトロールっていつするんだろう……？　き、気が向いたときかな？　猫だしね？でも私の（私のよね？　神父様との方が一緒にいる時間が長い気がするけれど）猫もとい使い魔は、思っていたよりも頼もしい子だったのだった。

ぽかぽかと日の当たる中ですやすやと眠っているロロの背をそっと撫《な》でてみると、思いのほか温かくて、お日様の匂いがした。

ぼんやりとロロを撫でつつ、どう見ても猫なんだけどなあと思い、でもそんな強い味方がいるというのが少し嬉しかった昼下がりだった。

第四章 ✦ 君は聖女なんだろう？

さて最近はますます「ガーランド治療院にはとにかく凄《すご》い治療師がいる」という噂《うわさ》が広まっているらしい。そしてその噂を頼って来院する人たちがますます増えているそうで。

もう、ちょっと珍しいことをすると噂が凄い勢いで拡散するんだね……もちろん願ったり叶《かな》ったり。にやり。

だけども私が目的を果たすのが早いか王宮が怪しんで調査をしに来るのが早いか。

そちらもますます時間が無くなってきている気がする。

私がここに来て約二ヶ月。新聞によると、どうやら長引いていたらしいこの国の王子と婚約者の『先読みの聖女』の外遊が終わり、そろそろ帰国するらしい。

しかし王族で忙しいはずだろうに外遊、という名の旅行？　が倍以上に長引くって、どれだけその国が気に入ったんだろうね。まあ外交もするのだろうから気苦労が多そうで私は羨ましくはないけれど。

作り笑いで政治的な駆け引きとか、想像するだけで大変そうだ。でも考えてみれば息をするように作り話をして相手を操縦する彼女としては、もしや天職なのかもしれないとも思ったり。

これで私の事を敵認定していなければ、はーそうですか良かったねで済むんだけどなあ。

さすがにダメ押しで刺客が向けられたとなると、きっと放っておいてと言っても無駄なのだろう。

「はあ……」

思わずため息が出る。

私、結構この仕事が気に入っているんだけどな。

私の特技というかスキルを活《い》かして大勢の人の役に立って、そしてそれが評価されている。良い職場なのよ。

ここを場合によっては捨てなければならないというのが本当に残念だ。

そんなことを考えていたら。

「おや、高名な治療師様がため息ですか?」

そんな声がしたので、私は今日も、少々うんざりしながらドアを見やった。

そこには私が予想した通りに、綺麗《きれい》な顔の、若い男の人が立っている。

美しい艶のある黒髪に深い碧《みどり》の瞳。背は高く、体格はがっしりとして……見かけはとても美しい男。

また来たよ。よく飽きないな。

この男、私のポーションの評判を聞いて遠方からわざわざやってきたという、一番お高い特別室に入っている患者さんの関係者らしいのだけれど、来て早々この麗しい見た目であっという間にガーランド治療院の職員たちと患者さんたちの人気をさらい、今やどこに行ってもモテモテの人気者なのに、なぜか毎日このポーション作製室に顔を出すという物好きさんだ。

そして毎日なぜだかヘラヘラと軽いノリで私をお茶やご飯に誘ったりしてこちらと関わりを持と

うとする。しかもなぜかそのたびに、イケメンオーラなのかキラキラしい後光もさして見えるような気がして、非常にうざい。

本来はここ、立ち入り禁止なのよ？　なにしろポーションが貴重品だからね？　限られた関係者しか入れないはずなのに、この男はどうやったのかこの部屋の入室許可を取り付けてしまったらしかった。

なんだなんだ、どうやったんだ？　金か？　籠絡か？

そしてこの部屋に日参しては高名な治療師とはぜひ仲良くしたいとか言ってくるが、私にはその必要性は全く感じていませんよ？

どうやらさすが特別室に入るようなお金持ちらしく、湯水のようにお金を使ってポーションを大量お買い上げしているそうではないですか。しかも最近はさらに金を積んで、より効果の高いポーションまで指定注文する金満っぷり。もちろん私への手当もちょっとはずんでくれるので喜んで作ってはおりますが。

それで十分でしょう。

それに初対面の時なんか、まるで珍獣でも見るような目でジロジロ見られて、ほうほうと一人で勝手になにやら納得して、上から下までなめるように観察されて。そんなの誰だって嫌でしょ。だから私の彼に対する第一印象はすこぶる悪かったんですよ。それほど珍しかったか？　私が。

そしてその後の態度でその印象が良くなることもさっぱりなかった。

「また今日も何しに来たんですか、レック。私は呼んでいませんよ。まさかこの前渡したポーションの効きが悪かったんですか？　それとももう足りなくなったとか？」

思わず目が据わりつつ言う私。しかし。

「ええー？　つれないなあ。他の人たちはみんなニコニコしてくれるのに、そんな冷たい目で見るのは君くらいだよ？　君はちょっとにっこりするだけで、この治療院で一番かわいらしくなると思うんだけどな？」

そう言って大げさに悲しげな仕草をしている。

そう、顔は良いのに中身がチャラい。軽い。ああ残念。

しかしこの男は私がどんなに邪険に扱っても毎日のようにこの部屋に顔を出してはしつこく私と雑談を試みて、そしてポーションを受け取って帰って行く日々。

そんなお使い誰かに頼めよもうー。おかげで私はこの治療院の女性陣からイロイロ言われて面倒くさいんだよー。

私は別に彼とどうこうなるつもりなんて微塵《みじん》もないんだけどな。

他の人たちのようにこの見た目できゃあきゃあいう心の余裕なんて、私には無いのだ。

私からしてみれば、みんななぜこの身元も明かさないような怪しい男と関わろうとするのか全くわからない。詐欺師だったりヤクザだったり、王宮関係者だったりするかもしれないじゃないか！

さすがに特別室に入っているからには院長あたりは身元を知っているのだろうけれど、なにしろこの一行は一般職員である私たちには驚くほど身元に関する情報を漏らさないのだ。怪しすぎる。

くわばらくわばら。

もうさー、話し相手が欲しいだけならこの治療院には人が多いんだから、綺麗で独身で性格も良くて話が合う人がきっといるでしょうよ。なんでこんな邪険にしかしない平坦《へいたん》でモブ顔の私をかまおうとするのかね。珍獣観察ならそろそろ飽きても良い頃なんじゃあないの？

どんなに私を持ち上げてもポーション以外は何も出ないよ？

私はここでポーションを作って名前を売り、隣国から呼ばれるのを待っていないといけないの。余計な人間関係のもつれなんて望んではいないのよ。

自分の命と人生がかかっているんだから、必死なんだよ。

「私のポーションに用がないなら出て行ってください。忙しいんですよ。作業の邪魔です」

魔女よろしくカメの中身をかき回すための大きな匙《さじ》をぶんぶんと振って追い出そうとする私。

だってポーションを作っているところを見られたくはないからね。

今や大評判の特別に効きが良いとされるこのポーションを、いかにも適当でございという感じで作っているところを見られてはいけない気がするの。

真実を知っているのは神父様だけでいいのです。こんなチャラ男に用はないのだ。

しかしいつもならばポーションを受け取って出て行ってくれるところで、

「ああこの前の痛み止めのポーションはとてもよく効いているようだ。ありがとう。さすがだね。おかげで彼も最近はよく眠れるようになったようだ。だけどね」

そう言いながらその見目麗しい青年は、私の言葉なんぞ綺麗に無視して私の前まで歩いて来て、そして続けた。

いつもとは違って突然に、まるで内緒話をするように、他にはこの部屋には誰も人がいないのにわざわざ声を潜めて。

「そろそろ、治してくれても良いんじゃあないかな、と思って」

にっこり。

驚いて見つめ返す私に彼は満面のにっこり笑顔だ。

なに？　何を感づいた？　それともはったり？

そんな私の様子を見て彼は続ける。

「なんでそんなに頑《かたく》なにそのスキルを隠すんだ？　君のスキルはこんな程度ではないだろう？　理由があるのか？　仲良くなればその理由を教えてもらえるかと思っていたが、君は一向に仲良くする気はないようだし、それなのにそろそろ私の友人の残り時間は少ないようだ。もうあまりのんびり待ってはいられない」

いつもの陽気で軽い感じとは一転して、真面目な顔の人がそこにはいたのだった。

「何故隠す？　理由があるのなら私が力になろう。話してくれないか」

彼が重病人だという男を連れて現れたのは、もう結構前のことだった。

こんな国境沿いで金額の高い特別室に入院するような金持ちの患者なんて普段はまず居ないので、その一行はこの治療院ですぐに話題になったのだ。

事情も身元も伏せた金持ちの男と患者。

金持ちならば連れていそうな使用人とかが全然居なくて身なりも地味な、まるでお忍び。

もう怪しさ以外に何も無い。

そんな怪しい奴《やつ》に私の事情を話すなんてナンセンス。即刻お断りだ！　そうは一度は思ったのだけれど。

どうやら彼の連日のポーション室参りのせいで、まんまと私もほだされたらしかった。

まあ、ほら、かっこいい人にチヤホヤされて、私も嫌な気はしなかったのよ。

そしてチャラいだけで悪い人には見えなかったというのもある。彼が乱暴な行動とか物言いをしたなんていう噂は一切聞かなかったし、むしろ礼儀正しいという評判しかない。

それに最初の頃のダレコレ状態よりは、さすがにちょっとした知り合いくらいにはなってしまったんだよね、気がついたら。廊下ですれ違ったらつい挨拶してしまう程度には。

うん。情が移るって、あるんだね……。

だからちょっと話くらいならしてもいいかなと、うっかりその時思ってしまったのよ。

まあ、いわゆる「魔が差した」というやつ？　多分。

うんそう多分だけど、私はそれまでずっと緊張していて疲れていたのだと思う。常に王宮からの追っ手を警戒する生活は、一見安定しているようでもなんとなく気持ちが落ち着かないから。

中身はどうでもその美しい顔面に罪は無い。そして綺麗なお顔の異性とお話しするのは、正直ちょっとうれしいものじゃない？

だから、もちろん肝心のところは話せないけれど。

「……なぜ私にその患者さんを治すことが出来ると思ったんですか？」

まずはそこだよね。でもレックはそれを聞いて目を丸くして、さも驚いたように言った。

「なぜ？　私の目は節穴ではないんだよ？　このポーションを作る能力がある人間なら、人を直接診ればある程度の治療が出来るはずだ。もちろん中にはポーションを作る能力だけの人間もいるかもしれないが、それにしては君はいつも元気すぎる。人がスキルを大量に使うと疲労することくらいは知っているだろう？　でも私がいつ来ても君はここでピンピンしていて、いつも元気に私を追い出すよね。君は明らかに本来の能力の余力でポーションを作っているだろう」

「……」

うーんバレてた。

なんなのこの男の観察眼……。

「その目を泳がせているのが証拠だね。しかしなぜそれを隠している？　その能力を発揮すれば、金も待遇も地位ももっと思い通りになるだろうに」

いつもはヘラヘラと、

「一緒に休憩でもしませんか？　え〜だめ〜？　ちょっとならいいでしょ〜？」

なんて言っていた人が、真剣な目でごりごり追求してくるとちょっと調子が狂うんですが。

この人あんなヘラヘラしながらそんな所を見ていたとは。

どうしよう。このまま何も話さなければ、ずっと追求されそうな雰囲気を感じる。それに嘘《うそ》をつくときには少しの真実を入れるといいという話も思い出す。

しばし悩んだあと、私は思い切って賭けに出ることにした。

ええいままよ。

「……実は私は亡命希望なんですよ。だからこの国で間違っても聖女なんて言われたりして、この国に居続けなければならない理由が出来るのは困ります」

そういうことにしておこう。

「亡命？」

それを聞いたレックは、とてもびっくりしたようだった。

「そう。私は隣国に行きたいんです。でも今はその手段がないからここにいるだけ。だからここでたくさんの人を直接治して聖女だなんだと言われるわけにはいかないんですよ。目をつけられたくないんです。私はこっそり隣国に行きたい」

「なぜ隣国に行きたいんだ？」

「それは言えません」

「この国はいいのか？　前に聖女を探していたはずだが」

「もう聖女は他にいますから」

「確かに見つかったとは聞いているが」

そう言って、レックはしみじみと私の顔を見たのだった。

私はさらに言った。

「もしも私を隣国へ亡命させてくれるなら、こっそり協力してもいいですよ。でもこの国で聖女じゃないかと騒がれるのだけはごめんです。だから他言無用にしてください」

私の目的は隣国の将軍「ファーグロウの盾」の近くに行くこと。

もちろんそろそろ何か深刻な病気にでもなれば、私が呼ばれるのではないかとは思っているけれど。

だけど私は彼の死因を知らない。

もしもその将軍が何かの事故で突然命を落とすとしたら、こんな距離のある国外にいては間に合わなくなるかもしれないとも思っていた。

私はそれが一番心配だった。

たとえ一般職員の私たちには明かさなくてもこの一行が特別室に入れているということは、最低限はこの治療院に対して身元を誰かが保証しているはずである。少なくとも盗賊や人さらいではないだろう。

そしてもしも王宮関係者だったら、どのみち情報はもう既に伝わっていて近々調査が来るのではないか。もしくはこれが調査。もしそうなら彼から少しでも怪しい動きか王宮の匂いがしたら即刻逃げなければならないけれど。

だけど、なにしろ今この目の前の男には金がある。高額な特別室に長期入院できるくらいの金があるのだ。

もしかしたら、何らかの隣国へ抜けるルートを買ってくれるかもしれない。

もし彼がこの国の王宮関係者で私を捕まえようとするならば、即座に私はロロを連れて逃げよう。お金は自室にまとめて置いてある。取りに行ける時間があるといいのだけれど。

私は緊張しながら彼の返答を待った。

「ふうん、亡命ねえ……」

レックは何が楽しいのか突然にやにやしはじめた。

「しかも出来たらこっそりと」

そう緊張して言う私の様子を見て、レックは珍しく真面目な顔になって、そして言った。

「わかった。協力しよう。君をファーグロウへ連れて行く。私の友人を救えたその時には」

よし！

どうやら私は賭けに勝ったらしい。金持ちの味方は心強い。

もし彼が私を騙《だま》してどこかへ誘拐しようとするのなら、その時はどうも強いらしいロロに暴れてもらおう。ロロがいれば、もしも危険が迫った時でもきっとなんとか逃げることが出来るだろう。

まさか「二、三十人」より多い人たちが私のような小娘を囲むことはないよね。まさかね？

そして私たちは固い握手を交わしたのだった。

話のわかる人で良かった。金持ちは心が広くて素敵。

私はまた一歩、目的に近づくことが出来たと思いたい。

隣国に私の評判が伝わっているといいな。そうしたら、隣国で「腕のいい治療師」として、なんなら「聖女」としての評判を作るのも楽になるだろう。

私の頭は未来に向かって動き始めた。

摑《つか》むぞ、安全かつ平穏な人生を！

獲得するぞ、安心して暮らせる身分と国籍を！

もちろんそのための約束はちゃんと果たしますよ。

私はレックに連れられて、「特別室」にほぼ初めて足を踏み入れたのだった。

特別室。

それはお金持ちが使うところ。厳しい審査とたくさんの前金が必要なお部屋。

実は私もほとんど中を見たことがなかったので、思わずキョロキョロと見回してしまった。

おおー調度が高そうーベッドが快適そうー。

だけどそのベッドには、そんな高級なお部屋に似つかわしくない大男が寝ていたのだった。まだ若そうで、元々は筋肉の塊だったのかもしれないけれど、今はちょっとやつれている……？

そしてその特別室にはサルタナ院長とオースティン神父もいたのだった。

あら偉そうな人が勢ぞろい。さすが特別室。

「いやなんか楽しそうなことが始まりそうだと思っての？　どうせだからサルタナ殿も誘ったんじゃよ～ふぉっふぉっふぉ」

と、相変わらずの勘の良さを発揮する神父様だった。

なんなんだろうね、この人。これが「加護」スキルということなのか、それとも元々勘が異様に鋭いのか。

でも神父様は知っているから良いけれど、サルタナ院長の前で癒やしてもいいのだろうか。

そう思って神父様に聞いてみたら、あっさりと「いいんでないかい？　彼は信用できるし口は堅いよ？」と言われたのだった。

まあ神父様はサルタナ院長のことはとても信頼しているようだし、神父様がそう言うなら……まあいいか。

私はこの人生経験豊かな「加護」つきの人が、うっかりでもドジを踏むところをまだ見たことがなかった。

それにさっき自分の部屋に寄って全財産を回収してロロも連れてきているから、最悪何か困ったことになったら全力で逃げることができるよ。

常に逃げ道は確保しておきたいところ。

そして。

「じゃあ、視《み》ます」

私は久しぶりにスキルを使って直接人を診たのだった。

しかしやたらと大きな人だな、この人……。

「うーん、体中が傷だらけですね。あと……腰に腫瘍らしきものがあります。なんだろうこれ……塊……の一部が、全身に回って……うーん、癌《がん》みたいなやつかな？」

なにしろ私はこの世界に来る前も、医者でも看護師でもなかったから詳しいことはわからない。

だけど、その黒々と見える塊は結構大きくて、そしてタチが悪そうに視えたのだった。

今は私の作った特注の痛み止めのポーションが効いているらしくて眠っているようだけれど、多分これは痛そうで、そしてその痛みのためか腫瘍のためかはわからないが、全身から強い疲労が感じられた。

「治せるか？」

レックが聞いた。

「やってみます」

治せれば隣国へ行ける。もちろん頑張ります。

私は視えたその黒い塊を心の手で鷲摑《わしづか》みにして、力一杯ぶちっと取り出してぽいっと捨てた。

なんだか重そうだったので、心の手は両手を使って頑張って引っこ抜いた。

そしてその塊のあった場所の周りと薄く全身に感じられる黒い煙も丁寧に払っていったのだった。

うーん、やっぱり癌だったのかな。結構あちこちに小さな転移らしきものが感じられたので、それらも見つけた端からぶちぶち取っては払って消していく。

最後にひととおりチェックして、もう黒く感じられるところがないのを確認して、ついでに全身の傷やら歪《ゆが》みやらも治して疲労も綺麗に取り払っておいた。うん、サービスです。さすがにちょっと疲れたな。

「これでもう悪いところは無いと思います」

そして終了を宣言する。

寝ていた大男の顔色も心なしか良くなった気がする。

「おお！　本当に……？　あの不治の病を……？　本当だとしたらなんと凄い……」

サルタナ院長が驚いていた。

オースティン神父はニコニコして頷《うなず》いていた。

そして私をここへ連れてきたレックが嬉《うれ》しそうに満面の笑みで、

「ありがとう。恩に着る。こんなに早いとは想像以上だ。すばらしい！」

そう言って私の手を握って振った。

治せた安堵《あんど》からちょっと気が抜けていた私はうっかり彼の美しい顔をまともに見て、くらっとしたのは内緒です。

「ああ、いえ……」

かっこいい人に褒められて嫌な気分の人はいない。絶対にいない。なにしろ私はまんまとちょっと嬉しかった。思わずはにかんでしまった私はきっと悪くない。

「さて」

だけれど彼は、すぐにベッドに寝ている大男の方を向いて言ったのだった。

「起きてもらおうか、ガレオン」

それは今まで私に向けていた優し気な声ではなく、いつものチャラ男の軽い感じでもない、りりしい、しかし威厳のある声だった。

え、この人何者？　まさかこの男の上司か何かだったの？　口調が命令し慣れている感じだよ？てっきり同じくらいの年齢だと聞いていたから同僚か仲間か友達だと思っていたんだけれどな。

驚く私の前で、威圧した声をかけられたそのガレオンと呼ばれた大男がゆっくりと目を覚ましたようだった。

「う……ん」

まだはっきり覚醒していない感じの大男に、それでもレックは容赦なく畳みかける。

「今、君の痛みの原因は治療してもらった。私は君との約束は守った。もう痛みはないはずだし、だるさもないだろう。では約束通り私に忠誠を誓ってもらおうか」

「……は？　え？……ああっ……痛みが、ない……？」

「そうだ。痛みもだるさも無くすことが出来たら私に忠誠を誓う約束だ。私は約束通り君の体を治した。次は君が約束を守る番だ」

にやりと笑うレックの顔は、ものすごく……なんというか、誇らしげで生気にあふれる良い笑顔だった。

「ああ、本当だ、だるさもない。むしろ前より調子がいい……なぜだ、突然……凄いな、奇跡だ」

ガレオンと呼ばれた人は驚いたようにレックの顔を見て、そして周りを見回して、それからベッドから降りて確認するように体を動かしたのだった。

そして不調が無くなったことを確信したらしく、おもむろにレックの前に跪《ひざまず》いた。

「わかった、オレは約束は守る。オレにもうしばらくの生を与えてくれたレクトール・ラスナン、お前に忠誠を誓う」

その瞬間、神父様がふぉっふぉっふぉ、と楽しそうに笑った。ちょっと神父様、大人の男の人が誓う厳かな場面なんだから、笑うのはやめましょうよ。と思いつつ私も初めて見る場面なのでガン見しているけれど。

しかしそんなことは意に介さずに、レックが答えた。

「忠誠を受け入れる。証人はこの場にいる全員だ。では、頼んだことをやってくれるな？」

「ああ……わっかりました、しょうがない、約束は約束だ。引き受けましょう。ちょっと時間はもらうがいいか？」

「頼む。連絡にはこれを使え」

何かを渡しながら美しくもりりしい笑顔で場を締めるレック。

ガレオンさんはその何かを受け取ると、手早く荷物をまとめて「では」と言って早速部屋を飛び出していった。

なんだなんだ、行動に移すの早いな。そんなに元気になったのか……我ながらびっくりだ。

なんだかよくわからないけれども、主従関係が結ばれた瞬間ですね。ほうほう、よかったねえ。

私も約束を果たすことが出来て嬉しいです。

これで隣国へ行ける手立てを確保出来たと思いたい。

よし荷造りをしておこう。あ、あと私が居なくなってもこの治療院の業務が回るように、もう少し何か手立てを考えた方がいいかな？

そんなことを考えていたら。

レックがおもむろに私の両手を取って言った。

「アニス、本当にありがとう。君はすばらしい癒やし手だ。まさかここまで早く治せるとは思っていなかった。すばらしい能力だ。もちろん私は君との約束は守る。でもどうだろう、その前に、私と一緒に来て私のために働かないか」

そして私の両手を握ったまま自分の口元に持って行って、あろうことかそこにキスをしたのだった。

うわあ気障《きざ》だな！　しかもなんだか世界がキラキラするよ？

「私は今、『聖女』を必要としているんだ。約束を果たしてすぐお別れするにはこの君の能力は惜しい。ぜひ私のところに来て欲しい」

「は？　え？」

私が驚いて固まっていたら、オースティン神父が意外そうに言ったのだった。

「おや、このレベルの『魅了』が効かない人は珍しいの。なかなか警戒心が強いね、アニス。さすがじゃの」

って、おい！　なにその「魅了」って。魔術かよ。もしかしてさっきのキラキラか？　そんな怪しげなスキルを私に向けたのかこの男は！

思わず目の前の男を睨《にら》んでしまう。

だけどその目の前の男は私に睨まれても全く悪びれもせずに言ったのだった。

「おっと……残念だな。言質さえとってしまえば説得も楽になったのに」

って、こっちにウインクをするな。こいつ、何故か昨日までのチャラ男に戻っているぞ。

さっきまでのシリアスな雰囲気はどこにいったんだ。カムバック、シリアス。

「なにしてくれているんですかね……わざわざそういうことをするということは、怪しげな事ですか？　犯罪はお断りです。私は約束さえ守ってくれればそれでいいんですよ。できればさっさと約束を果たして欲しいです」

思わず握られていた手を振りほどき、ついでに両手をぺっぺと払って言った。

チャラ男にはこの対応で十分だ。

オースティン神父がそんな私を見て目をキラキラさせて、

「おお……この男になびかないとは……これはいいものを見た……」

とかなんとか言っているが。

そりゃあこんなかっこいい人にお願いされたら、普通なら私だってぐらっときちゃっただろうと思う。

私がただのここで働く何の変哲もない普通の女性だったら、一緒になんて言われた瞬間にその場で「ついて行きますどこまでも！」とかなんとか叫んでいただろうとは思うよ。

そう、私が追われている身ではなければね。

でも私にはあまり時間の猶予のない果たしたい目的があるのだ。よくわからないままにこんな知らない人について行って無駄に時間がかかったり、うっかりついていった先が王宮だったらと思うとそんな軽々しくうんとは絶対に言えないんだよね。

とりあえず約束だけ守ってくれればいいんですよ。守ってよ？　つまりは私をさっさと隣国へ送って。私の願いはそれだけだ。

しかしチャラ男キャラでは不利と判断したのかレックが、また真面目な顔になって言った。

「しかし冗談ではなく、私たちには『聖女』が必要なんだ。君の能力なら申し分ない。ぜひ私たちの力になって欲しい。もちろん報酬ははずむ」

真剣な目で見つめられる。さりげなく金もちらつかせるあたり狡《ずる》い。

お金は将来の生活の安定のためにはとても大事な要素だ。

それに好みのイケメンに真剣な顔でお願いされるという状況は非常に悩ましい。正直何かを考える前に思わずにっこりと首を縦に振ってしまいそうになった。

が。

しつこいようだが私には自分の命のかかった目的があるのだ。そしてそれは期限付きなのだ。私は今、ふらふらとこの顔につられて時間を無駄にすることは出来ないのだ。

それについてこいって言ったって、目的も、そしてこの男の身元も知らないでほいほい返事なんて出来るわけがないだろう。

もちろん聞いてもいいよね。

「だいたいあなたは何処《どこ》の誰ですか？」

あなたは誰。そう、それが一番重要である。当たり前のことだけど。誰が、何をしようとしているのか。

もし私の目的と彼の目的が合致するようならば、もちろん彼の申し出を受けるかもしれない。

さくっと終わってついでに越境なら考えなくもない。金は大事だ。だけど、一緒にこの国の王宮へ観光に行きたいというのなら行けるわけがない。とっとと私を隣国へ送ってくれとしか言えないよね。

けれどもそう聞かれたレックは、少し戸惑ったような顔をして言った。

「ああ私は……私は隣国ファーグロウのぐ――」

「は？　隣国!?」

思わず驚きでポカンと口を開けながら聞き返してしまった。きっと私はすごい顔をしていたんだと思う。レックがそれはそれは不思議な顔をしたから。あらやだイケメンの前でこんな顔……って、いや今はそれどころじゃあない。

「……そう、ファーグロウの軍人で、今は極秘任務中だ。そして私たちは今『聖女』を必要としている」

隣国ファーグロウ。それは私が行きたいと願っていたまさにその国。

じゃあなに、敵国の人がこの治療院に来ていたの？　休戦中とはいえ戦争中なのに？　しかも軍人!?　だから身元を伏せていた？　出来るものなのかそんなこと……。

だけどもそれは私にとって、あまりにも好都合な話だった。

……まさか罠《わな》？　私が隣国に行きたいと言っていたから、関係者に見せかけた？

さすがの展開にちょっと疑う。

思わず私は驚きつつも、彼の顔をじっと見た。

人は嘘をつくときにはわずかに緊張したり、何かしらの精神的な動揺があるという。

そしてどうやら私は最近、集中すればその緊張や動揺などの精神状態が多少は感じられるようになっていた。

私は彼の話を聞きながらひたすらそれを探す。

だけど、今のところ見つからない。彼は普通に返事を待っている程度の自然な緊張しかしていない。そして少々の興奮……わくわく？

でもそんな私の様子が躊躇《ちゆうちょ》しているように見えたのか、レックは、真面目モードのまま畳み掛けるように話し始めたのだった。

「そう。君にとってはこのオリグロウは祖国だろうから、敵国であるファーグロウに協力しろというのは私も少々心苦しく思っている。だが我が国ファーグロウの軍事力はこのオリグロウに比べてあまりにも強大だ。今までは王の方針で防戦しかしてこなかったが、このたび王がとうとう決断された。私もこのままの状態を長引かせるよりは、君にも協力してもらって早く決着をつけた方がどちらの国にとっても良いと考えている。君はもうこの争いに疲れた状態を終わらせたくはないか？多分もうすぐ大きな戦いになるだろう。ファーグロウがオリグロウを平定した暁には、我が国はオリグロウを悪いようにはしない。もちろん君の家族の安全にも配慮する。だから、この状態に終止符を打つのにぜひ協力して欲しい」

目が真剣だった。何が何でも説得しようという気迫に満ちあふれていた。

どうやら本気で私をファーグロウに引き入れたいと思っているようだった。

……なるほど、言いたいことはわかった。

つまりはなんだ、隣国ファーグロウから見たらこの国オリグロウが隣国ファーグロウに侵攻しようとしてちょっかいを出してくるのを、今までは国境でファーグロウが止めていただけという感じなのか。ああだからファーグロウの将軍の二つ名が『ファーグロウの盾』なのか。そういうことか。で、ファーグロウは今まで防戦しかしてこなかったから、オリグロウが延々と仕掛けて来て、そのまま延々と国境で争いが続いていたということか。

そしてそろそろファーグロウの堪忍袋の緒が切れると。

そして私を引き入れたいと。

なるほど、それはなんと、すばらしい……。

これこそ私の待ち望んでいた話……！

私は思わず今までのつんけんした態度をすぐさま翻し、晴れ晴れとした笑顔を彼に向けた。

そしてがっしりとレックの手を握り返して、勢いよく上下にぶんぶんと振ったのだった。

「なるほど、ようく分かりました。協力しましょう、そりゃあもう全力で！　故郷？　この国？いやぜんぜん？　むしろ一緒にぶっ潰しましょう！　願ったり叶ったり！　ひゃっほう！」

なんだったら万歳してもいいくらいだ。

目的のものが今、目の前に！　なんだーちゃんと話を聞いて良かった！　偉いぞ今日の私！　よくやった！

「ひゃっほう……？」

あら？　レックが啞然《あぜん》とした顔で固まっているわ？　でも私はもう引き受けたからね？　誘った責任はとってもらうわよ。さあとっとと私をファーグロウへ連れていって！　こんな国とはもうおさらばだ！

「サルタナ院長、今まで大変お世話になりました！」

私は笑顔で院長の方に振り向いて言ったのだった。

「アニス、しかしそれではこの治療院はこれからどうしたら……」

院長がショックを受けた様子でそれだけ言って、オースティン神父の方をすがるように見たのだけれど、神父様からは、

「ふぉっふぉっふぉ。これは面白そうな話になったのう？　サルタナ殿、もちろんこのことは全て黙っておいてくれるよな？　それなら出来るだけの癒やしの魔術をアニスに残しておいてもらうようにワシからもお願いしてあげような。この前彼女が預けたという木片だけだとまだ少々不安じゃろ？　もっと欲しくはないかね？　サルタナ殿ももう少ーし楽をしたいよな？　ん？　その方がきっとお得じゃぞ？」

と、反対に取引を持ちかけられたのだった。

わあ神父様さすがー。

もちろん私もすかさず神父様の援護に入るよ！

「じゃあ、今ポーションを入れているあの大きなカメにもそれぞれの魔術を込めておきますね？　あれがあれば、全く同じとは言えなくてもそれなりのポーションが常に出来ると思います。やったことはないけれど、きっといけるでしょう。うん、出来る出来る。だから、今後は私の事はきれいさっぱり忘れてください！」

レックの手をとっとと離して、ビシッと敬礼してみた。

「そうですね。あなたがこの『聖女』のことを黙っていてくださるなら、わが軍からもそれなりの資金提供をお約束しましょう。きっとここの評判の治療師は、新たな修行の旅にでも出たんです。きっとそうだ」

レックも怪しげなキラキラを振りまきながら言い出した。そのせいか彼の笑顔が目が潰れるほど眩《まぶ》しいぞ。

「アニス……この国を見捨てるのか？　君はこの国の聖女なんだろう？」

それでもサルタナ院長は私を見て弱々しく言うのだが。

「いやーこの国の聖女はそろそろ王子と一緒に外遊から帰ってくるのではないですかね？　でもサルタナ院長には大変お世話になったので、出来るだけのことはさせていただきます！」

きりりっ。

なにしろこれは待ち望んでいたチャンスなのだ。飛びつかないわけがない。そしてレックは私が隣国ファーグロウに恩を売り、将来の生活の基盤を手に入れるための大事な伝手《つて》なのだから、絶対に離すもんか。

この国には恩どころか仇《あだ》しかもらっていないしね！

いやーよかったよかった。願ったり叶ったり。

なんだーそれならそうと早く言ってくれればよかったのにー。うっふっふ。

「でも君も聖女なのだろう？　先ほどの技は……」

それでもサルタナ院長が食い下がるが。

「あーどうやら能力だけは？　でも『聖女』の認定はこの国には却下されたのでー」

だから正確には聖女じゃないと思うの。そう言うと、

「え？　なぜ？　その能力で？」

レックが驚きに目を見張っていたが。

「ええまあいろいろありまして」

話せば長くなるのよね。

「どうやらアニスはこのオリグロウには未練はないようじゃな」

神父様がまたふぉっふぉっふぉと笑っている。

「そりゃあそうです、この国には散々な目に遭わされましたからね！　いや本当に、隣国の軍人と知り合えるなんてラッキーです。もちろん協力いたします。で、レック」

私はレックの方を向いて力一杯にこやかに愛想良く言った。

軍人さんなら、今！　聞いておこう！　希望は最初に言う主義です！

なにしろあんまり時間がない。

「あなたはどれだけ偉い人？　まさか一番の下っ端ではないわよね？　それでものは相談なんだけど、なんとかファーグロウの将軍様に会えるようには出来ないかしら？　そう、かの有名な『ファーグロウの盾』。紹介だけで良いんだけれど。でも出来るだけ早く！」

もし会えるなら会った方が絶対に良いだろう。そうしたら「何かあったら呼んでください！」と

直接自分を売り込める。私の顔と聖女の能力と意気込みを、将軍本人とその周りの人たちにアピールしておけば、おそらくいざという時には確実に思い出してもらえるに違いない。

直訴、きっとそれが一番早い。出来るものならやっておきたい。

そう思ったのだけれど。

私が勢い込んで言った途端に、レックの顔が明らかに引きつったのだった。

あれ、さすがに無茶な話だったかな？　まあ軍で一番偉い人だもんね。

よく見れば他の人たちも若干引いている。

ん？　そんなに無謀？　まあ無謀か。

でも私を聖女だと認めているんだよね？　貴重な珍獣なんだよね？　だったらちょっと紹介してくれてもいいんじゃないかなー。だめ？　それともその将軍って、思わず顔が引きつるほど嫌われているのか……？

「……我が国の将軍に、何の用があるんだ？　君の能力は認めるが、私は働いて欲しいと言ったんだ。もし将軍に取り入ろうというのなら無駄だぞ。彼は聖女だからという理由で寵愛《ちょうあい》するような人間ではない。もしそれが目的なのだったら諦めるんだな」

レックがとても冷たい口調になって言った。

「え？　寵愛？　いや別にそんなものはいらないんですがね。実は将来、ちょっとばかし力になれるのではないかと思っていてですね？　そのために出来たら顔をつないでおきたいのよね。そしてちゃんと役に立った暁には、ちょっとお願いしたいことがありまして。多分お偉い将軍様からしたら、ほんのちょっとしたこと」

私は自分の顔の横で、人差し指と親指を使ってうすーく隙間を作りつつ言った。

普通そんな顔も知らない人の寵愛なんて、別に欲しくないよね？　重用ならいいけれど。私、権力に惚《ほ》れるタイプじゃあないのよ。それに脳筋の中年が好みと言うわけでもないし？

だいたい自分の命が危険にさらされているような時に、そんな恋愛なんていう気分になんてなれないよね。

今はとにかく生き延びて、安心安全な未来が欲しい。ただそれだけだ。だから、

「じゃあ何が欲しいんだ？　いまここで言ってみろ」

と、言われたら。

「えぇー？　あなたに？　いまここで？　もし言ったら将軍につないでくれる？　よしわかった！　じゃあ言うけれど、私はファーグロウでの私の身元の保証と安全が欲しいの。ファーグロウで安心してまっとうな生活ができるようにして欲しい」

言ったからね？　つないでよ？　少々無理やり感は感じながらもごり押ししてみた。まあ言っておいて損はないだろう。

それに考えてみれば極秘任務なんて任されるような人間だったら、きっと結構偉い人にも顔が利くよね。

よね？

「本当にそれくらいの事だったら、別に将軍でなければいけない理由はないだろう。今私に協力し

てくれれば、将来ファーグロウで暮らしたいという願いはきっと叶うだろう」

そうレックは言うけれど。

「そういうわけにもいかないのよね……」

だって将軍はもうすぐ死んじゃうんだものー。

でも私だったら、もしかしたらそれを止められる。かもしれない。

いや止めなければならないのだ。

もし将軍がシナリオ通りに死んでしまったら、きっとあのゲームの通りにファーグロウは負けるだろう。

たとえ今どんなにファーグロウが強くても、きっとシナリオは変わらない。なにしろゲームの主人公はあちらなのだ。ゲームのご都合主義をなめちゃあいけない。不可能を可能にするのはいつだって主人公側なのだ。

そしてそのシナリオ通りに進んだら。

このオリグロウのヒメとあの頭の固い王宮の面々が高笑いをすることになる。

そして私はきっと追われ続け、この世界で一生隠れて生きなければならないのだ。

それは嫌だ。絶対に嫌だ。この先一生あいつらの幸せを眺めながら逃げ隠れる生活なんて考えたくもない。

だから。

私は私の使えるものを全て使ってでも、その運命にあがらうと決めたのだ。

ゲームのシナリオを変えてやる。

私にとってこの世界は、もはやゲームの中ではない。現実なのだから。

気になるのは若干ヒメによって既にシナリオが変わってきている気配があることだ。ゲームでは婚約発表は戦争終結後だった。一体何が本来のシナリオとずれてきているのだろう。

でも、少なくとも自分の牛耳る国が戦争に勝つシナリオをわざわざ壊すことはないだろうから、冬になったら一気に攻撃が始まると思う。そこはきっと変わらない。

将軍が死んでしまったら、きっとシナリオが本来のエンディングに向かって走り出す。

もしかしたらヒメは、彼女以外に唯一そのことを知っている私がその情報をファーグロウに伝えられないように、口封じをしようとしたのかもしれないと今になって思った。

死人に口なしって言うもんね。そうだとしたら、いや天晴《あっぱ》れだな、その屑《くず》度合い。

だけれどきっとこのレックの口ぶりでは、ファーグロウにまともに対応をされたらオリグロウに勝ち目はなくなるのだろう。将軍の突然の死で混乱するファーグロウでなければ、きっとオリグロウは勝てないのだ。

ならば、今ここで彼にそれを伝えて万全の対応をしてもらうか?

それも一瞬思ったけれど、たいした信頼関係も無いオリグロウの人間だと思われている私が今そんなことを言い出しても、この目の前のレックが信じてくれる気が私にはぜんぜんしなかった。

今の私は彼からしたら、祖国を助けようともせずに、故郷も家族も捨てて喜んで亡命しようとしている人間だ。私が彼の立場だったら、そんな人間をそう簡単には信用出来ないだろう。

それに人の死の予言なんて、下手をするといろいろな意味で私が頭のおかしい危ない人になってしまう。

しかもそれは彼にとっては自分の所属する組織のトップで、しかも多分今はピンピンしている人間の死の予言だ。

全く信じてもらえるとは思えない。

彼に信じてもらうなら、私は、まずは何を言い出してもそこそこ信じてもらえるくらいまでの信用を得ないといけないと思ったのだった。

そうでない状態でうっかり不穏な予言をして、危険人物認定されるのだけは避けたいところ。

それこそ将軍に謁見させてももらえなくなる。

それに対策をお願いしたとしても、必ず防げるとは限らないし。なにしろゲームの中でもしっかり警護されていただろう設定の人なのに、それでもシナリオの中では死ぬのだから。

それに非常に優秀だというその人が、ただのご都合主義のシナリオのせいであっさり早死にするのも可哀想《かわいそう》だ。彼は何も悪くないのに。

もしも私に出来るものならば助けてみたい。

ええ売れる恩は売る主義です。恩を売れば売るほど明るい未来が待っている！　きっと。

なんだか目の前のレックが非常にうさんくさげに私を見ているが、負けるもんか。

私の命とこれからの人生がかかっているのだから。

頑張れ私！

私が無言で決意を新たにしていたら、突然オースティン神父がのほほんとした声で言ったのだった。

「それじゃあワシも付いていこうかのう～もう老い先短いから楽しそうなことは今見ておかないとな～ふぉっふぉっふぉ」

って、なんで言い方が若干年寄り臭くなっているんですか。

それを聞いてレックが言った。

「あなたの噂も聞いていますよ、オースティン神父。この聖女を見つけ出した慧眼《けいがん》はすばらしい。もちろん来るのは構わないのですが、あなたにはあまり報酬は出せませんがよろしいですか？」

さすが雇用主、しっかりしていた。

「ふぉっふぉっふぉ。別に報酬なんぞどうでもいいよ。付いていくだけじゃて。いやいやどうやら二人は良い感じじゃからのう？　そういう若い人の近くにいると、自分も若返って青春なんじゃよ～、楽しいのう？　ああ若い人は若い人たちで自由にやってくれればいいからの。ワシももう年で目もよく見えないし最近は耳も遠くなってのう、若い二人が何をしていてもわからんから安心じゃよ？　好きなだけいちゃいちゃするがよいぞ～」

って。は？　そのための年寄り演技かい。何を考えているんだ。

ないわー。

良い感じとか、どこをどう見て言っているのだろうか。

どこからどう見ても「逆」美女と野獣じゃないか。神父様の目は節穴か？　こんなモテそうな美男子が、身寄りの無い地味な女を相手にするとお思いですか。

若い男女のいちゃいちゃを観察したいだけなら期待外れもいいところだ。何を期待しているんだか。いくら相手が素敵でも、私の方はそんな余裕は無いんだからなんにもないぞ？　私は生き延びるので精一杯。浮ついている場合ではないのだ！

ちょっと目が据わってしまった後にちらっとレックの方を見たら、彼も私と全く同じ目で神父様を見ていて理解したよね。

ああうん、だよねー思うよねー。

くそう。

うん、まあわかってはいたよ。イケメンは女なんて選び放題なんだから、いろいろとレベルの高い女性じゃないとね……はは。

どうせ生まれてこのかたモテたことなんてない私ですから身の程はわきまえておりますよ……。

正直な顔の彼に初めてちょっとの親近感と、そしてほろ苦い何かを覚えた瞬間だった。

まあ、彼もそれほど悪い奴ではないのかもしれない。正直は美徳だ。

そう、彼が悪いわけではない。

「なーおーん」

『和やかなところ悪いんだけど、どうやらお客さまみたいよー。すっごい偉そうー』

そう突然発言したのは、さっきまで部屋の隅でゴロゴロノビノビしていたロロだった。

まあ今も態度は変わっていないけど。

「は？　まさか王宮ではないでしょうね!?」

私は焦った。

それ、ヤバいやつでは？

「んーにゃー」

『わからないけど態度が偉そうだからそれはあるかもー』

「一体何の用だ？　人か？　金か？　それとも仕事か？」

敵国の軍人たるレックが眉間にしわを寄せて言う。

「まあ、人じゃろうな。ここは貧乏だし、仕事なら他の所でもできるじゃろ。わざわざこんな辺境まで来るのなら、目的のものがここにしか無いんじゃろうて」

神父様はそう言って、そしてこっちを見るということは、私が目的だろうと思っているな。

うん、まあ可能性は高いと思う。レックは身元を隠しているし、オースティン神父はここでは何にもしていない。派手に名前が広まっているのは私だけだ。

ちなみにサルタナ院長は黙って青くなっていた。

さあこれからという時に、私は捕まるわけにはいかないのに……！

しかし私が逃げ出すかどうかで悩んでいるというのに、レックがノンビリした声で言ったのだった。

「へえ？　面白そうだな。王宮の使者なら会ってみたいな」

「いや、困るんですけど？」

ちょっと、なにそんな興味あるーみたいな顔をしているんだよ。

「聖女を迎えに来たのかもしれないよ?」

「まさか！　でももしそうだとしても、あっさり殺されるだけなんだよ！　もう一回殺されかかっているの！　私が生きているとバレたら今度こそ確実に殺《や》られるに決まってる。次はきっと誤魔化されてはくれない！」

せっかくここまで来たのに！　頑張ってきたのに！

「ふうん……?」

レックが私の様子を意外そうに見ているが。

私はいざという時のためにロロを抱き上げた。

もうダメだと思った時には、その偉そうな人とやらをロロに蹴散らしてもらおう。そして逃げるのだ。

ああもうせっかく摑みかけたチャンスだったのに！

「にゃあ」

『あ、そうだ、ちょっと手を出してー』

今度は私の焦りなど何処吹く風でロロが言った。なんだなんだ、ロロまでこんな時になんでそんなのんびり通常運転なんだ。

もう、焦っているのは私だけなの!?

そう思いながらも言われた通りに左手を差し出す。

するとそこにロロがぽんと前足を置いたのだった。
「なあー」
『これ、私の主《あるじ》の印。これがあるといろいろ便利だから付けとくねー。めんどくさくてサボってい
たけど、一応ねー』
ふと見ると、ロロが前足を載せた私の左の手のひらに一瞬ロロの肉球の形をしたものが光って、
そして消えていった。
なんだろう？　見えない肉球スタンプ？
「んーにゃーおう」
『これで多少は離れていても会話できるしー、私が見たものも見えるからー。サボらないで最初に
やっておけばよかったわねー』
てへ、って、なにを呑気《のんき》な。それ、最初にやっていたらこの状態をもう少し早く教えてもらえた
ということじゃないの？
でもまあ便利そうだから助かるけど。
どうやらロロの感覚は鋭いらしく、集中するとこの治療院の中にいる人たちの動きがロロを通し
てざわざわと感じられた。そして自分の目で見る光景とは別に、ロロの視界も感じられる。
私とオースティン神父が緊張した顔をして、レックが目を輝かせ、そしてサルタナ院長が青い顔
でおろおろしていて、さらに、
「一体何が……」

とブツブツ小声で言っていた。

まあ、その心配もわかるような気はする。彼は人生の全てをかけてこの治療院のために働いていたから。それなのに、王宮に目を付けられるというのはまず厄介なことであるに違いない。

私は周りを蹴散らすようにこちらに向かってくる一団の動きをロロを通して感じながら、今までの穏やかな日常が終わりを迎えたのを感じていた。

約束の、ポーションを作るカメに魔術を込めることも出来ないでここを去る予感がする。

約束したのにな。

仕方が無いのでちょっと考えて、この特別室の大きな高級そうな木製のベッドに近づいてから、私はそのベッド全体に癒やしの魔術を込めたのだった。

時間が無いから一気にね。木製だからカメよりは長持ちしないだろうけれど、それでもしばらくは使えるだろう。

今まで作っていたポーションと同じくらいの量ができるように。同じくらいの効果が出るように。そんな種になるように。

癒やせ。人々を治せ。すみやかに。

なおーるなおーるー。

一瞬ベッド全体が光って、消える。

よし。

「サルタナ院長、このベッド全体に癒やしの魔術を込めました。今後はこのベッドに病人を寝かすなり、粉砕して水に浸《つ》けてポーションを作るなりしてください。私の置き土産にします。大変お世話になりました！　あ、未払いのお給料はいつか受け取りに来たいので、取っておいてくださると嬉しいですう」

　私がそうサルタナ院長に言ったのと、その王宮の使者らしき人たちが、私たちのいる特別室のドアをやや乱暴にノックしたのはほぼ同時だった。

　応接室でおとなしく待つ気は毛頭ないらしい。逃げる隙は与えないという意志を感じるよ。もう嫌な予感しかしない。

「失礼。サルタナ院長はいらっしゃいますか？　こちらに治療師のアニス殿もいらっしゃると伺ったのですが。王宮から急ぎの用件があります。ぜひお話を」

　って、やっぱり私かー！　しかも王宮がらみだ。ビンゴ。

「治療師のアニス」と言っているということは、やっぱりここでの噂が王宮にまで行ってしまったのか。

　逃げる？　どうする？

　しかし私が必死で最善の道を探っているというのに。

　そんな私の傍らで、呑気な顔をしている男が一人。

「へえやっぱり面白い展開だな。ちょっと一緒についていってみようか」

　はあ？　何を言ってるの？　わかってる？　あなたの国の戦争相手の中枢よ？　あ、だから行くんですかそうですか。軍の極秘任務とやらが一体何かは知らないが、出来たら勝手にやってくれ。

あ、でも一緒にって言ったかこの男？　私と一緒に？　冗談はよしこさん。

「ちょっと、私の命がかかっているんですけど？　なにを呑気な事を言っているの？　私は王宮とは関わり合いたくはないのよ」

しかし彼はのほほんと言ったのだった。

「まあまあ。まずいと思ったらその時に逃げれば良いさ。どうとでもなるよ。まかせて。でも王宮の使者なんて何を言うのか興味あるじゃないか。君一人くらいなら私がちゃんと守ってあげるから、ちょっとついて行ってみない？　それに今、私が君の雇い主」

「あ、はい……」

そうだった。そういえば報酬をもらう雇用関係だった。うっかり笑顔で了承しちゃっていたよ。

それにまあ、この見慣れて来たとは言え超絶美しい顔できりりと「ちゃんと守ってやる」とか言われちゃって、ついうっかり嬉しかったのも否めない。

えーちょっとこんなイケメンに守られてみたいー。女の子だもの。

と、いうことで、私はロロを抱いたままレックの後ろに移動したのだった。

彼がそう言うならもちろん最初から守ってもらう気まんまんだ。私は有言実行を望む。

でもオースティン神父がちゃっかりその私の後ろに来たのはどういうことかな？　あなた強いでしょうが。

でもまあ最終秘密兵器を抱いて、自信家のイケメンと実は強い元軍人の神父様に挟まれて。

どうにかなる気がしてきたような。

そしてそれを確認してから、サルタナ院長がおっかなびっくりドアを開いたのだった。

結論から言うと、このレックという私の雇用主は頼もしかった。

私の雇用主として、ちゃんと私だけの王宮への連行には断固反対してくれたのだ。

「私の部下を勝手に連れて行ってもらっては困る」

そう言って、断固矢面に立って交渉してくれる姿はなかなか頼りがいも威圧オーラもあって素敵でしたよ。

でももともと頭の固いこの国の王宮の人間には効果はいまいちだったようだけれど。

「何を若造が偉そうに。口を慎め。ロワール殿下の要請を断ることは許されない。そこの治療師はすみやかに召集に応じるように。あくまでも断るようなら拘束する」

そう高らかに、王宮の使者という人は宣言したのだった。

まあこちらは身分なんぞ全くない庶民ですからねえ。

しかしだからと言って相変わらず頭が固いというか強権的というか我が儘《まま》というか。もうちょっと丁寧な、上品な使者はいないのかこの国には。それとも辺境のぽっと出の治療師にはこれで十分だとでも？

「ぜひ来ていただきたい」

くらい言えないのか全く。

要は、最近話題の治療師を即刻王宮に寄越せと、そういうことでした。なぜかはわかりません。

しかしうーん、やはり噂は王都まで行っていたか。

でもこの使者が来る前に隣国の人間と縁が結べたのはラッキーだったな。そうでなければ今頃は急いでここを脱出して、また一から生活の基盤を整えなければならなくなって、大幅に時間をロスするところだったのだ。もう秋だというのに。

そんなことを考えつつ成り行きを黙って見守っていたら、しばらくレックと使者がなんだかんだと言い争った挙げ句、最後は使者が面倒になったのか折れて、結果的にレックの思惑通りに私たち三人がひとまとめで王宮に連行されることになった。

うーんレック交渉上手《うま》いな。そうなるかー。

でも私は行きたくない……。

一生懸命にそう目で訴えたのだけれど、どうやら彼は最初から王宮に乗り込む気まんまんのようだった。

なにしろその証拠に、どうやら偽名を使っている。彼はレック・なんちゃらと名乗っていたけれど、それ、あの大男のガレオンとか言う人が誓った相手の名前とは違うよね？　そして自分をただのしがない商人だとも言っていた。

まあ、さすがに敵国の軍人とは言えないか。それを言ったら絶対に王都どころかこの国にもいられなくなるだろうし、そうでなければきっと捕縛の対象だろう。

しかしそんな嘘を並べてまで、なぜ王宮になんて行きたがるのか。私には全くわからない。

だけどもどうやらオースティン神父までもがノリノリの様子で、

「年寄りに優しい馬車がいいのう。最近はすぐに腰に来るからの〜」

とか言い出して。

なんなの二人とも。私の命はどうでもいいんですか。少なくとも神父様は私の事情を知っているはずなんだけれど、なんでそんな楽しそうにしているのかな？　遠足じゃあないのよ？　私は危ない橋なんて出来るだけ渡りたくはないのよ。

とはいえ私もちゃっかりと、このメンバーでどうにかこうにか誤魔化して王宮から無事に帰ってくる可能性と、今一人で逃げ出して、また一から隣国の人と知り合い、かつその人が隣国に入国する手助けを約束してくれる可能性というのを天秤《てんびん》にかけた結果、まだ若干王宮から帰る方が楽かな、と計算してしまったのも嘘ではない。

なにしろこのレックは私がここでずっと待ち望んでいた、隣国へ行くためのチャンスなのだ。今あっさりと放り出すには、あまりにも惜しかった。

それに今や、私には武器がある。「逆・癒やし」という魔術が。

そしてレックも実力はわからないけれどもとりあえずは金持ちで、そして守ってくれると言っているし、ロロも自称どうやらとても強いらしいし、実際に強い上に強力な「加護」持ちの神父様だっている。

もし本当に危なくなってもこの人たちの協力があれば、きっと私は逃げ出せるだろう。そう信じる。

だからその時が来るまでは、この人たちと出来る限り一緒にいてみようか……。

第五章　再会と思惑

かくして私たち三人はおとなしく、まとめて王宮への護送馬車に乗せられたのだった。

またこの馬車か……もはや懐かしい……。

今回は罪人の護送ではないからか少しは見かけがマトモなものの、作りは基本変わらなかったよ。

これ、また腰が痛くなるやつだ……。

まあ今回は自分で治すけど。

私は思わず遠い目をしたのだった。

馬車の中ではいくら三人一緒だとしても、残念ながらあまり私語なんて出来ません。

何故《なぜ》か信用がないらしく、見張りが一緒に乗っているからね。

なんでだろう？　レックが反抗的な態度だったからだろうか。

なので私たちは、ひたすら無言でガタピシと馬車に揺られるのみ。

なーんて思っていたけれど。

なんと実は私語し放題だった。

いや最初は私たち、おとなしく黙っていたのよ。でもレックがファーグロウの言葉でしゃべり始めたから判明したのだけれど、どうやらこの見張り、そしてどうやら護衛らしき人も、どちらもファーグロウの言葉がわからなかった。私もよくよく視《み》てみたけれど、どうやら演技ではないようだ。ただひたすら自分の理解できない言葉でしゃべられて、すごくイライラしているのがわかった。

レックがファーグロウの言葉で、

「この見張り、分かっているような顔をしているけれどわかってねえな。全然なんの反応もしない。こうして見てると間抜けな顔だな～」

とか言っていろいろ挑発した台詞《せりふ》を吐いているのに、目線を外した上に言い方がにこやか、かつ穏やかだからかこの見張りは悪口を言われているとは全く思っていないようだった。

そしてそれを聞いて吹き出す私とオースティン神父。

私はどうやら異世界転移の恩恵か、言葉は何でもわかるようだった。考えてみればこの世界に来た瞬間から何不自由無く話して聞いていたよね。

そしてオースティン神父もどうやらファーグロウの言葉に困ってはいないようだ。

ふむ、そうと判《わか》れば三人で会話し放題である。

ただし見張りが危機感を持ったのか会話を止めさせようといちいち注意してくるのが煩《うるさ》い。

もー私たちは罪人じゃあないのよ。

一応王子に「招かれている」立場じゃないのよ。え？　呼びつけられている？　ま、まあどっちでもいいけれど、せめて会話くらい自由にさせてよね！

と、いうことで、私はもうあの罪人として護送されていた私とは違うのよ～。

なにしろ経験を積んだからね！

そうして私はさくっと見張りを眠らせたのだった。

ねーむれー。

彼にそう魔力を向けるだけだ。

日頃こき使われていたのか疲れていたらしい見張りは、いとも簡単にころりと眠ってくれたのだった。

もちろん起きてまた文句を言い出したら再度眠ってもらう。日に日に元気に健康になっていくのはなによりデスネ。きっと良いことをしているに違いない。うん。

そして最初の頃、私の隣に座っていた見張りが舟を漕《こ》いで私にもたれかかって来たときには、レックが私と場所をかわってくれた。

あらやだ紳士……。

正直とても嬉《うれ》しかったです。初めて彼の印象が上がった瞬間だった。

ただそれを「おお優しいのう」とか言ってにやにや見ているオースティン神父様？　あなたがかわってくれてもいいんですよ？

まあそんなこんなで会話以外には何もすることが無い時間がたっぷりあったので、私は今の自分の置かれている状況をレックに説明することにしたのだった。

まあね、雇用主だし、部下の事情もある程度は知っておいてほしいよね。それに何日も馬車の中で過ごしていたら、なんだかんだ言って態度は軽くても案外いい人なんだということはわかったし。

少なくとも私と神父様に何か失礼な言動をしたり嘘《うそ》をついたりすることはなかったから。むしろいつも気を使ってくれて常に紳士で頼りがいがあったのは意外だった。イケメン胡散臭《うさんくさ》いと思っていて悪かったよ。

だからざっくりと。喚《よ》ばれて、冷たくあしらわれて、そして追放から暗殺まで。

「斬られたのか？」

「ええそりゃもうばっさりと」

そう言って、私は首から反対側の脇腹へと手で線を示した。

「それが本当だったら即死だろうそれは」

「普通ならね？　だからなんか脊髄反射で修復してた」

てへ。

おい。

「……聖女だと死なないのか。便利だな」

人が一人死にかけた話でその感想はどうなの。便利って。

あ、でもこの人軍人だったっけか。だったら人が死ぬところをたくさん見てきたのだろうか。

こんな涼やかで綺麗《きれい》な顔の人が血なまぐさい戦場にいる場面を想像できないのだけれど。

でもそれを言ったらこんな印象的かつ目立つ容姿で極秘任務って、向いていないんじゃないのかな？　少なくとも彼を見た女性はそう簡単には彼の存在を忘れなそうじゃない？　男だってなんだか目立つ男がいたなくらいは思いそう。

この人の上司って、どうしてこんな人選をしたんだろうね。レックがよっぽど優秀なのかしらん。

「でもそんな事情なので、私は王宮にいる『先読みの聖女』に会ったらまずいのよ。国を挙げての追跡とか勘弁。だから行くなら二人で行ってほしいの。もしもバレたら私はファーグロウの将軍に会う前にその場で殺されてしまう。それだけは嫌。せっかくここまで頑張ってきたのに」

命は大事。とってもね。

「だから何でそんなに将軍にこだわるんだ。いいかげん理由を教えてくれないか。それに慣れない場所で別行動しているといざ逃げるときにはぐれるぞ」

「だからそれは言えないんだってば。どうせ信じないだろうしほいほい軽々しく言えるような事情じゃあないのよ。こっちは命がかかっているの！　必死なの！　あ、でもはぐれるのも困る」

「まあまあ、なんとかなるじゃろ。要は王宮で顔が見えなければいいんじゃろ？　どうとでもなるよ～」

そんな密談？　がはかどる馬車の中。

見張りがいる手前、大変にこやかに、口調は軽く。一見世間話をしているかのように計画を練る。

ほー、いいわね～でも殺すのはちょっとまって～。うふふ。そうね骨折くらいはいいんじゃない？　何本かいっとく？

ノリはピクニックではどんなお菓子が食べたいかしら？　バナナもおやつに入りますか？　そんな感じです。

そんな順調かつ思いのほか楽しい日々だったのだけど、ある時からとうとう見張りが眠らなくなってしまった。

それはそれは元気になってしまったらしく、数日にわたってたっぷりと寝た見張りはそろそろ仕事を真面目にまっとうしようと頑張り始めてしまったのだ。元気な上に気を張られてしまうと軽く魔術をかけたくらいではもう眠くはならないらしい。

くっそう。便利だったんだけどな。でも強力にかけるとそれはそれで気付かれそうだし。

三人で密《ひそ》かに目配せをして相談する。

どうする？

どうするかのう。

よしまかせろ。

最後にそんな顔をしたレックが、次の休憩で馬車を降りたときにいつもの見張りとは違う、馬車を警護していた男に話しかけた。

とたんにキラキラとした光があたりを舞う。

「失礼、この前から思っていたのだが、あなたのことがどうも調子が悪いように見えて私たちはとても心配しているんだ。どうだろう、馬車の中の見張りの人と交代しては？　君は馬車に乗った方がきっと体が楽になると思う」

にっこり。キラキラキラ〜。

なかなかな量のキラキラした光がレックと警護の男を包み込んだ。

するとそう言われた警護の男は、今まではずっと憮然《ぶぜん》とした顔でこちらのことを見ていたというのに、突然驚いたように目を見張って言ったのだった。

「ああ、そうですね……そうかもしれません。ちょっと見張りの奴《やつ》と相談します」

うわ……すごいな、「魅了」っていうスキル。

大の男がレックにぽーっとなっているよ。男が男を見つめて頬を染めるとか珍しいものを見た。うへぇ。

しかしそんな派手な力わざ、こんな公衆の面前でやっていいのか？　と思ったので、

「ねえ……あのキラキラ目立ちすぎじゃないの？　なんで誰も驚かないの？」

と横にいた神父様に聞いてみたらば。

「あれはよっぽどの魔力がないと見えんのじゃよ。多分、今ここであれが見えているのはアニスとワシくらいなものじゃろうな」

とのことでした。

なるほど……と、いうことは、ますます胡散臭いスキルだな……と、思ったのは内緒です。

そして休憩が終わる頃、どうやら警護の男と見張りの男が言い争いをしているような声が聞こえたけれど、果たして。

「では今日から交代します」

そう言って馬車に見張りとして乗り込んできたのは、先ほどレックに「魅了」された元警護の男だった。

「まあ、よろしくお願いします～。交代できて良かったですね！」

もちろん私たちはにこやかにお迎えしたのだった。

馬車の中でも新しい見張りの男にはまだレックの「魅了」が残っているらしく、私の隣に陣取る

と熱い視線でレックをチラチラと見ていたが、当のレックは素知らぬ顔でつれない態度を貫いていた。

まあそうだよねえ。私も二人が見つめ合う図なんて見たくはない。

そしてレックは、こっちに「早く仕事しろ」とでも言いたげな視線を送ってきたのだった。

わかってますよ〜。

もちろん馬車が走り出したらやることは一つ。

ね〜むれ〜。

こてん。

おお効きがいいねえ。よっぽどお疲れだったんですね？

そして。

「ちっ。こいつもアニスに寄りかかりやがって。君も男に寄りかかられて黙っているんじゃない。ほら、かわろう」

レックが紳士的に、また私と席をかわってくれたのだった。

やだ素敵〜。席をかわった後に得意げに気障《きざ》なウインクを寄越したりさえしなければ、うっかり惚《ほ》れちゃったかもしれないー。

もう、ただそのままキリッとしていれば艶めく黒髪と涼やかな目元の超絶イケメンなのに、なぜいちいち行動がチャラいのか。

私は本当に、心から、残念です。

でもさすが軍人さんというだけあって体格は良いから、三人の中では一番男に寄りかかられても負担は少なそうだし、こまめに容赦なく押し返しているようなので助かります。さすがに私は押し返すのにも抵抗があったし、でも常に密着とかはちょっと嫌だったから。

そして私たちはまた密談に戻ったのだった。

私はなんだか楽しくなってきていた。

どうやらレックは頭の回転も速い話のわかる人だし、オースティン神父は経験豊富。ほんのここ数日で私一人では出なそうな策がいろいろ出てくる。なんだかいいチームワークが出来そうで、ちょっとわくわくさえしてきたよ。

うん、このメンバーだったら、たとえ敵の王宮の中からでもちゃんと脱出できそうだ。

そんな気さえしてきたよ。

そしてそんな密談の合間は見張りにはずっと眠っていただいているのだけれど、今度の見張りは時折いびきをかくので、そのたびにレックが見張りを小突くようになった。

「んがっ?」

はいねーむれー。

すやぁ。

だんだんその連携も手慣れたものになってきたぞ。

無言かつ阿吽《あうん》の呼吸によって繰り出される強制睡眠攻撃だ。

「なんならワシ、この男が動けないようにちょっと縛っとこうか？　さっき都合の良さそうな紐《ひも》をたまたま手に入れてのう？　ほれ」

「って、なんで懐に紐が入っているんですか。いつの間に。それ凶器になるやつじゃないか。あの見張りの目は節穴なんですか？　でも縛って気付かれたら大騒ぎになるから駄目ですよ、わくわくするのもやめてください神父様」

「紐もいいが例のやつを調達しなければね。急がないと」

「ああ、それももうあるよ？　さっき格安で譲ってもらったからの〜。ふぉっふぉっふぉ」

「神父様さっすがー。しかし本当にいつの間に？」

「にゃーん」

『おなかすいたー』

そんななかなか楽しい道中になったのだった。

今度の男はよく寝る男で大変助かりました。

そうこうしているうちに馬車は王都に入っていったのだった。


ああとうとう来てしまったよ……。

懐かしの王宮ですね。いや全体は私も把握していなかったけれど。

なんていうかこのキンキラした感じとか、働いている人たちがツンケンしてプライド高そうなところとか、なんだか懐かしい気がするよ。

あれよあれよという間に私たちは王宮の前に立っていた。なにしろ「ロワール殿下からのお召し」だからね、謁見が最優先で観光なんてのほかからしいですよ。だから謁見の日時が決まるまで私たちは王都にある簡素な宿に監禁同然で留め置かれたのだけれど、意外にもその謁見がすぐに決まったのだ。

私としては心のどこかでこの話がお流れにならないかなーなどと期待をしていたのだけれど、まあそう簡単には物事はひっくり返らないということですね。現実は厳しい。

でもとりあえず、どうしてもマズい状況で絶体絶命になったときは、私だけでもロロに暴れてもらって逃げても良いということにはなっているので、私はきっとロロさえいれば生き残ることが出来る……と期待している。

え、二人を見捨てる？　でもレックは何故か凄《すご》く自信満々で「大丈夫」なんて言っているから、きっとどうにかして逃げるんじゃないかな。まさか一人で逃げることも想定せずに敵陣の中枢に乗り込もうなんて、さすがに考えてはいないでしょう。神父様にいたってはきっと「加護」スキルをフルに使って悠々と脱出する気がするぞ。

一番か弱いのは私。そして命が狙われているのも私だ。出来るだけ安全策はとっておきたいよね。

「ロロはのう、本気になるとそれはそれは怖いぞ？」

と、神父様も言うしね。ただ、

「にゃーん」

『まかせてー』

って、一番快適そうな場所に真っ先に陣取って、べったり寝そべりながら片目だけちょっと開けた子猫に言われても、説得力ってものがね？　全然ないんだけどね……。

「まあ、本気になれば、なんだけどのう……」

ほら、神父様もちょっと自信が無さそうだよ……。

でもそれでもロロは強力な武器になると私は信じている。それに私には他にも魔術という武器がある。

あとは死に物狂いで頑張るのみ。

私たちは王宮に入る前に、予定通りに準備をしていた。

私は顔を見せないように厚手のベールをかぶることになったのだ。

神父様が用意してくれたベールをすっぽりとかぶる。私もよく見えなくなるので、腕にはロロを抱いて直接ロロの視界を共有した。

「君はベールでよく見えないだろう？　転んではまずい」

ここでなぜか、ピリピリしはじめた私の空気を全然読まずに、にこにこ嬉しそうに自分の腕を取らせようとする男、レック。

は？　いえ見えてますが。知っているよね？

「でも見えない体裁の方が自然だよ？　さあどうぞ」

それでも私の躊躇《ちゅうちょ》を全く気にせずに、慣れた様子で気障に腕を差し出しウインクするチャラ男がそこにはいたのだった。

なんか楽しそうだな、レック。念願の敵の王宮に入れるのがそんなに嬉しいのか。

まあ、はいそうですか。いいですよ。雇用主の言うことは素直に聞いておきましょう。

私は差し出されたレックの腕を、ロロを抱いていない方の手で摑《つか》んだのだった。

はい前を歩く神父様はニヤニヤしないでねー。「若いっていいのう。嬉し恥ずかし」とか小声で言っているのもロロを通して全部聞こえているんですからね？

別にいちゃいちゃしているわけじゃあないのよ。レックはただの歩く支えだ。杖《つえ》となんらかわらない。神父様にはベールの中の私の据わった目をぜひご覧にいれたいところですね。

私がこれから自分の命を懸けて、なんとか乗り切らなければいけない緊張の場面にとうとう突入だというのに、なんでこの人たちはこんなにも呑気《のんき》なのかしらね……？

そして私たちはその状態で、揃《そろ》ってロワール王子との謁見の部屋なるものに足を踏み入れたのだった。


それほど大きくはないけれど、それはそれは威厳というか威圧というかキンキラでゴテゴテな装飾過多なお部屋の中で、その上座は一段高くなっていて、そしてロワール王子とその婚約者がそこに並んで鎮座したこれまた豪華な椅子に座っているのが見えた。

わあすごおい……お金ってあるところにはあるのね……。

私がこの王宮のすみっこから出てからは、ずっと簡素な護送馬車とか貧乏な教会とか、辺境のこれまた清貧かつ実用一点張りな治療院とかにばかりいたせいか、まずはこの豪華な感じに思わず目を見張ってしまったのだった。

だけどもちろん次に見るのは、その部屋の主の片割れとして座るヒメの姿だ。

それはそれは豪華な衣装と宝石に身を包んで、貫禄《かんろく》十分という感じで堂々と座っているヒメ。

私が必死でこの世界の庶民として生活に溶け込み、地道にポーションを作って名前を広める活動をしている間に、彼女の方は王族の一員としての態度なのかオーラなのかを見事に身につけたようだった。

心なしかうっすらと、光が彼女の周りを舞っているような気さえするよ。

まさかその衣装が反射板みたいな素材というわけではないだろうから、きっと自信やプライドからそういうオーラを出しているのだろう。

たった数ヶ月で、私たちは全然違う立ち位置になったのだなと私は思ったのだった。

お互いがそれぞれぜんぜん違う環境と立場で、この世界に自分の居場所を作ったということなのだろう。

周りにはずらっと王宮の臣下らしき人たちが控えていた。

私たちはその人たちの前を通り、壇上の二人の前で跪《ひざまず》く。

「噂《うわさ》の治療師の女というのはそのほうか」

そう言ったのはロワール王子の横に偉そうに立つ、側近らしい男だった。なかなか見目麗しい……そしてなんとなく見覚えがあるということは、きっとあの人も攻略対象の一人だったのだろう。

宰相の息子かなんかかかな。

壇上の二人は私たちを見て、王子は多分私のベールにピクリと眉をひそめ、そしてヒメは一瞬驚愕《きょうがく》の表情をしたあと、そのままレックに目が釘付《くぎづ》けになっていた。

あら、私なんて眼中にない感じ？　助かるう。

そしてわかりやすいね。うん、超絶イケメンにはついつい注目しちゃうよね。

っていやそんな呑気に観察している場合ではないのかもしれないけれど。

お前かと聞かれれば、はい私です。

とは素直に言えない事情がありますよ。

なのでその側近の問いにはオースティン神父が答えた。

「たしかにこの娘がその治療師でございます。ですが、実は顔に大きな醜い傷がございまして、それを苦にしておりますゆえ素顔で人前に出るとパニックになるのでございます。普段は幻影の魔術で傷の無い顔に見せかけておりますが、この王宮ではそのような魔術が禁止されていると聞き今は素顔のままでございまして、パニックにならないように意識を薄める薬を飲んでおり今は話すことも出来ません。そのため父親の私が代弁することをお許しくださいませ」

打ち合わせ通りの設定である。

そのために私はベールを被《かぶ》ってこの王宮に入ってからは、極力おとなしく二人のなすがままを装っていた。

おかげで神父様が、それはそれは珍しいものを見るように私を見ることにも文句が言えず、ちょっと辛《つら》い。

「許可する」

そんな努力が功を奏したのか、少々胡散臭そうな顔をされたがなんとかお許しのお言葉をいただきましたー。よかった。

なにしろ私が話すと声でヒメに私の素性がバレる可能性があるから苦肉の策です。

とにかく私は一言もしゃべらずに、このまま何事もなくこの部屋を退出したい。

ええ必死です。必死ですとも。

私はここで聖女ヒメが治すと言い出さないことだけを天に祈っていた。なにしろ私だったらきっと言うと思ったから。だからそれはそれは警戒していたのだ。

だけどヒメは、どうやらレックに注目していてそれどころではないらしい。助かる。まさかイケメンにこんな使い道があったとは。

続けて王子が言った。

「では私から手短に話そう。そなたたちに来てもらったのは他でもない。我が国が隣国ファーグロウと戦争中であることは知ってのとおりである。我が国は今は休戦しているが、きっと近い将来にファーグロウと国運をかけて戦うことになるだろう。そしてそのときに出るであろう大勢の負傷者たちに対し、この私の隣にいる『先読みの聖女』の発案で、国民に治療を施す活動『聖女の救済』を行うことになったのだ。今はそのための治療師を集めているところである。そこの治療師の娘もぜひその尊い聖女の活動に参加することを私は望んでいる」

とても栄誉なことだから、感謝せよ。

そんな思いが王子の顔や言葉からは滲《にじ》み出ていた。

なるほど、「聖女」としての活動をそういう形で大々的にやるんですね。そして「聖女」の名声を高めると。もしやこれは国中の治療師を集めているのかな。

次にその『先読みの聖女』がにっこりと微笑《ほほえ》むと、主にレックに向かって芝居がかった情感たっぷりの声で言ったのだった。

「わたくしはたくさんの人を救いたいのですわ。わたくし、傷ついた国民を見るのがもう胸が潰れるくらいに辛いのです。わたくしはこの国のか弱い国民たちを救いたい。それにはわたくしだけではなく、大勢の治療師がいた方が、より早くよりたくさんの人々に治療が施せるのです。もちろんこの国のたくさんの不幸な国民のために、協力してくれますね？　そこの娘、アニス」

え？　はい？　私を名指し？　話しているときはレックの方を熱く見つめていたから、てっきりレックに言っているのかと思っていたけれど、最後の一言で私の方を見てびっくりしたよ？

しかしそこでオースティン神父が口を開いた。

「恐れ多くも申し上げます。実はこの娘は顔の傷のために人と接することに障害がございます。そのため私たちはひっそりと辺境で暮らしておりました。そのような尊い活動といえども残念ですが、この娘には難しいと存じます」

そう。私は身バレがそれはそれは怖いので、レックの行ってみたいという希望のためにギリギリまでは芝居をするけれど、でも何の話であっても断って最後は逃げるという約束を彼らと交わしていたのだった。

だからたとえどんなにすばらしいおいしい話があったとしてもお断りなのだ。

しかしヒメも引き下がらなかった。

「しかしわたくしは聖女。そこにいる娘の治療師としての能力が高いことは一目見ればすぐにわかります。その能力をわたくしが、そなたたち三人だけではとうていなしえないくらいに有効に使ってさしあげましょう。ロワール殿下とわたくしとともにこの尊い活動に参加すれば、そなたたちにも大きな栄誉と尊敬がもたらされるでしょう。これはそなたたちにとって、とても大きなチャンスなのですよ。ようくお考えなさい」

壇上から言い聞かせるように言う「聖女」ヒメ。心なしかさらに輝きを増しているよ……。

そしてそれを聞いて「おお――！　さすが聖女様！　下々の者たちにまでなんとお優しい」とかなんとか口々に言いながら、一斉に尊敬の眼差《まなざ》しをヒメに向ける家臣たち。

さらに同じようにうっとりと「聖女」を見つめるロワール王子。

ああ……どこかで見たわね、この空気……。

いわゆる主人公様の見せ場だ。主人公様スゴーイ、やさしーい、っていうあの流れだよ。

しかしその主人公たる「聖女」はそこで得意満面かと思いきや、なぜかギラギラとした、さも肉食獣が獲物を見つけたかのような目つきでひたすらにレックを見つめているのだった。

なんか凄い気迫だけど、どうしたんだ、あまりのイケメンで目が離せない？　でも中身は少々残念なのよ？　まあ知らないだろうけれど。

それにしてもこの話、ちょっと恩着せがましくないですかね。私たちを彼女が「使う」のか。それとも王族ともなるとそういう考えも普通なのかな？　ちょっと権力者の思考回路は、自分がそういう立場になったことがないからわからないな。

でも、本当に彼女が私と同じくらいに能力のある「聖女」だったなら、目の前の人間の顔の傷くらいさっさと治してしまえば良いのに。そしてそのお返しに協力を請えばいいのでは。少なくとも私だったらそうするのだけれど。

家臣たちの前でやれば良いパフォーマンスにもなるしね。

それに傷ついた国民も、手下にやらせるより直接派手にまとめて癒やした方がパフォーマンス的にも人気取りの面でもいいのではないの？

私の知っている彼女の性格だったらきっとそうすると思うのだけれど、もしやそれを言わないということは、彼女自身には治すことが出来ないということなのかな？　だから「治療師」を集めてその元締めになることで、「聖女」の体面を保とうとしているのかもしれない。

……もしかして長引いていた外遊も、そのための「優秀な治療師」集めだったとか……？

なにしろこの国に強力な「癒やし」を使える人間がいないことは、「聖女」探しの時に全て調査済みだろうから。

そう思い至った時、やはり召喚された「先読みの聖女」は私だったんじゃないのかな、と思ったのだった。

まあ……今となっては、ここで「聖女」扱いして欲しいとも全く思わないのだけれど。

だってこの国の戦争って、どうやら侵略戦争らしいじゃないか。自国の領土を広げるために隣国へ戦争を「仕掛ける」というその精神が、私には応援できないと思ってしまうから。

それをいまさら「聖女」としてチヤホヤされてその戦争に加担させられるのは嫌だったし、そもそもここの人たちにチヤホヤされてももはや全然嬉しくない。

聖女ではないというだけで、あれだけ無造作に人を切り捨てることが出来るこの国と重鎮たちを知ってしまったから。

今となっては私は、たとえ「聖女」という肩書きが無くても私個人を尊重してくれるような場所にいたかった。たとえばガーランド治療院とか、最初にお世話になったあの辺境のロスト村とか。

私が「聖女」ではなくても、たいていの人が温かかった。私はあんな場所に居場所が欲しい。

私がベールの下でそんなことをしみじみと考えていたら、今まで黙ってヒメの視線を受け流していたレックが突然ファーグロウの言葉で話し始めた。

「大変失礼ながら申し上げます。この老人と娘は今、私の部下でございます。私は二人を手放す気はありません。そして私はファーグロウの人間ですので、この国のために働くことも出来ません。殿下も将来スパイ容疑がかかってもおかしくないような敵国の人間を、大切な『聖女』の近くに置くようなことには反対かと存じます」

「ファーグロウ……！」

私たち三人以外の、どうやらファーグロウの言葉が分かる人たちが即座にざわついた。

そうだねー、なにしろ国境沿いだったから、隣国の人間が紛れ込んでいてもおかしくはないよねー。ええ、私は全く気付かなかったけれど。でも全然疑っていなかった？　王宮のお偉方が？

本当に？

そして実は彼の突然のこの国籍のカミングアウトは、レックからの「この潜入は終わり」の合図なのだった。

私たちは事前に、それぞれの「もうここには用はない、とっとと逃げだすぜ」という時用の暗号をいくつか決めていたのだった。つまりはこの謁見の強制終了だ。ちなみに私はヒメに素性がバレたと思ったら「パニックを起こす」予定だったし、神父様がマズいと思うようなことが起これば「突然の持病の発作」予定だった。

つまりはどうやらレックが何かの結論を出したようだ。そしてこの謁見を続けるのは得策ではないと思ったのだろう。

思っていたより早いんだけれど、もういいのかな？

まあそういうことなので、もちろん事態は私たちの予想通りの展開になる。

ロワール王子が忌々しそうに言った。

「……わかった。さすがにファーグロウの人間を仲間にすることは出来ない。諦めよう。ただし敵国の人間だと判ってこのままこの王宮を無事に出られると思うなよ？　衛兵！　この三人を牢《ろう》へ！」

はいまあ、そうなるよね。

私、また罪人になっちゃったよ。

どうも私とこの王宮とは相性がとことん悪いらしい。

でもそのまま予定通りにすぐさま強行突破するのかと思いきや、当の暗号を発動したレックが意味深な目配せをしてくるものだから、おとなしく捕まるレックに調子を合わせて私たち残りの二人も一緒に捕まったのだった。

ん？　なぜ？

結局私たち、三人まとめて監禁されました。

って、あれ、逃げないの？

と聞いてみたら。

「もちろん逃げるよ。でも、まだいいかな。今は向こうの出方を知りたい。ちょっといろいろ意外だったから」

とのんびり椅子に座っているレック。

そうなの？　ふーん。一体何を期待しているのでしょうかね。

でもそろそろこのレックという男、考え無しで行動する人ではないということが判ってきたから、きっと何か目的があるんだろう。

とりあえず従う。ええ私は上下関係には忠実ですよ。雇用主には基本可能な範囲で従います。常にロロの居場所は確認するけどね。

ちなみにオースティン神父も、

「ここは別に居心地は悪くないようだから、ワシは何にも文句はないの。しかもちょっと面白くなってきたみたいだし？」

なんて言いながら悠々と寛《くつろ》いでいる。

まあ確かに神父様の言うとおり、何故か待遇は悪くはなかった。

これが神父様の「加護」スキルの恩恵なのか何なのかはわからないが、しかし結果として不潔で暗い牢にでも入れられるのかと覚悟したのに、連れていかれたのはどうやら貴族なんかが捕らえられた時に使われる座敷牢《ざしきろう》のようだった。部屋は広いし清潔だし調度もそれほど悪くない。てっきり湿気や虫と同居かと思ったからそこは嬉しい。

でもなぜ？

することもなく待つことしばし。

レックはノンビリ楽しそうに寛いでいるし、神父様も呑気に部屋に置かれていたお菓子などを物色している。

ねえ、そのお菓子、毒とか入っていないの？　大丈夫なの？

私だけが落ち着かないで部屋の中をうろうろしているのが何故か納得がいかない。

本来の私だけでなく、まるごと三人が敵認定されたのよ？　なのになんなのこの人たちの余裕な態度……。逃げる気はカケラもないらしい。

しかしそんな状態でそれぞれに時間を過ごしていたら、しばらくして部屋に来た使用人に、何故かレックだけが呼ばれたのだった。

なんだろう？

私はとっさにロロに、心の中で「ついて行け」と伝えたのだった。

すると私の足下で寝ていたロロが、伸びをした後にするりと音も無く閉まりかけたドアをすり抜けて出て行った。

なぜ彼だけが呼ばれるのだろう？

あのレックばかりをひたすら熱い視線で見ていたヒメと何か関係がありそうな、そんな気がした。

私としては、今彼があのヒメにここに残るように説得されたり、もっと直接的に自分の取り巻きに誘われたりしたら困る。なにしろ彼は私の「ファーグロウの盾」将軍への大事な伝手《つて》なのだから。

なんとか彼には私を連れて、ファーグロウへ帰国してほしい。しかも出来るだけ迅速に。

だけれどここは、ヒメの陣地みたいなものだ。久しぶりに訪れた王宮は、相変わらず『先読みの聖女』を崇拝している人たちばかりに私には見えた。

王宮の誰も彼もが私には冷たい興味の無い視線しかよこさないのに、あのヒメにはみんなそろって尊敬と親愛の視線を送る。さすがに全員が全員うっとりと聖女を見つめるのはどうなのかと思うような状態だ。

ここはヒメを主人公にした補正のかかった歪《ゆが》んだ世界、そんな感じがした。

もしレックがこの歪んだ世界に飲み込まれてヒメに色よい返事をしたならば、私は自力で即座に逃げださなければならない。彼は私の過去を知っている。

ロロを通して見えたレックの招かれた先は、どうやらヒメの私室のようだった。

なんと。

私室だよ！　プライベート！

なんだか高そうなキンキラした部屋だけど、なにしろ後ろに豪華なピンクとフリフリで統一されたベッドが見えるから明らかに私室だよね!?

へえ、ピンクとフリフリが趣味だったんだ？

……じゃなくて。

そしてそこにはさっきのキンキラした豪奢《ごうしゃ》なドレスから、いかにも「聖女」らしいシンプルな白いドレスに着替えたヒメがいたのだった。

目を潤ませてレックを見つめている。何やら思い詰めた表情だ。

もしやレックは彼女のお眼鏡にかなったどころか、好みだったということ？

でも婚約者の王子にとっては敵国の人間よ？　まだこの国の王子と婚約しているよね？　なのにいいのそれ？

二人きりになるのもまずいだろうに、よりによって寝室になんて、なんで引き入れちゃっているの？

……これ、まさか見たくもない状況を見ることには……ならない……よね…………？

私が密かに驚愕かつドキドキしていたら、部屋のドアが閉まるやいなやヒメが静かにレックに近づいて、そして彼の腕に手をかけつつキラキラも何割か増したのち、まっすぐ、そして熱く熱くレックを見つめて、言ったのだった。

「ようこそ、レクトール・ラスナン将軍。わたくしは、いつかあなたがわたくしに会いに来てくれると信じていたのです。やっとお会いできて嬉しいですわ……わたくし、ずっとあなたを待っていたの。あなたを見たときにすぐにわかったわ。あなたこそが、わたくしのずっと待っていたレクトール将軍、いいえ、レクトール様だって」

そして、そう言われたレックは、ただにやりと笑ったのだった。

って。


はい？


え、今、将軍って……言った？

確かに「将軍」って言ったよね？

私は心底びっくりしながら、いまさらながらにこの世界に来た時のことを思い出していた。

今の彼女の台詞で思い出したのだ。

「人の上に名札が見える」

確かに最初に彼女はそう言っていた。

と、いうことは、彼女には私の知らない彼の詳しい肩書きや名前が最初から見えたということ？

だからあんなにレックをガン見して驚いていたの？

そこには彼の本名と肩書きがあったということなのか？

「レクトール・ラスナン　ファーグロウの将軍」

と？

そしてそう言う彼女に対して彼は反論しなかった。むしろそれを認めるように笑ったのだ。

と、いうことは。

はあああぁ!?

まさかの「あいつ」が将軍「ファーグロウの盾」?

あれが?

あんなキラキラしい若造が?

わたしゃ将軍というからには、てっきりゴツくてむさ苦しい中年のおっさんだとばかり思っていたよ?

……ねえ、もしかしてファーグロウ軍って、よっぽどな人手不足なの……?

確かにファーグロウの軍人だとは言っていたけれど……まあ将軍も軍人ではあるが。

え、でもさあ、それは詐欺では?

私はぎぎぎぎ……とした動きでニヤニヤと私を見ていたオースティン神父の方に顔だけを向けた。

すると神父様が目をキラキラさせて言った。

「なんぞ? 凄い顔じゃぞ? 何か面白いことでもあったかね? もしやあの『聖女』に誘惑でもされているのかな? そしてまさか応えた? ほうほうどんな風に? 詳しく語ってくれていいんじゃぞ? どんなん? どんなん? あのレックが、鼻の下伸びてる?」

……この爺《じい》さんは爺さんで何を期待しているのか。いやそうじゃなくて。

「将軍……?」

「ん? ああレックのことかね? おや、まさかアニスは本当に気付いていなかったのかの? そしてあっちには判ったのか。ほうほうなかなかやるねえ、あの『聖女』も」

衝撃で半分真っ白になっている私に、オースティン神父は何の驚きも無くさらりとそう言ったのだった。

は？

「は？　知っていたんですか？　で、何でそんな重要な情報を私には黙っていたんです？　どういう意地悪ですかそれ！」

私だけが何も知らずにのほほんとしていたの!?

レックに騙《だま》されていたという思いと神父様にも隠されていたという事実に私は衝撃を受けた。

どいつもこいつも！　なんてことだ！

しかし神父様はしれっと言ったのだった。

「いやあでも、あのガレオンとかいうのが彼の名前を言った時に普通は気付くじゃろ。ファーグロウの将軍『ファーグロウの盾』レクトール・ラスナン。こんなに有名な奴もそうそういないのに、判らない方が問題じゃないかね？　常識じゃよ？　ワシはてっきり君が気付かないフリをして、当惑するレックをもてあそんどるのかと思っとったよ。なんつうの、恋の駆け引き？」

えええ？　いやこんな私がそんな駆け引きなんて出来るわけがないでしょうが。素だよ。全部素だったよ！　レックが当惑とか、そんなのだって全く気付いていなかったよ！

当惑？

……ええ、していたの……？

いやそれよりなにより、私があの名前を聞いた時に気がつかないといけなかったの？

いや無理でしょ。だって今まで「将軍」か「ファーグロウの盾」としか聞いたことがなかったし、名前なんて聞いたか？　もしかしたらゲームの中では出てきたのかもしれないけれど、そんな攻略相手でもないのに覚えているわけがない。敵国の一将軍なんて、当時の私にとってはもはやモブと何ら変わりなかったのだ。

無理だよ。

ま、まあ名前バレしたはずなのに本人に向かって「将軍に会わせて？　ぜひお近づきに！　ひゃっほう！」とか言って浮かれている女は確かにちょっと怪しかったかもしれないが、でも私にも理由が……えーと、言ってはいないけど。

うん、言ってないわ。頑《かたく》なに。あ、ちょっと怪しい……？

そしてあのテンションで会わせろと迫られたら……あれ？　もしかして、引く……かな……？

うーんたしかに、アレはちょっと……。

ぼんやり思い出されたのは喜びのあまりに浮かれてテンションのおかしな自分の姿。

うん、あれではちょっとオツムが足りない危ない女か腹に一物ある怪しい女に見えなくも……な……い……？

はは……とんだピエロだな、私……。

いやでも、まさか本人だとはカケラも疑っていなかったからなー……。

「それにアニス、君、将軍に会いたいとは言うものの理由を言わないんじゃあ、なかなか彼も君が会いたがっているのは自分ですなんて、あらためては言い出し辛《づら》かったんじゃあないのかね。それにもし彼が将軍の直属の部下だったとしても、理由がわからないのではたとえ紹介したくても難しかろうて。君は妙に頑なに理由を言おうとしないしのう。レックも困惑しているようだったし、ワシはそんなめんどくさそうなことには首を突っ込みたくはないの、ふぉっふぉっふぉ」

うっ……。

それで神父様は黙って傍観を決め込んでいたのか。

確かに理由は言っていない。聞かれても頑なに拒否していた自覚はある。

ちゃんともう少し信頼されたと思えてから理由を言おうとは思っていたんだけれど……。

それもなんだかんだと流されて今になっている。

でももしレックが当の本人だとしたら、私が将軍の名前もよく知らないくせに熱心に自分に会いたいから紹介しろと迫ってきて、なのに理由は常にはぐらかして頑なに言わないという状況か。

そういや私、レックがあんまり聞いてくるから最後は若干逆ギレも……。

ああ……失敗した……。

思わず頭を抱えそうになったのだが、しかし私はロロを通して見えてくる光景にそのまま悩むことも出来なかった。

なぜなら向こうの部屋ではその当の将軍様とヒメの会話が続いていたのだから。

「驚かないですよ、私は有名ですからね。まあ知らない人もいるようですが。それよりもいいんですか？　敵国の軍人をこんな所に入れてしまって」

レック、いやレクトール将軍が何かを思い出したような顔をしてロロをちらりと見てから、ヒメに顔を戻して大胆不敵な顔で笑った。

あっ今、私のことを揶揄《やゆ》したな？　くそう判らなかったですとも。すみませんね！

でもそうかー有名なんだーそれで名前も有名なんだねー……くっそう本当に知らなかったよ。

今まで将軍っていうくらいだから、あっちの国の偉そうな所にずっといるんだろうとばかり思っていたのさ。

だからどんな顔や名前をしているのかなんてことには、正直ぜんぜん興味がなかったわ。

なんでそんな偉い肩書きの人がこんな所までフラフラ出歩いているんだよ……。

「あら、こんな素敵な人なら大歓迎ですわ。それに……内緒の話をするにはプライベートな場所でなければ」

ヒメは意味深な表情をして、さらに「将軍」に近づいた。さりげなく彼の腕や肩に手を置いて、唇を彼の耳に寄せる。なんだか最近よく見るキラキラが舞っている。そして妙に色気もあるような？

「内緒の話とは？」

しかしレクトール将軍は冷静な顔で返しつつすっと身を引いたのだった。あら全然惑わされないのね。

それでもヒメはその反応に動じることなく、胸の前で両手を握りしめて、いかにも心配そうな、祈るようなポーズになってから言い始めた。

「それは……それはとても恐ろしい話なのです。信じてもらえるかどうか……でも私は『先読みの聖女』ですから、私だけがこの先の未来を知っているのです。私はあなたを救いたい。ただそれだけなのは信じてくださるでしょうか……？」

そして潤んだ目を上目遣いにしてレクトール将軍を見たのだった。

私は思わず渋い顔をした。

まさか。

まさかヒメは、「将軍」本人にその未来を告げようというのか？

あなたはもうすぐ死ぬのだ、と？

まさかと思ったけれど、どうやらそのまさかのようらしい。

「救う？　私はあなたに救われなければならないほどか弱くはありませんよ」

微笑みつつ冷静に返すレック。しかし。

「ええ、弱くはありません。あなたはとても強い。でもそのあなたに今、危険が迫っています。このままファーグロウへ帰ってしまったら、あなたはもうすぐ命を落とすことになる。私にはその未来が見えてしまったのです。私はあなたをその運命から救いたい。どうか私をお連れください。私ならあなたを、その死の運命から救えます。どうか私の、あなたを救いたいという気持ちをわかって……」

そして涙をぽろりと零《こぼ》したのだった。

って、ええ……？

泣く……？

でもヒメ、この国の王子と結婚するんだよね？　婚約しているよね？　え、でも私をお連れください

って言った？　じゃあの王子はどうするの？　捨てるの!?

話の展開に全然ついていけない私。

しかしレクトール将軍はそれでも冷静だった。

「ご心配ありがとうございます。でも私は死んだりはしませんよ。今もピンピンしていますし、信頼できる部下たちも私を守ってくれています。あなたの忠告は有り難くいただきますが、あなたの助力は必要ありません」

ついでに自分に触れようとしてくるヒメの手をさりげなく避ける。

なんだかその動き、随分慣れているね？　でも。

「いけません！　本当に死んでしまうのです！　この冬にあなたは息を引き取ってしまう。それはもう、運命として決まっているのです。お願いです、私を連れて行ってください。聖女である私だけがあなたを救えるのです。今あなたの傍らにいるあの顔の醜いという女ではダメです。あなたには似合わない。あんな女と老人なんかより、私の方が何倍もあなたの役に立ちます。あなたの悲劇的な運命を救えるのは『聖女』だけ。その『聖女』である私の『先読み』の力を信じて！」

そしてヒメがひしっと将軍にすがり付いた。

すごい、なんだかとても情熱的。

つれない相手にも果敢に迫るその気迫、すごい覚悟を感じるよ。

でも王子との結婚ルートを目指しているのではなかったの？　まさか違うの!?

だけど涙を浮かべつつレックに取りすがっているこの状況。

えーと、なかなか感動的な場面ではありますが。

そしてずっとなんだかやたらとキラキラしたものも舞っているようですが。

うん、レック、全然信じていないね、その顔。すごく胡散臭げな顔をしているよ。

明らかに信じていない。

まさに今、とても気分の悪くなる話をされましたといわんばかりの表情だ。

まあそうだろうとは思ったよ。

じゃあやっぱりあのガーランド治療院の特別室で、たとえ私が事情をぶっちゃけていたとしても、きっと今と同じ顔をして私を怪しい人認定しただけだったろうね。

やっぱりねー……。

思わず遠い目をしてしまった。

わかっていたよ。そんな気はしていた。

だけど、だからといって言わないでいたら、それはそれで怪しい人という印象になってしまっていたとか。

つくづく私は謀《はかりごと》には向いていないらしい。立ち回りが下手すぎる。

しかしあちらでは諦めきれないらしいヒメが、それでもまだレックに取りすがっていた。

「いや！　私を置いて行かないで！　お願い私を信じて！　私はあなたを救いたいの！　ただそれだけだから！　私……私っ、あなたを愛しているの！　お願い信じてっ……！」

だけれど彼はどうやら完全にヒメをほら吹き認定してしまったようだった。

まだ追いすがるヒメを、レックもとい将軍は、冷たい目で事務的に引きはがしながら言ったのだった。

「『聖女』様、私をそんな話で動かそうとしても駄目ですよ。私にあなたの助力は必要ない。そして脅しにも屈しない。ついでに言えばあなたのその愛という言葉も信じられない。話がそれだけでしたらもう私は仲間の所に帰ります」

レクトール将軍はそう言うと一見優しい、でもきっぱりとした態度でヒメの私室をさっさと出て行ったのだった。

追うヒメの鼻先でぴしゃりとドアを閉めるあたりに彼の拒絶具合がよくわかる。

しかし私はロロにその場に留まるように思念を送った。

ロロが視ている風景は、まだ部屋の中のままになった。

ロロを通して、ヒメが憮然とした様子で部屋の椅子にドカリと座ったのが見えた。そして。

「なによ！　手強《てごわ》いわね。でも実物もやっぱり一番素敵だった。ああレクトール様！　やっと……やっと隠しルートを開けられた！　このルートが開いたからには、もう絶対に攻略してやるんだから！　この世界でもレクトールルートがあるって、ずっと信じてた。待っていてレクトール様。必ずハッピーエンドにするから。あなたに比べたら他の人たちなんて雑魚も雑魚。もうあなたさえ手に入れられるなら、こんな国なんてどうでもいいわ」

などと、うっとりしながらぶつぶつ言っていた。

「ああ……レクトール様……」

……って、え？　あのゲーム、隠しルートなんてあったんだ!?

そしてその攻略相手が彼なの？　えーとなにそれ、ラスボスみたいなやつ？

あらまあ全然知らなかったよ。よほどやりこんだんだね、ヒメ。あのゲームそんなに気に入ったのか。もともとは私のゲームだったんだけど……。

「……あら？　猫ちゃん、いつからいたの？　もしかしてレクトール様の魔獣……？　ああそういえばあの現地の聖女が抱いていたわね。いらっしゃい～ロロちゃん、あなたはレクトール様のことを何か知っている？　んん？　言葉はわからないかな？」

おっとロロがヒメに見つかってしまった。でも。

つーん。

ロロは、部屋の隅で何にも興味が無さそうな風情で座ってそっぽを向いたまま、尻尾だけをめんどくさそうにピクリと反応させていた。

でもヒメにはこの一見黒い子猫が魔獣であることも、名前がロロであることもお見通しなのか。

ロロの上にも名札が出ていたのだろうか。名前と肩書きの。

だけどどうやら「私の」魔獣だということまではわからなかったようだ。

ということは、さっきの謁見の時に彼女が私の正体に気付かなかったのも、もしかして私の上に見えた名札の名前がアニスになっていたということかな。

おお、名前を変えていてよかったな。

まあ単にレックに気を取られていただけかもしれないけれど。

ヒメがロロに向かってしゃべり出した。

「ねえ、あなたを抱いていたあの現地の聖女、いつから聖女の能力に目覚めたのかわかる？　報告によると、ちょうど私が聖女の能力に目覚めるべき時期に突然名前が出てきているのよね。ということは、せっかく消したあの本来の聖女の能力が、次に私じゃなくてあの女にいっちゃったってこと？　なんで？　ねえ、次は同じ世界から来た私じゃないの？　次に聖女になるのは私でしょ？なのになんであの女なの！」

それを聞いて私はまた違う意味でびっくりしたのだった。

まさかヒメ、私を殺そうとしたのはそんな理由だったの？

私が「聖女」と認識した上で、自分がその「聖女」になりかわるために？　そんな理由で人を、しかも知り合いを殺そうとしたの!?

私が啞然《あぜん》としていたら。

「ゲームではすんなり一緒に旅立てたのに彼のあの態度。やっぱりあの現地の聖女がくっついているからよね？　ということは、あの女も排除しないとか。間違って聖女になられちゃうと、ほんと迷惑よねえ。でも彼には怪しまれないように……ああ！　突然パニックになって自分で階段から落ちたことにしよう。それならすぐに片が付く。ん～じゃあちょっとロロちゃんにも協力してもらおうかな～私とご主人さまの恋のキューピッドになろうね～」

私が物騒な計画を聞いて驚愕していたうちに、ヒメが途中から猫なで声になってロロに歩み寄っていた。

顔がまるで遠足か旅行にでも行くかのように楽しげなのが怖い。

結局私は彼女に殺される運命なのか。それも気軽に。

もしかして私が嫌いだからというよりは、なんだろう、邪魔だからちょっとどかしましょうねー、という感じなのか？　さっきも排除とか言っていたよね……。

なんてちょっと遠い目をしていたら。

「なあおー」

『私は彼の魔獣ではないのよー』

いやそこ？　ロロが反応するのはそこ？

でもヒメにはそのロロの言葉は聞こえなかったらしい。

「ちょっとあの邪魔な女をおびき出してちょうだい？　そしてその後はあなたで私の動物好きで優しいところを彼にアピールするの。だから仲良くしてね？　ああ！　そのためには急いでまたたびを手に入れた方がいいわね。ねえ、またたび好き？　ちゃんと私のために働いたらまたたびあげるから、ねえ？」

「んーにゃー」

『私は主《あるじ》以外の人のためになんて働きませーん。そもそも働くのはキライー』

しかしロロはその言葉のままに、つんとそっぽを向いたのだった。

うーん正直だな。働くのはキライなんだ、まあそんな気はしていたけれどね。いつも寝ているか

「ごはんー」しか言わないもんね。

しかしロロの言葉が聞こえないヒメは、さらにロロとの距離を詰めたのだった。

「あらロロちゃん、ご機嫌斜め？　おいで、抱っこしてあげる」

「んにゃあ！」

『触らないで！』

でもロロは嫌だったらしく、するりと逃げた。すると、

「なによ、生意気な！　たかが魔獣のくせに！」

バシッ！

なんと突然ヒメがロロをひっぱたいたのだった。

ええ!?　何するの！　私の猫よ!?　やめて！

ロロの小さな体は軽々と吹っ飛んで、どうやらドアにぶつかって、そして床に落ちる寸前にひらりと身をかわして着地したのだった。

「にゃあおう」

『こいつむかつく。殺《や》っちゃっていい？』

どうやらロロがお怒りだ。

でもだめ。気持ちはわかるけど人殺しはだめ。そういう後味の悪いことは私はしたくない。

それに今私が感情のままにヒメを殺したら、私は彼女と同類になってしまう。

そしてこの先「聖女」殺しの罪で追われる未来も見える気がする。

後味が悪いのも自分が追われるのも彼女を「聖女」のまま死なせるのも全部嫌だ。だから我慢して。

あ、でも引っ掻《か》くくらいならいいかな？

私がそう思った瞬間、

「なあおー」

『ばーかばーか』

ロロは一声そう鳴くなりヒメの顔に飛びついて、バリバリとその顔面に爪をたてたのだった。

悲鳴を上げて顔を押さえるヒメ。

そしてロロはそのままドアのノブに飛び乗って自分でドアを開けて、ヒメの私室から出ていった。

ロロ……それ、一応手加減はしたんだろうけれど、なかなかに痛そうだよ……。

まあお抱えの治療師がいるなら治してもらえるとは思うけど。

結局、部屋に帰って来たのは、レクトール将軍とロロがほぼ同時だった。

「おかえり～なにやら大変だったみたいだのう？」

オースティン神父がノンビリとした態度で迎えた。

「おやあなたも見ていたんですか？　まさかロロと通じ合っていないのは私だけだったということですか？」

レック、いやレクトール将軍が両眉を上げて大げさにショックと驚きのポーズをとった。

「いやいやワシは通じてはおらんよ～。でもアニスの表情を見ているだけで、だいたい何があったかはわかるのう。レック、ちいと波乱があるかもしれんよ？」

「オースティン殿、もちろん味方してくれるんですよね……？」

そう言いながら、少々気まずそうに「レクトール将軍」が私の方を見た。

ちなみに私の目は若干、据わっている。

「これはこれはお帰りなさいませ、ショウグンサマ」

「ああ……ええと……タダイマ……」

私の機嫌があまり良くないのを察したらしく、彼はちょっと気弱に応えたのだった。

まあね？　確かに私も悪かったとは思っているよ。

だけど目の前で勘違いしているのがわかっているのに、ずっと黙っていたのも少々意地悪なのではないかなーともね？

私も悪いかもしれないけれど、でも、割り切れないモヤモヤがね？　ちょっとね？　だから。

「なおん」

『ただいまーああむかつくー』

ロロの姿が見えた私は、すぐさま気まずそうにしている将軍サマを無視してロロの所に行って抱っこして言ったのだった。

「ロロお帰り！　よくあれで我慢したわねえ。えらいえらい。ああ可哀想《かわいそう》に」

そしてその黒くて小さい頭をぐいぐいと撫《な》でてやる。

「なおーん！」

『主は好きなだけ撫でていいのよー？』

「どうした？　何か可哀想だったか？　いたのは知っていたが。そして見ていたんだろう？」

遠慮がちにレック、いやレクトール将軍様が言う。

「あなたが出て行ったあとに、腹いせにヒメに叩《たた》かれたのよ。ああ可哀想に……！」

だから私はロロをぎゅーぎゅーと抱きしめながらチクってやった。

もちろん、ヒメの将軍「攻略」の邪魔をするためだ。ふん。

私はヒメが純粋な恋愛感情ではなくて、「攻略」という言葉を使ったことがなんだか嫌だった。

なぜなら私にとってこの人はもはや単なるゲームのキャラクターではなく、ちゃんと自分の人生を歩む一人の人間なのだから。血の通った、触れれば温かい、自分の意思も感情もある一人の人間なのだ。

「アニス……ロロは魔獣だからの？　人が殴ったくらいでは怪我《けが》なんぞせんよ？」

と、オースティン神父は言うが。

「でも痛いことにはかわらないわよねえ」

私の大事な子に暴力なんてゆるせない。ちょっと気まずそうな将軍様は放っておいて、私はひたすらロロを撫でたのだった。

痛いの痛いの飛んでいけ〜。

だけどレックは、私との気まずさよりもヒメに自分の死を予言された方が気になったらしい。

ちょっと言いにくそうにしながらも口を開いた。

「あー、アニス、今まで黙っていて悪かった。実は君が僕に会いたい理由を教えてくれたらその時に、ちゃんとあらためて言って君をびっくりさせようと最初は思っていたんだが、全くそんな機会がないままにここまでずるずるときてしまった。そのせいで君を驚かせてしまったことについては悪かったと思っている。申し訳ない。だがあれを見ていたのなら教えてくれないか。彼女の言っていたあの話は一体なんなんだ？　なぜ彼女はあんな話を本気で信じているんだ？　もしかして同じ世界から来たという君は何か知っているのか？」

うーん、知っているよ。だけどそれがまさに言えなかったことなのだよ……。

でも、じゃあもし私が彼の納得するような理由を言えていたら、その時には彼は自分がその将軍だと教えてくれる予定だったのか。

「びっくりした？」

そう言って笑う彼の表情が目に浮かんだ。

それにあらためて考えてみると、もしその彼の立場に私がいたとしたら、私もその言えないという理由がわかるまではきっとあえて正体を教えることはしないだろうと思ってしまった。思惑を教えてもらうまでは、あえてこちらから切り出さなくても……そう私でも思ってしまったから。

まあ、責められないかな……。

まさか本人だとは露ほども思っていなかったから、思いっきり「最終目標は将軍」感を出していたよね……はは……。

「ああまあ、頑なだった私も悪かったと思っているので……あの、私もすみませんでした。でもなにしろぜんぜん想定していなかったから……だからまさか将軍様本人を目の前にしてどこまで話すかなんてこともまだ何も考えていなくて。突然本人だと言われても、ねえ……？　そんな突然言われても……」

なにしろここで私が「その通りです彼女の言う通り」なんて言っても、私にもあの「何言ってんだ？」な顔をしそうだしねえ。だからといって、こんなに伝え方が難しい話もなかなか無いよ。どうしよう？

しかし。

「もしかして、『将軍に会いたい』という理由はそのことなのか？」

さすが有能と言われる将軍様は察しがよかった。

そうなると、本人にまっすぐ見つめられてのこの状況、もう誤魔化すことが出来る気がしないし、してはいけないだろう。

「うっ、はい……実はそれです。でも本人に会ったらもしかしたら伝えたかもしれないのだけれど、でも伝えなかったかもしれなくて……えっと、勝手に恩にきせようと思っていたので」

そう、私はあわよくば「その時」に近くにいさえすれば、すかさずしゃしゃり出て勝手に救えると思っていたのだ。だから実は事前に本人に説明することはないと思っていたんだよね……ははは、見通しが甘かったね。

まさか他から本人に知らされるとは思わなかったんだよ。

「まさか、君も同じように思っているのか？　君もあんな突拍子もない話を信じているのか？」

うーん「突拍子もない」と。

でも思わずそう言ってしまうくらいには、やっぱり信じる気はないと。

「なんのことじゃな？」

「……たしかにその話ではあるんだけど……難しい……なんて言えばいいのか……」

だってここであっさり私が「それは本当に起こることなの」なんて言っても、どうせ彼には信じる気がないのにどうすれば？

「君が知っていることを教えて欲しい。あの女は偽りが多すぎる。何も信じられない」

うーん、でももはやこうなってしまったら、どのみちいつかは知ってもらうことになるのかな。

それにあのガーランド治療院で出会った頃よりかは、今なら少しは彼も私の事を信じてくれそうな気がする。

それにもし本人が信じなくても、私はもう随分前に将軍を「勝手に」救うと決めていたのだ。それは今も変わりない。

彼が知っても知らなくても、私のやることはきっと変わらないだろう。

だから私はレックの目をまっすぐ見ながら言ったのだった。

「……まあ、概《おおむ》ねその通りだとは認識しています。きっと最初の頃に言っても信じてはもらえないだろうと思って黙っていましたが、この状況で嘘は言えません。そして私はその時がきたら、勝手に私の『癒やしの魔術』で将軍を救おうと思っていたのです。だからレック、あなたが本当に『ファーグロウの盾』将軍だというのなら、この先は出来るだけ私をあなたと一緒にいさせてくれると嬉しいです。せめて来年の春までは。そうしたらその間、たとえあなたに何があっても私は全力であなたを救います。もともとそのために私はファーグロウに行きたかったのですから。私はファーグロウの将軍に生き延びて欲しい。もしも私が近くにいるのを許してくれるのなら、私はあなたの身に何か危険な事が起こった時にはすぐに、私の全ての能力を使ってあなたを救います。少なくとも病気と怪我については私は有能ですよ」

私とレックの視線がぶつかった。彼の真剣な碧《みどり》の目が私を射貫《いぬ》く。

そしてレック、いやレクトール将軍はピクリと眉をひそめた後に、いつものようにニヤリとして言ったのだった。

「かっこいいねえ、惚れるね。わかった。じゃあ私を救ってもらおうか」

「わかりました。私ほどの癒やし手はいませんよ。必ずベストを尽くします」

まるで契約のように。

私は堂々と目的の将軍本人に、危険があった時には彼を癒やす許しをもらったのだった。

「おおよくわからんが美しいのう。良い関係じゃ。眩《まぶ》しいのう。ふぉっふぉっふぉ」

そう言ってオースティン神父は小さくパチパチと拍手をしていた。

これで私の目的にまた一歩近づいた。と、信じたい。

「じゃあ、そろそろここを出るか。私はもうここには用はなくなった」

レックが腕をぐるぐる回しながら言った。

「そうじゃのう。じゃあどの案で出る?」

神父様が、まるで親の目を盗んでちょっと遊びに家を抜け出す子供のような言い方で。

「そうだな、身分もバレたことだし、じゃあ正面から堂々と」

「えー私？　はーい了解ー」

そんな感じで話が決まったちょうどその時、どうやらまた呼び出しの人が来たようだった。

私がベールを被るのとほぼ同時に扉が開いて居丈高な使用人が言う。

「そこの女、『先読みの聖女』様が話があるそうだ。来い」

あらヒメはもう顔を治したの？　早いわね。王宮内に治療師がいるのかな。って、いやでも来いって言われてもねえ。さっきのヒメの話ならば、どうせ私を始末するためでしょう？

階段から突き落とされたい人はいない。行くわけないよね。

「いやです」

お断りだ！

「悪いね、私たちはもう帰るんだ。話は終わった」

レックがしれっとはじける笑顔で言った。

「もうお菓子もなくなったしの。そろそろ潮時じゃな」

神父様がノンビリと言う。

そして私はロロに言った。

「ロロ、足だけ」

「にゃーん！」

『はいにゃー！』

その瞬間、ロロが人にはほとんど見えないような速さで私たち三人以外の周りの人たちの間をくまなく走り抜けて、もれなく全員の足に傷を付けていったのだった。

って、速いなー。

しなやかに駆け巡る黒い影。

もちろん対象は呼び出しに来た男のみならず、護衛や使用人全て。

私たちのことが見える範囲の人間全てが対象だ。

スパスパスパスパー。

傷は浅く、だけれども確実に。

そして私はその場に立ったまま、無言で癒やしの「逆」スキルを発動したのだった。

さあ！　燃えろー燃えろ！　燃え上がれ！

痛みが全ての意識を奪え！

全ての傷が最高に痛め！　まるでその千倍深い傷のように！

とたんに見渡す限りの人たちの足下から、勢いよく不吉そうな黒い煙がもうもうと立ち上ったのだった。

もちろん全員悶絶《もんぜつ》だ。足を押さえて床に崩れ落ちたまま誰一人として立ち上がることなどできない。

「うほお……痛そうじゃのう……」

オースティン神父が若干引いている気がするが、でもどうせなら派手に、華麗に。それがこの「正面から堂々と」作戦じゃないか。

華麗かどうかは若干怪しいが、結果的に私たちは痛みに苦しみ転げ回る人々の中を悠々と歩いて出口に向かったのだった。

傷をつけてから「逆」癒やしスキルで痛みを最大限に増幅。これならどんなに健康体の人でも悶絶確実で取りこぼしなしだ。でも傷自体は浅いので命に別状はない。ただひたすら痛いだけ。そこは私がこだわるところです。だって自分が殺生とかいやん。後から悪夢にうなされそう。

しかしこれ、本当に便利なスキルだな。

そら燃えろ〜よ燃えろ〜。

私たちの進む先を、ロロが素早く確実に傷をつけてまわり、そして私が絶え間なくスキルを振りまいて痛みを最大限に引き伸ばす。ロロは普通の猫にはとうてい出来ない素早さで駆け回り続け、誰の目にもその姿はほぼ見えなかっただろう。さすが魔獣。魔獣すごい。

久しぶりの運動に興奮して少々無駄に駆け回っている気もするが、まあ結果オーライだ。

そして一見私たちは何もしていないのに、近くに寄るだけで周りにいた人全員がもれなく悶絶を始めるという、異様な光景が繰り広げられることになったのだった。

騒ぎを聞きつけて集まった人々が、次々と怯《おび》えた目をしたあとに悶絶していく。

たまにレックがまさに悶絶中の使用人に、「ところでお嬢さん、この城の出口はどちらですか？」と「魅了」のキラキラつきで呑気に聞く以外は、私たちは勝手にバタバタと倒れていく人々の間を堂々と、誰にも邪魔をされずにすたすたと進んだのだった。

しかしまさか「魅了」したくらいでそんな大事なことを、このいかにも怪しい一団にペラペラとしゃべるものなのか？　と最初は私も思っていたのだけれど、どうやら見ているとあまりの足の痛みでとっさの正常な判断が難しいようだ。しかもどうやっているのか彼の聞き方にも有無を言わせないような迫力があって。

その結果女性、特に若い女性はもれなくはっとした後に、うっかり出口の方向を指差していた。

これもし「魅了」が使えたとしても、私やオースティン神父ではこんなにすんなりいかなかったんじゃないかなー。そんな手際ですよ。

すごいな迫力のあるイケメンって。なんて便利なんだ。

そんなこんなでしばらく王宮の中を出口に向かって歩いていたら。

やっとこれは足を攻撃して切られているのだと悟った人々が、鎧《よろい》を着て現れた。

ああうん、ちゃんと考えた人がいたんだねー。お疲れ。

でもロロの言っていたことからすると多分……。

スッパー。

やっぱりね。

ロロの爪の敵ではなかったらしい。いや本当に魔獣って強いねえ。

はい燃えろーよ燃えろ！

ガンガン燃えろ！　脳天まで痛みが走れ！

「うがぁ……！」

あっさりと沈む鎧勢。それを見て震えあがる他の人々。

とうとう誰もが恐れをなして近づこうとはしてこなくなったころ。

私たち三人は、とうとう絢爛豪華《けんらんごうか》な王宮の入り口でもある大きなホールに出たのだった。さあもう少しで正面突破。その時。

そこに最後に立ちはだかっていたのは、この国の王子ロワール殿下だった。

仁王立ちした王子は朗々とした声をホールに響かせた。

「勝手に出ることは許さんぞ！　敵国の人間と知ってここから逃がすわけがなかろう！　その怪しげな術で私に傷を負わせたら即刻罪に問うて処刑してやるからな！　そこへなおれ！」

その攻略キャラらしい金髪碧眼《へきがん》の、きらきらしい美貌を怒りに染めて彼は立っていた。

さりげなく離れたところにはヒメもいる。

おおっと――。

ロロ、ストップ。さすがに王族に傷をつけるのはまずい気がする。王族に直接喧嘩《けんか》を売る度胸は私にはない。

お尋ね者になるのはいやん。あれ？　もうなってる？

でもとりあえず危ない橋はこの期に及んでもまだ私は出来るだけ渡りたくないのだ。

だからこその軽傷のみ、だからこその不戦勝を目指したのに。

殺人罪とか不敬罪とか巨額の損害賠償とか、そんなものからは極力距離を置きたいところ。

戦争中？　知らんがな。

私はこの先も後ろめたい人生を極力送りたくない。ただそれだけだ。

私の人生は私が守らなければ、こんな異世界で誰が守ってくれるというのか。

将軍に売れる恩にも限度があると思うのよね。

「これは面倒なのが出てきたのう……」

神父様も呟《つぶや》いた。

唯一楽しそうにしているのがレックだ。

「へえ？　出てくるんだ？」

って、なんでニヤニヤしているんでしょうね？

どれだけ自分に自信があるんだろう、この人。

仕方が無いので王子以外の、私たちから半径十数メートル以内の人たちの傷を燃え上がらせる魔術はさりげなく維持したまま、私たちは歩みを止めた。

ロワール王子はレックに向かって指をさしながら叫んだ。

「聞いたぞ！　お前はファーグロウの将軍らしいじゃないか。まさかこの王宮にのこのこと足を踏み入れて、ただで帰すと思ったか！　覚悟しろ！　私がその首をもらい受ける！」

そう言ってロワール王子は剣をすらりと抜くと、そのままこちらに駆け寄ってきたのだった。

レックがそれを見て私をオースティン神父の方に軽く押し出し、そして何を考えたのか私を庇《かば》うように前に出た。

え？　でも彼丸腰よ？　謁見前には身体検査もあったしね？

だけどもレックはそのますすっと冷静な顔をして、なぜかロワール王子の前に立ちはだかったのだった。

ちょうどそこを、駆け寄ったロワール王子が力任せにざっくりと斬りつける。

って！　レック！　ちょっと！　やめて!?　ちょっとは避けよう!?

なにおとなしく斬られているんだよ！

あなた将軍様なんでしょうが。軍人ならもうちょっと何か抵抗のしようがあったんじゃないの!?

とっさに庇ってくれたのは嬉しいけれど、自分でももうちょっとどうにか避けようよー。なんで何の抵抗もしないでそのまま体で剣を受けとめているんだよ、そしてなんであっさり床に倒れているんだよ！

どうなってんのもうー。今は派手な血しぶき飛ばして倒れている場合じゃあないでしょうよ……。

私たち、逃げる途中なのよ？

私は心の中で散々悪態をつきつつ、それでも斬られるのとほぼ同時にレックの傷を大まかながらとっさに修復したのだった。まあ本当にとっさの事なので、傷を軽く塞いだだけで許してほしい。でもとりあえずはこれで命に別状はないだろう。血は出ちゃったけれど。

そしてそれと同時にロワール王子の体を急いでスキャンする。

ロワール王子は一度斬りつけただけでは飽き足らなかったらしく、さらにレックの体を切り刻もうともう一度剣を振り上げようとしていた。

そして二人の間にふわりと割って入ったオースティン神父が、倒れたレックを守るように防御の体勢をとっていた。

だけど王子は神父様もろとも斬り捨てそうな勢いだ。王子、どこかに不調があるといいんだけど。

もういっそ水虫でも虫さされでもいいから何か、何か無いかな!?

うーん、さすが健康管理が完璧にされている王族、どこにも見あたらな――

じゃあ、もういいか！　時間ないし！

結局私はその結論をほんの一瞬で出したのだった。

だって追撃はいやん。切り刻まれつつ常に修復されるとか、どんな拷問だよ。痛いじゃないか。

もう背に腹は代えられないよね。これはきっと正当防衛だ。

正当防衛じゃあ仕方が無いね。

よし！

そして私は王子の片膝を、とっさに見えないスキルの手で握りつぶしたのだった。

ぐしゃ。

「ぎゃあああぁ……！」

とたんにがっくりと崩れ落ちるロワール王子。

膝を抱えて転がって、うめきながら苦しんでいる。

周りのギャラリーが即座にざわめいて、でも漏れなくやはり足がひどく痛むのか近寄るのが怖いのか、私たちの前で倒れた王子に近寄ろうとする人は少なかった。

少なかったが若干名忠義に厚い使用人はいたので、その人たちには容赦なくうっかり緩んでいた痛みレベルをマックスに引き上げる私。

ごめんねーだって捕まりたくはないんだもの。動ける人がいるとなると、みなさん我も我もと頑張っちゃうかもしれないからね。

痛みとその恐怖で全員を床に縫い付けるのが私の役目なのです。

そして同時に、あれ私、直接攻撃もやれば出来るのねー、とちょっとびっくりしてもいた。

あらもしかして、ロロのかすり傷攻撃いらなかった……？

あ、でもとっさだと軽傷にーなんていう加減が出来なくて、たしかにそのせいで思ったよりロワール王子への攻撃が大きくなってしまったか。うーん練習しないと危ないなこれは……。

なんて思わず今の状況も忘れて苦しむ王子を見つめながら考えていたら。

この状況を見てとったオースティン神父が突然、一体どこから出したんだというような大きな声を出した。

ホール一杯に神父様の声が響く。

「見よ！　これぞ本物の聖女の力！　このように聖女様に逆らえば、もれなく苦悶《くもん》の罰が下るであろう！　控えよ！」

そして神父様は私の被っていたベールを握り、その場でさっと取り去ったのだった。

ばっさー。

え、明るい……じゃなくて！

ちょっ……顔が丸見え……って、

ああっ！

ヒメが私の顔を見て目を剝《む》いて驚いているよ！　ああもう正体がバレバレだ！

激しく燃え上がる怒りのオーラがまるで目に見えるようだ……！

しかし唖然として動けない私に神父様が耳打ちしてきた。

「アニス、レックを治すのじゃ」

ん？

おっと、レックがまだ倒れていた。あれ、だいたい修復してあるのに何故？　動けるでしょう？

あ、そういうこと？

見回して、私たちに注目する大勢の人の視線を感じて察する。

えっと、つまりはどうやらここは聖女として派手に見せつけるべき場面？

そう思った私はまだ一見血まみれでおとなしく倒れているレクトール将軍の傍らに立つと、両手を掲げて恰好《かっこう》良さげなポーズを決めてから、あらためて彼の傷を全て治したのだった。

なおーるなおーるー。

きらきらきら～。

って、そのキラキラ私じゃあないんだけど。これ、たしかレックの「魅了」の時のキラキラじゃないか？

しかも今のはいつものとは違って誰にでも見えそうな、はっきりくっきり実体化していそうな派手なキラキラだったぞ？

　これ、レックが自分で出してるのか。倒れながらとか器用な男だな。

　でもまあほら、さっき、とっさに大事なところはだいたい治したからね、あとは細かなところを治すだけよ。倒れた時の打ち身とか。傷跡を綺麗にするとかね。

　しかも落ち着いてよく視てみたらこの男、斬られ方がとっても上手で致命傷になりそうな場所を綺麗に避けて斬られているから、もとから見た目ほど大怪我にもなっていないようだった。

　うーんさすがプロの軍人さんだねえ。

　まあそれでもどうせだから全部綺麗に修復しましたよ。もうぴっかぴかだ。斬られる前より綺麗になったかも。そして、

「レクトール将軍、治療は終わりましたよ」

　私はことさら大きな声で宣言した。出来るだけ芝居がかった、優しげな言い方にもしてみた。

　ホールに私の声が思ったより響いてビビる。

　するとそれを聞いたレクトール将軍がゆっくりと立ち上がって、これまた芝居がかった大きな声で言った。

「おお！　さすが聖女だ！　もうどこも痛くない！　どこにも傷がない！　すばらしい！　完璧だ！　ありがとう！　私の聖女！」

　そして私たちは事の成り行きに茫然《ぼうぜん》としてる全ての人たちを尻目にあらためて悠々と王宮を出

「あ、ちょっと待って？」

立ち止まった私は足早に先ほど膝を握りつぶしてしまってまだ苦しんでいる王子の所まで行くと、その壊した膝に手をあてて素早く修復をしたのだった。

まあ、彼も若いからね。こんな年から膝を壊して歩けないなんて可哀想だし、しかもそれを私が無理やりやったとか、さすがに後味が悪いから。

だから無かったことにしちゃおうかなーと、ね。

はい治ったー。ほーらぴかぴか！

だからこのことは忘れてくれるといいな。

いやあ、さっきはとっさの事とは言え、悪いことをした。ごめんね～てへぺろ。

そんな気持ちを込めて、愛想笑いもサービスしてみたよ。はいにっこり。

まあ、笑いかけられた王子は魂ここにあらずという感じで、呆《ほう》けながら「聖女……」と呟くのみだったけれど。

もちろんそんな風にもたもたしている私たちを捕まえようとする気概のある人たちも若干名はいたけれど、なにしろ足の傷の痛みの増幅がうっかりなんやかやでちょっと弱まっていたとはいえ、それなりに痛い。そしてこちらに向かって動くような人は先ほどと同じように私も脊髄反射で片っ端から遠慮無く痛みの増幅巾を上げたので、まあ捕まらないよね。

「ごめん、お待たせ～」

朗らかに笑う私たちの半径数メートル内に、立って入れる人はいない。

最後の王宮を出る瞬間にはヒメが離れた向こう側から鬼のような形相で私を睨《にら》んでいたけれど、バレてしまっては仕方が無い。神父様にも何か考えがあったんだろう。

正体がバレようが何しようが、それでも私は全力でしぶとく生き残るのみ。それは今までもこれからも全く変わらない。

私もいいかげんに覚悟を決めよう。

刺客を送られて死にかけた、あの何も知らなかった時の私とはもう違う。

今や私には仲間がいて、そしてスキルもあるのだ。

私は私の全てを使って、これからも自分の人生を切り開く。

私はヒメににっこりと微笑みを向けた。

てっきり死んだと思ってた？　だけど残念だったわね？

ここははっきりしておこうか。

私はヒメに向かって言った。

「私が！　聖女だ！」

そうして最後にはなんだか少々大げさな小芝居まで追加して、結果的に私たち三人は当初の予定通りに派手派手しく、そして堂々と正面から歩いて王宮を脱出したのだった。

第六章 ✡ ファーグロウの盾

それからしばらく後には、私たちは疾走する乗り心地の良い高級馬車の中で寛《くつろ》いでいた。

いやいいねえ、さすがお貴族様の馬車。スプリングは利いているし内装は豪華でふかふかだし、こんな馬車なら一日中乗っていてもそんなに疲れがたまらなそう。

世の中金なのね。世知辛いわ。

しかし何故《なぜ》こんな良い馬車に乗っているのかというと。

私たちは急いで逃げる必要があったのですよ。

私の「逆」癒やしの魔術はしばらくは残るだろうがそのうち切れる。それに今王子は無傷だ。即座に追っ手がかかるのは火を見るより明らかだった。

そして人がどんなに頑張って走っても馬や馬車には勝てません。だけど私は馬には乗れないのだ。

次に捕まったら今度こそ命の危機だな、どうしよう、などと一人で心配していたら。

レックが血まみれの服をとっとと捨てて新しい服を買って着替えつつ、のんびりと言ったのだった。

「まあ本当に困ったら誰かを『魅了』して匿《かくま》ってもらうか逃がしてもらおう。別に味方もいないわけではないが、今回の騒ぎの後だとちょっと迷惑になるし遠いから回り道になるな。うん、じゃあ今回は辻《つじ》馬車の御者を直接『魅了』してとっとと帰るか。その方が早い。よし、じゃあどの馬車に乗る？」

なぜか余裕綽々《よゆうしゃくしゃく》だった。これはもしや慣れてるな。便利だなー「魅了」って。

でもその横でオースティン神父がうーん、と考えたあと、

「なんぞこっちに面白いものがあるような気がするよ？」

と言って街中をずんずん進み出したのだった。

ならばもちろんついていくよね。面白いものは見たい。ぜひとも見たい。

そうしてしばらく歩いて行った先は、やたらと金持ちそうな、多分貴族の大きなお屋敷の裏手だった。

そしてそこには、どうやらこの屋敷の人間らしき人とこの馬車がとまっていたのだ。

私たちが行ったときは、ちょうどそこに居た人たちが緊迫しているところのようだった。

「トム！　大丈夫!?　ああなんて酷《ひど》い！」

身なりの良いお嬢さんが嘆いている。

よくよく見るとそのお嬢さんと一緒にいる若い二人の男の内の一人の顔が、見るも無惨な状態になっていた。顔全体が腫れて鼻血が出て、唇も切れて血がにじんでいる。姿勢から見て腹にもダメージがありそうだ。

そんな場面に私たちが出くわして、私がいったい何事かと状況を読み取っている間に、ささっと躊躇《ちゅうちょ》もなく進み出たオースティン神父が久々に見る懐かしき真面目神父モードで声をかけていたのだった。

「おやどうなさいました……？　もしやお困りですか？　私になにかお手伝い出来ることはありますかの？」

すごく人のよさそうなお爺《じい》さんがそこにはいたのだった。もはや中身を知っている私には詐欺師にしか見えないが、とにかくすごく善良で親切そうなオーラがばんばん出ていた。

え、誰これ？

そしてそんな見かけにころりと騙《だま》された深窓のお嬢様は、救世主を見つけたかのような様子で説明してくれたのだった。

どうやらこのお嬢さんと怪我《けが》をしていないもう一人の若い男が、今まさに駆け落ちをするところだったらしい。

そしてその手伝いをしたそのお嬢さんの幼なじみで使用人というトムくんが、つい先ほどその手引きをしていたのがバレてここの横暴な「お父様」に殴られたのだとか。でもトムはその「お父様」よりも幼なじみの「お嬢様」の恋を応援するべく、その「お父様」をとっさに何処《どこ》だかに閉じ込めてこの「お嬢様」にそれを知らせに来たところ、ということだった。

駆け落ち！　まあロマンスねえ……。

そしてトムくん、忠義心が凄《すご》い！　きっと「お嬢様」が大好きなんだろうね。

でもその結果今は、非常にまずい事態になっていると。

「ああトム！　しっかり！」

ふらふらと倒れ込むトムを見ておろおろとする「お嬢様」。

どうやら幼なじみで「お嬢様」思いのこの使用人を、彼女は見捨てて行くことができないようだ。

「お願いです！　トムをお医者に連れて行ってあげてください！」

そう言ってオースティン神父にすがる心優しい「お嬢様」。

それを聞いた神父様は、即座にたっぷりと同情した声で言ったのだった。

「なるほどこれは酷いですな……。ですが安心してください。ちょうど運の良いことに、私たちは傷によく効くすばらしいポーションを持っておりますでな。医者に行くまでもありませんよ。その可哀想《かわいそう》な彼は今、それを使って治してあげましょう」

もちろんそれを聞いた私は空気を読んで、すかさずトムくんを受け取るとちょっと脇に移動させて、駆け落ちカップルからは見えないように背を向けた上でポーションを振りかけるフリをしながらトムの傷を治したのだった。

はいなおーるなおーるー。

トムくんも目が腫れているからよく見えないらしく、ポーションなんて無いことにも気がついてはいない。でも突然傷と痛みがなくなって、トムくんは驚いたように私の顔を見てから目をぱちくりさせた。

そして私がそんな小芝居をしているとき、同時に私の後ろからは妙に優しげなレックの声が聞こえてきたのだった。

「話は聞きましたよ。そんなに怖いお父上ではさぞご苦労も多かったことでしょう。お二人が幸せになるのに、ぜひお手伝いをさせてください。まず一つ忠告です。駆け落ちをするのならば、この馬車を使ってはいけません。中に誰が乗っているのかが家紋で外から一目でわかってしまいます。すぐに追っ手がかかり追いつかれてしまうでしょう」

振り返るとレックが、完璧な笑顔とともにキラキラと「魅了」スキルを振りまいていた。そしてその笑顔のまま滑らかに続ける。

「ああそうだ、よろしければ私たちが身代わりになりましょうか？　私たちはちょうど王都を出るところでしたから、この馬車には私たちが囮《おとり》として乗ってこの王都の外まで追っ手を引き付けましょう。その間にお二人は、違う馬車に乗ってお逃げなさい」

「まあ、ご親切にありがとうございます！」

あっという間に話がまとまってしまったのだった。

ちょうど屋敷の方が騒がしくなってきたから、どうやらその「お父様」がトムくんによる閉じ込めから出てきたと思われる。

そのためどうやらこの駆け落ちカップルとトムくんが焦っていたというのもあるのかもしれない。

というよりは、そうとしか思えないほどあっけなかった。

「僕が馬車を走らせます。そうしたら怪しまれない。だからお嬢様は早く行ってください」

健気《けなげ》にもトムくんはそう言って、はじめに乗るはずだった家紋入り豪華馬車の御者台にかけ上った。

トム……！　なんて健気な子なの！

ちょっと感動した私は彼に「元気になーるー」とさらにこっそり魔術をかけたのだった。

頑張れトム、みんなのために。

「わかったわ、トム。私たちは予定していたあの場所に向かいます。よかったらあなたも後から来て。来るまで待っているわ。だからそれまではどうぞご無事で」

そして目を潤ませた「お嬢様」はそう言ったあと、駆け落ち相手の男と一緒に表通りへと走り去ったのだった。

「では僕はこのまま囮としてどこか王都の外へ向かいます。どうします、あなたたちは乗りますか？　傷を治してくれたお礼として近くならお送りしますよ」

トムが御者台から私たちに声をかけてきた。となるともちろんそこは、

「おおそれではせっかくだから乗らせてもらおうかの。そうじゃな、トレルに向かうのはどうかな？　ちょうどワシらもそこへ行こうとしていたんじゃよ。ふぉっふぉっふぉ」

と神父様が即答して、私たちは急いでその馬車に乗り込んだのだった。

なるほど人を騙すってこうやるんだな、なんて感心しているうちに、私たちは王都の隣の街トレルへと、豪華な馬車で疾走をはじめたのだった。

好々爺《こうこうや》とイケメンの笑顔にはほんと弱い人が多いんだな、としみじみ思った出来事だった。私は気をつけよう。

それでも少し心配だったのは、あの駆け落ちカップルを追う追っ手に捕まって放り出されることだったのだけれど、どうやら全く追いつかれる気配が無かった。

なぜならば、王都のあらゆる場所で突然検問が始まったのだから。

えーと、なにやら王宮の牢《ろう》から賊が逃げ出したので、王都にある道を通る全ての人たちを検分することになったらしいです。

あらやだ、王都って物騒ねえ？

このため王都の中の交通という交通があちこちで何度も止められて大混乱になっていた。

歩行者も辻馬車に乗った人も、もちろん馬に乗っている人も、みんなが止められては道を通る理由や名前等々を聞かれていたようだ。

駆け落ちカップルを連れ戻す追っ手は目的を世間には知られないように追うだろうから、どうやらこの山ほどの検問にいちいち引っかかったとみられる。

かたや私たちは身元のわかるお貴族様の家紋のついた立派な馬車なので、そのまま検問はトムくんの嘘八百《うそはっぴゃく》な口頭の申告だけで済み、全ての検問をほぼそのまま止まることなく通ることができたのだった。

やだ特権階級すてきー。

そしてトムくんが頑張ってくれたおかげもあって、わたしたちはあっという間に王都を脱出して隣の街トレルに着いたのだった。

どうやらあの駆け落ちした二人は、はぐれたときのために落ち合う場所を決めていたらしい。

主人に逆らったトムはどのみち元の屋敷には帰れないので、「お嬢様」が待っていると言っていたその落ち合う場所に向かい、今後はその「お嬢様」夫妻に仕えるつもりだと言った。

トム、なんて良い子なんでしょう……。もう心からみんな幸せになってほしい。

私が感動していたら、その横でレックがトムに馬車を走らせてくれたお礼を渡していた。そして私たちのことを口止めすることも忘れない。

うん、男の人って現実的よね。すみません、一人でうっとりしていて。はい。

ついでと言ってはなんですが、レックの提案で、オプションというかおまけで最初にあの家紋入りの豪華な馬車から普通の貸し切り馬車に借り替える時に、私とレックで駆け落ちカップルを装うことにした。

そうすればきっと追っ手は私たちをあの駆け落ちカップルだと思ってさらに追跡するだろう。そしてその先で目的の人物はかき消えるのだ。

豪華な馬車を貸してくれたのだからこれくらいはやらせていただきます。

ただ……。

「できるだけ快適な馬車を頼むよ。私のかわいい新妻を疲れさせたくはないのでね」

そう言ってノリノリで微笑《ほほえ》みを惜しげもなく振りまくチャラ男いやレックは、何を考えているのやら。

その顔面の美的威力も相まって、それはそれは素敵でしたよ？　見世物としてはね。

その言葉を聞いた貸し馬車屋の受付の人と、その言葉が聞こえたらしい周りの、特に女性たちからの、「んん？　あのイケメンの新妻、が……アレなの？……え？」

という視線がグサグサと私に突き刺さっていたけどね！

知ってるよ、知っているから！

私が絶世の美女ではないのは知っているからそんな目で見ないで……。

「どうしたアニス、もっと新妻らしく堂々と幸せそうに笑わないと不自然じゃよ？　なんでそうびくびくしているのかのう。ワシから見たらお似合いじゃよ？」

「ありがとう、神父様……その慰め、お世辞でも心に染みるわ……」

妙にノリノリで演技するレックの後ろで、こそこそそんな会話をしていた私たちだった。

「お手をどうぞ、我が妻。君のために一番良い馬車を頼んだんだよ。気に入ってくれるといいんだが」

そう言って馬車の前で私に手を差し出す顔面は美しいチャラ……いや、一応紳士。ああ眼福。

しかしレックも楽しそうで良かったね。目が子供のようにキラキラしているよ。

もう私も少々自棄《やけ》になって、ええいままよとにっこり彼に微笑んで「ありがとう」とか言って彼の手を取ったのだった。

茶番だわ……。

お願いだから、次に馬車を替える時は普通にしてよ……？

そして私たちはその後も定期的に馬車を替えつつ、まっすぐ隣国ファーグロウへとひた走ったのだった。

でもそうやって馬車を替える時と宿に泊まる時以外の、一日中馬車をファーグロウへと走らせている間は時間がたっぷりあるので、三人でたくさんの話をすることが出来る。

「だいたいなんであの時あんなにあっさり斬られたんですか。そりゃもうびっくりしたんですよ。敵国の王宮の中でやめてください。心臓に悪い」

ええ、もちろん文句も言い放題。

将軍？　そういえばそうらしいね。

でもどう見ても顔だけのチャラ男にしか見えないので実感は無いです。

なにやらにやにやと私の顔を見るレックに威厳なんてカケラも感じられません、はい。

なんでそんなに上機嫌なんだ。脱出が成功してそんなに嬉《うれ》しかったのだろうか。

でもおかげで今まで通り話しやすいのは助かるけれど。

「ああ、だって、君が助けてくれるってわかっていたしね。いやあ、雄々しい聖女に守ってもらうのは、実は昔からの夢だったんだよねえ。まさかかなうとは思っていなかったから、本当にあの時は嬉しかったな。思わず倒れながらうっとりしてしまったくらいだ。それはもう理想的だった。君はすばらしい。それに、ついでにあの王子が僕を『殺そうとした』という事実もできるしね。これであの王子をいつでも罪に問える。ちょっとした王宮偵察土産だ」

って、こっちにウインクするなっつうの。

突然何を言い出したんだ。そんなことをウキウキ言われても、ただの変わった趣味の露見としか思えないぞ。

そんな特殊なシチュエーションがツボだったとは全く知りませんでしたよ。

この人、本当に私に身バレしても軽い態度が変わらない。それどころかむしろ一緒に王宮脱出ミッションを終えて、前より空気が親密になった気がするぞ。

でもね？

だからといってそんな特殊な好みを披露されても困るんですよ。しかもそのツボをどうやら私が踏み抜いたらしいとか、そんなことは出来れば知りたくなかったです。

「信じて委ねてくれるのは良いですが痛いでしょうが。それに私はびっくりするのは好きではないんですよ。今後はやめてください」

「ええそうなの？　残念だな。僕は君になら何度でも助けられていたいのに。あの王宮の一件で、僕の心はもうすっかり君のものだ。君も僕を好きになってくれたら、もっとたくさん助けてくれるのだろうか」

なんだその性癖の告白みたいな台詞《せりふ》は……。

しかもわざわざその胸に手を当てての悲しそうなポーズはいらなくないか？

ほんと中身が残念にも程があるよね。せっかくの顔が台無しだよ……。

「なんでそこで好意うんぬんが出てくるのかがわかりません。約束ですからもちろん助けはしますがそれはあくまでも約束だからです。そこに恋愛感情なんかありませんよ。そういう遊びがしたいなら他をあたってください。私は今、それどころじゃあないんです。私はこの世界で生き延びるのに必死なんですから。そんな惚《ほ》れた腫れたと騒ぐような心の余裕なんて、今の私にはこれっぽっちも無いんですよ」

「ええぇ、なんて悲しいことを言うんだ。僕は僕を守ってくれると言った時の君の瞳にぐっときて、生まれて初めて女性にときめきを感じているというのに。それにあの聖女の宣言をした時も、君が凄くかっこよくて、思わず見惚《みと》れてしまったよね。あれで惚れない男がいると思う？」

「いるでしょ。というかそんな簡単に惚れられてたまるかってんですよ。人生そんなに甘くない。ほーら神父様は冷静だー。だから、いいですか？　私は、無事に、この先も生き残るために必死なんです。穏やかに天寿を全うしたいんですよ。それなのに、神父様があそこで突然ベールを取るからヒメにそれはそれは怖い顔で睨《にら》まれたんですよ？　あれもやめてください、心臓に悪い……」

突然会話の矛先を向けられて、それまで私たちをニヤニヤ見ていた神父様がちょっとびっくりした顔になったけれど、気にしない。

「おお突然のとばっちりかの。でも楽しかったじゃろ？　やっぱりああいう時は思いっきり派手に驚かすのが一番楽しいし効果的なんじゃよ〜。それにアニス、君、そのうちどうせ全部バレてたと思うよ？　君の『癒やし』スキルがどうもいちいち過激だからのう。だったらいっそ派手にやった方がいいんじゃよ。ふぉっふぉっふぉ」

「ええ、過激……？　ああ……うん……まあいろいろ思い出すと否定はできないけど……」

ちょっと脳裏に床に倒れて脂汗を流しながら苦しんでいたロワール王子の姿が浮かんだが。

「でもバレてもちゃんと無傷で王宮からも王都からも出られたじゃないか。だからもうそんなに一人で必死にならなくてもいいんじゃないかな。仲間を頼ろうよ」

なんて、そんな涼やかなイケメン顔でにっこりされたらちょっとは説得されそうになるけれど。

でもね？

「でもあのヒメの恨みをますますかったんですよ？　思い出すだけでも怖いあの目！　今度こそ絶対に私を殺すと決意した目だった。なんてデンジャラス」

それはそれは悪魔のような目をしていた。あれは怖い。人はあそこまで憎しみを込めた表情が出来るのかと思うような形相だった。

このまま私を放っておいてくれるとはとても思えないよね……。

イケメンがどんなに甘いことを言おうが、自分の命の危機を忘れることなど出来ないのだ。

その敵が権力も執念も持っているというのならなおさらだ。

そこに危険な敵がいるのに、気を抜けるわけがない。

「でもアニスをそこまで嫌うということは、あの『先読みの聖女』は偽物ということかの？」

神父様が言った。

「ああ、レックが部屋を出た後に、私を殺したら次は彼女に聖女の能力が移ってくると思っていたみたいなことを言っていたから、今は聖女としてのスキルは無いんだと思う」

「なんじゃ、そんな理由でアニスを殺そうとしていたのかの」

「ホントにね。あ、ついでにレックのことを絶対に落とすって言っていたよ？　さすがイケメン、モテモテだね。落とされたい？」

私がそう水を向けると、レックは心底嫌そうな顔をしたのだった。

まあそうだよね。ここでデレッとしたら私、この人の知性を疑うわ。

でもまさかこの人が、あのゲームの隠しルートの攻略相手だったとは。

隠しルートって、どうやったら出るんだろう？　知らないな。

全員を攻略したらとかそういうやつ？　きっとゲームをやり尽くした先にあるんだよね？

ということは、ヒメはあのゲームの攻略対象を全員攻略したのか……？

それは、あのゲームを一体何周したということなのだろうか。

私はしみじみと、渋い顔をして座る向かいの席のレクトール将軍の顔を眺めた。

こんな逃走の旅の途中だというのに美しく艶めく黒髪、そして澄んだ碧《みどり》の目と端整な顔だち、涼やかな目元。なるほど乙女の理想を凝縮して「作られたような」完璧なイケメンである。

なるほど……。

「でもそれならなんで、あのヒメとかいう人は『先読みの聖女』でいられるんじゃな？　聖女の能力が無いのは隠せないじゃろうに」

神父様がはて、という感じで首を傾《かし》げた。

「うーん、でも先読みは出来るのよ。私と同じどころか、どうやらそれ以上に詳しいみたいだから」

なにしろ私は一人攻略しただけで飽きたのに、彼女はどうやらそれを攻略相手の人数分周回したということなのだろうから。隠しルートが出るくらいだ。そしてきっとそれも攻略したんだろう。この将軍を。

ではゲームではこの人もヒメに愛を囁《ささや》いたのか……一体どんな顔で？

「前の世界で見たというこの世界の話というやつかね？」

「えっと……そう。私は一通りさらっと見ただけだったけれど、もしかしたら彼女はじっくりと何度も、その……繰り返して、私よりずっと細かなところまで覚えているのかもしれないから」

ちょっとゲームと言ってもわかるかどうか怪しかったので、そこのところは出来るだけぼやかしましたが。

「で、その話の中では私が死ぬんだな？」

「あー……うんまあ、そう」

もうそこは隠しても仕方が無いか。

「そしてその後はどうなるんだ？　その物語は」

さすが軍人というべきか、なんと言うか。彼は今ではその事実を受け入れているらしい。強い人だと思った。

「『先読みの聖女』がその『将軍』の死ぬ前に立てた計画を見破って、オリグロウが戦争に勝つの。そして聖女はめでたく意中の人と結婚……」

「何を見破ったんだ？　どの作戦だ？　その戦いの場所は覚えているか？」

あ、そっちですかそうですか。素敵な恋愛のゴールには全く興味はないんですね、はい。

「ごめん、場所とかは出てきたのかもしれないけれど全然覚えてない……ただ、ファーグロウが守っていた拠点を叩《たた》いたとかそんな感じだったような……うーん……」

だってゲームの中では、多分誰かが言った台詞の中身かナレーション的な説明だったのだろうし、当時は、

「要は凄い作戦で大逆転したのねーふーん」

とさらっと流しちゃったんだよー。

私は薄い記憶を遡って考え込んでしまい、そしてレクトール将軍も難しい顔をして黙り込んだのだった。

のほほんとしているのはただ一人だけだ。いや神父様は何でそんなに気楽？

「じゃあ、なんでレックは死んじゃうんかの？」

「いや発言！　今ここでそれを言う？」

「言うじゃろ。だってその話、レクトール将軍が死ななければ避けられるんじゃろう？　『ファーグロウの盾』さえしっかりしていれば、どうせオリグロウは勝てんわ」

「まあ、そうかと思って私もその『将軍』にお近づきになりたかったんだけどね。でも死因は覚えていないんだよねえ。そもそも話に出てきたのかどうかもわからないよ」

言いながらその噂《うわさ》に聞く強固な「盾」がこんなチャラ男で大丈夫なの？　と思ったのは内緒です。

「なんじゃ病気か事故か裏切りかもわからんのか」

「ちょっとわからないんだよねえ……」

「裏切りはない」

突然、レクトール将軍がきっぱりと言ったのだった。

「ふぉっふぉっふぉ。自信満々じゃの。若いというのは良いものじゃ」

神父様が笑い、

「でもスパイとか暗殺者とか紛れているかもしれないじゃない？　古今東西だいたい権力者の周りには紛れているよね」

私もそう言うと。

「それでも裏切りはない。実は……あまり知られないようにしているからここだけの話にして欲しいんだが、私のメインのスキルは『鑑定』だ」

意を決したようにレックが言った。

「え？『鑑定』？　あれ？『魅了』じゃあないの？」

「普段はそう見せてはいるが、実はそれはサブスキルであってあくまでもメインスキルは『鑑定』なんだ。それも最上級のね。だからオリグロウ王宮でも実は視界に入る人間は全員一通り鑑定していた。とても有意義な時間だったよ」

そう言って、レックは満面の笑みを浮かべたのだった。

なんだこの人、ちょっとかわいいな。得意げか。

そしてその丸ごと鑑定をやりたいがための王宮見学だったのか。しれっと何をやっていたんだ。

「おや珍しいスキルじゃな。『鑑定』なんて今までほとんどお目にかかったことはないよ？　こんなに長く生きているのにのう。ほうほう、ではワシはどんなふうに視《み》える？」

神父様がそう言うと、レックは神父様をちらりと見てから言った。

「オースティン殿は、メインスキルが加護、しかも最上級です。サブスキル……はあまり鍛えていないようですね。でも『魅了』は若干使える。そして加護の力が強いので……きっとあなたは老衰以外では死ねないでしょう。まだまだ長生きしてください」

「ほうほう、ワシの『魅了』を見抜くか……それ以外にも何やら見えてたりして？」

神父様が目をキラキラさせた。

「……さすがですね。他にも少しは見えますよ。だいたいの家族構成とか、来歴とか、その人の今の感情も多少視えますね。それらを総合してどのような人物なのかがわかります。まあ、あなたは信頼に足る人だと思っていますよ、オースティン殿。あなたは損得で動く人じゃあない。面白そうかそうでないか、もしくは好きか嫌いか。それで自分の行動を決める人だ」

ええ、すごいなその能力。視るだけでどんな人かわかってしまうのか。

「じゃあ私は？　私はどう視えているの？」

ちょっとわくわくして聞いてみた。いや聞くよね。的中率百パーセントの占いを聞く気分だ。

「君は能天気だな……ああ知らないのか。アニスのメインスキルは最上級の『癒やし』。今もレベルがそこそこ高いから、体に関することは随分自由に操作できる。サブは無いわけではないがやはり訓練をしていないからほとんど発現していない。ちなみにその『癒やし』スキル、今発動できる力は一部だ。奥行きがとてつもなくあるのにまだ途中までしか道が出来ていない」

「ええ？　私もサブスキルを何か持っているのね？　それは何？　訓練ってどうすればいいの？」

いやちょっとわくわくしちゃったよね。まだ他にもスキルがあるらしい。そして『癒やし』ももっとレベルが上げられるのか。

「いや君はそのメインの『癒やし』を伸ばすことをもっと頑張ってくれ。そのスキルで僕を救ってくれるんだろう？　僕はとても期待しているんだよ？　で、君の荒唐無稽な異世界とやらの話を信じた理由がそれだ。君の来歴だけはどうやってもつい最近のものしか見えなかった。まるでつい最近、君が突然この世に出現したかのようにしか視えない。それは君の、別の世界から突然喚《よ》ばれたという話と合致する。そしてそうでなければ、このレベルの『癒やし』スキルが大人になるまで知られなかったはずがない。だから信じた。他には考えられないからね」

なるほど。私の元の世界のことまでは視えないのか。なんだかちょっとほっとしたような。あんなことやこんなことを知られたら恥ずかしくて、この先この人と普通に付き合っていけるかどうかわからなかったわー。はっはっは。ええ人には知られたくない黒歴史の一つや二つ、あるよねー。

なんて冷や汗をかいていたら、どうやら彼にその気持ちを読まれたらしい。

「言っておくが来歴はぼんやりとしかわからないからな？　読みやすい最近の事でも君が最初にあの王宮にいて、その後一時的にどこかの教会にいて、その後ガーランド治療院に移ったくらいのことしかわからない。ただ、その人物がどのような人であるかは訓練もしたからかなり正確にわかる。まあ、君も嘘《うそ》をついているわけじゃあない。そして私を騙す気もない。ただひたすら自分の目的を果たすことしか考えていない。スキルは聖女並みだが性格は聖女というよりは、一般的な普通の人間に近い。そういうことはわかる」

へええ、なるほど。

「じゃあスパイとか、暗殺者なんかがいたらすぐにわかってしまうのね」

「そう。だから今、私の部下の中に裏切るような人間はいないし、もしそんな気持ちが芽生えても視たらすぐにわかる」

「ほうほう。じゃあ『ファーグロウの盾』は身分や肩書きに関係なく人を重用するという噂は本当なんじゃな」

「そうです。その人のスキル構成や人柄を視て、これはという人物を引き上げて適所に配置する。それだけでたいていの戦は勝てます。実は今回オリグロウにいたのも、ガレオンをこちら側に引き込もうと説得するためでした。私は基本的にスカウトと配置を担当しているのです。戦術や武力といったことは、もっとそういうことが得意な副将軍がいますからね」

「へえー。スキルを最大限に生かしているんだね。適材適所か」

私は感心した。なるほど。だからこの若さで「将軍」が務まるのか。たしかに人事は大事だよね。

「そして我が軍、いやファーグロウには今現在『聖女』がいなかった。だからもちろん最初に君を視た時から、君を全力でスカウトしようと思っていたんだ。しかもその『聖女』がこんなにも逞《たくま》しくて頼りがいがある魅力的な女性で、本当に僕は嬉しいな」

そう言ってこちらにウインクするところはいかにも頭の軽そうなチャラ男なんだけどなー。ああ残念。でもスキルは凄いんだねーへえー。

「レック、アニスに好かれたければそんな照れ隠しみたいなことをせんでも、もう少しその顔を生かしたやり方があると思うんじゃがの……女心が全くわかっておらんのう……って、おお怖っ、そんな睨まんでも……いやいやワシはなんにも言っておらんよ～。えーと、じゃあ裏切りは無いかの。ではあと考えられるのは病気か？　今のところ全く健康そうじゃが……アニス、ちょっと今のうちによく視ておくかね？」

「ああ、そうですね。たしかに健康そうだから全く心配していなかったかも。てっきり事故でもあるんだろうと思っていました。じゃあちょっと視ますね」

そして私は目の前のレクトール将軍の全身をくまなく視ていったのだった。

と言っても、ざっと視たところは特に何も無い。

普段だったらきっとそこで止めただろう。

だけどこの人には何故か死亡フラグが立っているということを踏まえて、私は一応もっと、いや出来るだけ詳しく視ることにした。

なにしろこの人にまんまと死なれてしまっては、私の心安らかな未来が消えてしまう。念には念を入れることにする。ええもちろん必死です。

「んー……？」

すっごーく小さい黒い点。これは癌《がん》か何かの腫瘍の元かな？　でもこれが死因とは考えられないな。多分感覚ではこれが死因になるとしても何十年も先になるのでは？　まあ見つけたからには一応消すけど。でも自分の免疫でもそのうち消えるんじゃないかな。あとは……うーん、頭……？　若いのにまさかね？　血流よーし、異物よーし……んー、血管に小さな瘤《こぶ》があるのか。まあ誰にでもこういうのは結構あるらしいしそれほど危険度は……でもいちおう万が一ということもあるから塞いでおこう。ぷち。あとは……骨も筋肉も内臓もあとは特に無いみたいよ？

そうして私は視るのを終えて結果を伝えたのだった。

「では、あとは事故かのう……」

「そうですねえ……」

神父様と二人で死因を本人の前で探る会話。なかなかシュールだ。

「まあ事故ならもう、その場で私が治すしかないわよね。お願いだからトイレとお風呂では事故に遭わないでくださいね」

もう私に言えるのはそれくらいか。

頑張れ私の命綱。何が何でも生き残ってもらわなければ。

「風呂なら一緒に入ってもいいんだよ？　私は大歓迎だな」

おや？　チャラ男が何やらニヤニヤ言い出したぞ。

「はあ？　何言ってんの？　セクハラ？」

「なんじゃそのせくはらって。まあ本当に心配だったら一緒に入ってやればいいんではないかの？　ワシだったら入っちゃうよ～、ふぉっふぉっふぉ」

おっと、思わぬところにもう一人敵がいたぞー。

「ちょっと。ふぉっふぉじゃないでしょうよ。何を言っているんですか。私も一応うら若き未婚の女性なんですよ。やめてください。へんな噂が立つようなことは遠慮します。私は将来ちょっと有能くらいのポーション屋さんになって、ファーグロウかどこかの国で地味につつましく平凡に暮らすのが目標なんですから、評判は大事なんですよ。安易に私の将来を潰さないでくださいよ」

そう、私はこの世界で安心して生きていきたいだけなのだよ。人生の残りを幸せで充実したものにしたい。そのために今こんなに必死になっているんじゃないか。

醜聞ダメ、ぜったい。

「へえ……？」

「なんですか将軍、その哀れみの目は」

「いや、そんなところだけ『聖女』らしい無欲な願いだなと思って」

「そんなところだけってなんですか、失礼な。私は最初から言っているではないですか。私はヒメに命を狙われたりしないで、とにかく安心して暮らしたい。私の願いはそれだけです。そこそこ普通に働いて、そこそこ普通の暮らしが出来て、出来れば少々の貯蓄、そんな生活が理想なんですよ。堅実かつ平凡万歳」

胸を張って主張してみた。ちゃんと自分の希望は言っておかないとね。戦争が終わった時に願い出たい対価は今からアピールしておいて損はないだろう。

「じゃがアニス、ただ安心して生活したいというだけなら、そしてどうせそのためにこの将軍に四六時中ずーっとくっついているつもりなのなら、もういっそのことこの将軍に嫁にもらってもらえばいいんでないかい？　この男の嫁ならそれこそ一生生活が安泰じゃよ？」

そこに、神父様が突然爆弾を落としたのだった。

はあ？　なんだ突然。

「はあ？　何を言っているんですか。神父様も冗談は休み休み言ってください。馬鹿らしい。天下の将軍様にも迷惑ですよ」

「いやいやでも考えてごらん？　夫婦なら一緒に風呂に入ってもおかしくはないし、べったりそばにいても誰も文句は言えまいて。それにあの偽『聖女』の鼻も明かせるし、我ながらいいアイデアではないかのう？」

何故か神父様がノリノリだ。我ながらいいアイデア、じゃあないんだよ。どこがいいんだレックに怒られるぞ？

「のう？　じゃあないんですよ。全然よくない。なんで一緒にお風呂に入る前提なんですか。そんな理由で結婚とかないから。他にも秘書とか小姓とか、いろいろ近くに居られるような立場があるでしょうが」

「でもコショウは知らんが秘書は寝室までは一緒にはなれんよ？」

「当たり前でしょう！　寝室とか……あ、レック、寝ているときも襲われないでくださいね？」

「そんな保証は出来ないな。なにしろ寝ているし？」

「ちょっと！　そこは空気を読んで！」

レックもなに呑気《のんき》にニヤニヤしているんだよ！

そんな事を言っていると、この詐欺師まがいの人に丸め込まれるよ!?

この爺《じい》さん、天下の将軍サマのすばらしい経歴に傷をつけようとしているんですよ？　わかってる？

「でも、君も私に死んで欲しくはないんだよね？」

レックがちょっと考えながらこっちを見て言った。

「もちろんですよ。あなたには私の将来の平穏な生活の命運がかかっているんです。あなたの死は、すなわち私の将来の死。絶対に死なせるわけにはいきません」

耳にタコが出来ているかもしれないが、それでも念押しは忘れないぞ。私は私の平穏な未来のために、全力でこの人の死亡フラグを折るのだ。

めざせ心安らかで明るい未来。

「そして君の話では、私が死んだらファーグロウも死ぬ。それは一大事だ。どんなことをしても避けなければならない。ならば私も君も最善を尽くして出来ることはとにかく何でもやる方がいい。だよね？」

「そうですね。なんでもやりますよ。出来ることならね」

「じゃあ結婚してしまうのはいい手かもしれない。オースティン殿が言っていることはふざけているように見えて正しいと思わない？」

レックが真面目な顔で………何を言った？

「は？」

「ああもちろん、今は偽装でいい。君にはこれっぽっちも私にそんな気持ちがないだろう？　見えだ。残念だな。こんなスキルがあることが初めて心から残念だと思ったよ。君の私への気持ちにそんな色っぽいものが全然見えないのが本当に残念だ」

何故か悲しそうなポーズで私を見て言うレック。

「何を言っているんですか。あなた権力者なんですから、秘書とか護衛とか何か上手《うま》く言ってくださいよ。天下の将軍サマがそんな軽々しく結婚したらダメでしょうが」

たしか結婚って、そんな都合でほいほいするものじゃあないよね？

全然自分を好きでもない人と、するものじゃあないよね!?

もうすこーし慎重に考えてするものだよね!?

「だから偽装だと言っているだろう。形だけだ。それでも今夫婦になっておけば、戦争が終わった時にまだ僕が無事に生き延びていて、君が僕との結婚生活を本物にしたいと思ったらその時にあらためて本物にしてもいいし、逆に君がもう嫌だと思っていたなら話し合って離婚することも出来る。その時には僕に付き合わせたのだから、もちろん慰謝料も払おう。そしてもしその前に僕が死んでしまったとしたら、その時は君にはこの先ずっと『将軍の未亡人』としてのそれなりの身分と保護と年金が約束されるだろう。どうなったとしても君に損はないと思うよ？」

そんなすらすらと自分の生死での場合分けができるのはスゴイデスネ。

そしてさりげなく金をチラつかせるあたり、そろそろ私の性格を把握している感じがして怖いんですが。

でも、生きていくのにはお金が必要なのよ。

私が「うっ」と詰まって反論出来なくなったのを見て、さらにレックが畳みかけてきた。

「そして僕も堂々と君を身近に置いて、そうとはわからずに助けてもらうことができる。さすがに僕も、まさか将軍ともあろうものが死にたくないがために聖女を私物化して連れ回しているとは思われたくない。そしてもし僕に何かあったときには、君に妻として真っ先に私の所に来てもらうことができる。私だって助かるものなら助かりたい。実はお互いに一番合理的だと思うな」

ん？

…………ん？

たしかに？

そして全てが終わった暁には離婚して元通りにできるというのなら、しかもそれまでは偽装だというのなら、なるほど一番都合が良い？

たしかに何かあったときに一番駆けつけやすいというのはいいかもしれない。

夫の一大事に必死に駆けつける妻。

うん自然だ。

何のために私が必死なのかなんて、他の人にはわからないのだから。

「将軍と聖女なら、お似合いじゃあないかね。誰も反対はするまいて。ふぉっふぉっふぉ」

「それに私が君を聖女だと認めたから、ファーグロウの王宮から君の身柄を保護するための呼び出しがあるかもしれない。なにしろ貴重な『聖女様』だからね。もしそうなると僕の近くにいてもらうのが難しくなる」

ああーそういえば聖女ってそういう立場だったー。

まずい、私はこの人の死亡フラグを折らないといけないのに。そんな時にファーグロウの王宮になんて行って保護されている場合ではないのだ。

「ただし君が名目上でも私の妻になれば、これからも一緒にいられるだろう。君が僕を守ると言ってくれたとき、本当に僕は運命を感じたんだよ。でも残念ながら君には全くそんな気持ちはないようだから、当面は偽装でもいい。そこは譲る。とりあえず君を確h、あ、いや忘れてくれ。とにかく君にもメリットはある。大切にするよ。後悔はさせない。だから結婚しよう？　そういうことにしておこう？」

なぜだか熱心に畳みかけてくる目の前のチャラ男。しかしただ説得するためだけに運命とか大げさな。

この人、なんでこんな無茶な話にそんなに乗り気なの……とは思ったが、考えてみれば彼も生き延びるために必死なのかもしれない。

そしてあらためて言われてみれば、確かにそれは私にとってもいろいろ助かる話でも……ある？

気になるのはこの世界でのバツイチになることへの評価ではあるが、でもそんなものはそもそもこの目の前の男が死んでしまっては、どのみちそれどころじゃあなくなるだろう。

そうか……。

「では……はい……ソウデスネ、じゃあそういうことで、イイデス……」

――それは、私の理性が人生で一番仕事をした瞬間だった。

しょうがない。だって私には、たしかに合理的な案に見えてしまったのだから。

今はなにしろこの将軍と、ひいては自分の命を守るのに、なりふり構ってはいられないのだ。

でもそう私が返事をしたあとで、神父様が「おお、さすがスカウトのプロ……」と小声で呟《つぶや》いたのは……聞かなかったことにしようか……。

なんだかすごくまるめ込まれた感があるけれど、でもまあ戸籍なんてないみたいだから、「この人と結婚したよー」って言うだけの偽装だと思った私はどうやら甘かった。

どうも結婚したという証明書のようなものはこの世界にもあるらしい。

私は乗っていた馬車のままファーグロウにいつの間にか入国し、そしてそのまま直行でファーグロウ国内の教会にほぼ拉致のような形で連行されたのだった。

「は？　え？」

状況のいまひとつわかっていない私に、美しい笑顔のレックが言う。

「ほーら大丈夫、怖くはないからね、安心して。君は何か聞かれたら『誓います』って言えばいいんだよ？　あとは全部やってあげる。じゃあよろしくお願いします、神父様」

って、いやいやいやいや。

まさか本当に教会で式を挙げるとは思っていなかったんだよね。

そこまでの私の覚悟というか心構えというか、そういうものは全然なんにもなかったんだよね。

なのに、この爽やかな笑顔で挙式を迫ってくるイケメンは一体何を考えているんだろうね!?

「ドレスやなんかは用意できなかったけれど、君はそのままでも十分かわいいから大丈夫。ああ君がちゃんと式を挙げたくなった時にはもちろんあらためて挙げようね。でも今は書類だけでも調えないと」

って、なんでそんなに積極的なんでしょうか？　偽装だよね？

「ちょっと待って？　天下の将軍サマともあろうものがこんなにさくっと内緒で結婚なんてしてはいけないのではないですかね？　とりあえず婚約ってことにすればいいんじゃないの？　こんな駆け落ちみたいな地味婚なんてしたら、周りの人が怒ったりするでしょー!?」

と抵抗はしてみたものの。

「でも婚約者のままだと、ならば挙式まで王宮で大切に保護するって言われると思うよ？　僕のいるところは基本戦場だし。そして僕が戦場にいる間に君が王宮で何人もいる王子たちに言い寄られたりしたら、君がそっちの誰かを好きになるかもしれないじゃないか。僕としてはそれは困る。そんなリスクはとれないな。君を他の男に渡すつもりはない。さあ誓ってしまおう」

いやいやいや、だからいろいろ手続きとか段階とかが飛びすぎているよね？

このどう見てもイケメンのモテ男が、こんな異世界からやってきた地味女と、そんなに急いで本当に結婚しようとする意味がわからない。

表向き「そういうこと」にしておけばいいじゃないか。

「ビジネス！　これはお互いに都合の良い偽装よね!?　式も偽装じゃダメなの!?」

「はいはいビジネス。だからちゃんとしておこう？　誰にも文句は言わせないように。こういうことで他人に突っ込まれるような穴をつくるのは愚行だよ。それとも君は僕に本当は死んで欲しいのかな？」

「いや滅相もない。あなたには私の未来がかかっているんだから！　死なせてたまるかってんですよ」

「じゃあやることはわかるよね？」

「ふぉっふぉっふぉ」

——そうして私たちは、偽りの誓いをたてたのだった。

騙してごめんなさいファーグロウの神父様。全てはこの戦争と、こんな事を言い出したオースティン神父と、そしてそれに乗っかったレクトール将軍が悪いのです。

ああでも私も共犯者……。

しかも実はこの期に及んで私は、頭では都合のいいように流されているだけだとわかっているのに、本心ではけっして嫌ではない自分に気付いてしまって複雑な気分だった。

さすがに私も、全く好意が持てない人とはどんなに好条件でもこの決断はしなかっただろうと、土壇場になって気付いてしまったのだ。もし絶対に嫌だったら、もっと必死に断固抵抗しただろう。でも、たとえお芝居でも、この人とちょっと特別な関係になるというのが実は少しだけ嬉しかったり……。

だってこの人、悪い人ではないのよ。しかも顔は私の好みど真ん中。そして中身もたいがいチャラ男なんだけれど、何故か話が合って、一緒にいて楽しい人なのよ。

正直チャラ男で残念なはずだったのに、最近妙に好感度が上がりつつあったのは事実で……。

ああいや、しかし。

もちろん物事にはね、順番ってものがあるからね。

だからさすがにこれはどうかとは今でも思っているよ。

さすがにね。しかし結局。

「これからよろしくね、妻よ」

そう言って微笑む超絶イケメン将軍。まさかのこれが「夫」ですってよ。

「ああ……はい……頑張ります……とにかく死なないでね」

その偽りの「夫」の笑顔が眩《まぶ》しくて、思わず目眩《めまい》がしている私。「妻」というには明らかに分不相応な、身元不明な異世界人。

だがここに、晴れて新たな夫婦が誕生したのだった。まじか。

「おめでとうお二人さん。ワシは君たちの結婚の証人になれて嬉しいよ、ふぉっふぉっふぉ」

ああうん、アリガトウゴザイマス。ヨカッタデスネ。

もう何も考えまい。あまり考えすぎてもきっとストレスでハゲるだけだ。やめとこう。

まあでもほら、これで私はこの将軍に正々堂々張り付いて、死亡フラグを折ることは出来そうだから。

きっと出来る。ここまでして出来なかったらとか、もう考えたくもない。

今まで深い関係の彼氏さえもいたことのなかった私が、まさかのお付き合いゼロで結婚し、そして挙げ句の果てには清いままに未亡人とか、そんな事態は全力で避けたい。

ちょっと必死になろう。いやちょっとじゃなくて、この上もなく。

頑張れ私、平穏な自分の未来のために。無事離婚するその日まで……。

今は晩秋。うまくすれば来年の春には無罪放免だろう。大丈夫、あと半年くらい乗り切ってみせる。きっと出来る……。

魂を抜かれたまま教会を出たら、そこには立派な家紋付きのやたらと派手で豪華な馬車が停《と》まっていた。

そしてそれを私がぼんやりと「うお、豪華だなー」なんて眺めていたら、結婚したばかりの夫（仮）がその馬車のドアの前で私に手を差し出したのだった。

「はい？」

「どうぞ、わが妻。私の馬車だ。このまま軍の本部まで行く。国境を越える前に手配しておいた」

「はい？」

そういえば、オースティン神父からは一人で国境を越えるのは命知らずな暴挙だと止められていたのに、この将軍と一緒だったからか、私たちはすんなりと国境を越えていたのだった。

どうやらこっそり行き来するルートを確保してあったらしい。

まあそうだよね。なにしろ将軍様だもんね、それくらいの準備はしてから敵国に入るよね。

でもそう考えてみたら、お付きの人とか護衛とか、誰も連れずに今まで単身とか良かったのか？

この男こそ命知らず？

と思ったら、どうやら護衛はいたらしい。

なんだーいたのかー全然知らなかったよ。

「さすがにオリグロウの王宮の中では苦労したみたいだけれどね。ただし彼らが表に出てくるのは最悪のやむを得ない状況の時だけだ。だけど今も近くで待機しているよ。その彼らにこの馬車を持ってくるように言っておいたんだ。ああ、結婚したから妻である君もこれからは警護対象になった。もう言ってある」

どうやら私が馬車に乗ってぼーっと国境を越えている間に、いろいろな事が動いていたらしい。

うーんこの将軍サマ、自国に入った途端にアグレッシブというか活動的だなおい。

「はあそうですか……」

「君はファーグロウの将軍夫人だからね。誰にも傷つけさせないよ。安心して僕の隣にいるといい」

「ああはい……」

ちょっと事態にはついていけていないが、一応彼の言葉は理解した。

夫人かあ……夫人ねえ。

ええ……。

「ふぉっふぉっふぉ。初々しいのう。自分の新婚時代を思い出すのう、ああ甘酸っぱい」

「……オースティン殿、あなた専用の馬車を別に用意してもいいんですよ？」

「いやいやワシはこの馬車で十分じゃよ？　いやさすがの高級馬車じゃのう。まあレクトール将軍殿は二人きりになりたいのかもしれないが、アニスはワシが拾って面倒を見ていたワシの名付け子じゃからの、保護者として言っておくが、アニスの同意のないままに乱暴なことはするなよ？」

「もちろんですよ……ではこれからはあなたを舅《しゅうと》殿と呼べばいいですかね？」

「そんなに嫌な顔をせんでも、好きに呼べばいいよ〜。ふぉっふぉっふぉ」

「茶番だわ……」

……それにしてもクッションがふかふかで揺れも少ないこの馬車は素敵デスネ。

もうたいていのことはこのまま流れに任せて、私はただこの将軍様が死なないように常に見張ることだけを考えていようと思ったのだった。

うん、前向きに考えれば、当初考えていたような将軍に何かが起こった後にあのガーランド治療院から治療師として召集されて駆けつけるよりは、非常に良いポジションでこの人を監視できるのだ。

これ以上ないすばらしい状況と言えるだろう、わーい。

結婚してまで張り付いて、しっかりこの男の死亡フラグさえ折ってしまえれば、この男には結構な恩が売れるというものだろう。

がんばるぞ。

「ところで、あのオリグロウの『先読みの聖女』だが、結局何者なんだね？」

突然オースティン神父が口を開いた。

「え？　ヒメのこと？」

「ああ……私の鑑定では彼女は『聖女』ではないが、でも少々厄介そうではある。あの王宮の中を直接鑑定出来て本当によかったな。それもこれもアニスのおかげだよ。で、まああの王子はたいしたことはないが、問題はあの自称『聖女』だ」

レックが言った。

「厄介……？」

性格が厄介というのは知っているけれど、そういうことではないよねきっと。

「あの自称『聖女』は、メインスキルが『魅了』。そしてサブスキルが『鑑定』だった。サブスキルの方はそんなにレベルは高くない。だからアニスの正体を見破れなかったんだろう。表面の情報が読めるだけだ。だが『魅了』はなかなかのレベルで、そしてあの王宮の主要な人間にはみんな彼女の『魅了』がかかっていた」

魅了。鑑定。なるほど、そっちのスキルの人ということか。

「その『魅了』持ちの女に誘われたんではなかったんかね、キミ」

神父様が面白そうに言った。

ああ、そうそう。それは熱心に誘われていたよね。

「私は自分がサブスキルで『魅了』を持っていて、もともと抵抗ができるし魅了封じの石も持っているから私には効かないのですよ。でも他の『魅了』を持っていない普通の人間には簡単に効くでしょう。と、いうことは、オリグロウはあの自称『聖女』が私と同じようにスキルを活用し始めたら手強《てごわ》い相手になりそうです。これはと思った人間は基本全員引き込める。こちら側の人間も気を付けないと引き込まれるかもしれません」

「その上未来を知っていることになるのね。しかも多分私よりも詳しく」

私はあのゲームを一周しかしていないけれど、隠しルートを知っているという彼女はいったい何周したのだろうか。そして他の人を攻略する中で、私の知らない情報も出てきていると思った方がいいだろう。

たとえば詳しい戦争の状況とか……彼の死因とか。

今はとても健康体で若い彼が、どうやったら死ぬのだろう？

病気ではないとすれば、事故、または暗殺……？

「彼女が自分なら救えると言っていたからな、私の未来も何か変える方法があるのだろう」

「彼女、『攻略してやる』とも言っていたからね。死んじゃう人を攻略はしないよね。そしてオリグロウはどうでもいいとも言っていたか……でもあのせっかくの王太子であるロワール王子様を捨てるとも思えないんだけれどな。地位とかお金とか好きそうなのに。昔から結構ゴージャスな人だったし、この前も凄い高そうな服と宝石を身につけていたよ？」

戦場にいる将軍よりも、未来の王妃としてオリグロウにこのまま居座った方が好みなのかと思っていたのよねえ。タイプは違うけれど、どっちも美形よ？

と、私が首をひねっていたら、なぜかオースティン神父がそろそろと挙手をして言ったのだった。

「あのう……アニス、もう睨まれるのも嫌だから言うがの、多分知らなそうだから一応確認しておこうかの？　お前さんの夫となったこの男、王族じゃぞ？」

「はい？　なんと？」

「えっと、これも有名な話なんじゃがな……やっぱり知らんかったのか……まあ、もう結婚しちゃったしのう？……のう？」

そう言って神父様はすがるようにレックを見たのだった。

って、レック？　なんでニヤニヤしているのかな？

「まさか知らない人間がいたとは驚くよね？　でも本当に知らなかったんだね。まあそうだろうとは思ったけど。君のそういうところ、本当にいいよね。そういう君の素直で無欲なところが僕は大好きだよ？　ファーグロウって結構大国だし、有名なんだけどな。じゃああらためて自己紹介しようか。ファーグロウ王国第五王子でファーグロウ軍の前線部隊を預かっている、レクトール・ラスナンだ。よろしく奥さん」

って、満面の笑みで言われても。

「はい？　王子!?」

王子がなんで将軍なんてやっているの!?　戦地に送っていいの!?

あ、でも第五……えっと、ノブレス・オブリージュとかいうやつ……？

ええ、そんな地位の人が軽々しく結婚とか、しかもあんな地味婚とかしちゃいけないんじゃあないの……!?

私がぽかんと口をあけて驚いていたら、神父様が言った。

「アニス……ファーグロウは金持ちなんじゃよ。それはもう、しょっちゅうあちこちに戦争を仕掛けているオリグロウなんかより遥《はる》かにのう。オリグロウは国全体が貧しいじゃろ？ってああ、アニスはオリグロウしか知らないのじゃな。あの国は上層部に無能が多くてのう。国王が一人で頑張っている国なんじゃよ」

「あ、ああ……わかるわー無能ばかりだわー知ってる」

少なくとも上層部の息子たちの状態なら知っているわー。息子たちがあれなら、親も同類といった感じなのだろう。

「今回あちらの王子も会えたから鑑定できたが、あいつも王の器としては少々心許《こころもと》ない内容だったな。国政に役立つスキルがほとんどない男だった。今のオリグロウ王が没したら、あの国の未来は今のところあの偽『聖女』が『魅了』と『鑑定』で補助して回すしかないだろうな」

「じゃが彼女はファーグロウの王族入りを狙っているようじゃないかね。なかなか野心の大きなお嬢さんだ、ふぉっふぉっふぉ」

「王太子ではないのに、なんで私なんだろう？」

「そりゃあクーデターとか兄王子たちの暗殺とか、いろいろ手はあるじゃろうて。ああいう女は怖いんじゃぞ？　自分の利のためには何でもする女というのは、発想も手段もぶっ飛んでいる時があるからのう」

「なるほどー」

しかしそこで何故懐かしそうにしているんですかね、神父様。

「アニス……まさか君もそれを狙って何も知らないふりをしていたわけではないんだよね？」

大げさに怯《おび》えたようにレックが言うが。

「ええ？　そんなわけないでしょう。知っていたらもっと抵抗していましたよ。王族とか何ですかそれ。まさか離婚するときに国民にやんや言われたりはしないでしょうね。怖いから離婚するときは全国民が納得するような理由を作ってくださいね。じゃないとその後の私の生活に影響するじゃないですか。って、ああ！　私のバツイチが国中に知れ渡ってしまう!?　どうなのそれ！　ぜんぜん再スタートにならない気がする！」

私は頭を抱えた。もしや私は一生「王子に捨てられた女」として生きていくのか!?

それはちょっと嫌なんですけれど……。

「いや、そもそも離婚しなければいいんじゃ――」

「ああ！　わかった！　よし！　国民にはこの結婚の発表はしないでおきましょう。ねっ？　その方があなたもいつか誰かと再婚するときに、国民がきっと気持ちよく祝福してくれるから！　せっかくのイケメンなんだから、過去のちょっとした失敗なんて知られない方がいいよね？　だから、内緒にしましょう。うん、それがいい。要は私があなたの近くに待機できればいいんだから、周りの人たちにだけこっそり言えばいいんだよ。どうせ春には白紙になるんだし！」

それが一番無難かつ有益な策に思えた。いいじゃないか。こっそり結婚してこっそり離婚。きっとそれは彼の、若気の至り。

そんなに宣伝することじゃあないよねー。

「いや、僕は必ず離婚するとは言っていな……」

「でもするでしょ？　あなたもせっかくそんなイケメンで地位も身分も高いのなら、こんな地味顔の生まれてこのかたずっと庶民の女なんかと一生一緒にいる必要はないのよ？　王子様なんだったらどこかのお育ちの良い金持ちの貴族の美人さんとか、もしかしたら他国の跡継ぎの姫の王配とか、いろんな輝かしい未来があるじゃあないの。私はあなたの幸せな将来の邪魔をシタクナイ」

この国の王族の嫁というものがどういうものかもよく知らないが、少なくとも今では天涯孤独の、生まれてこの方王族なんかとは全く縁のなかったこの何も知らない私に、そんな地位が務まるとはさすがに思えなかった。

王族なんて、惚れた腫れたでどうにか出来るラインを超えてるよ。

だんだんじわじわと、なんて恐ろしい事態になったのだと怖くなってきた。

せめて彼が地方のぽっと出の、能力だけで将軍になった人というのなら、もしかしたら私も頑張れたのかもしれないけれど。

「でも僕の幸せな将来は、君と一緒でも作っていけると思わない……？」

「でも他の人と作った方がより簡単というか満足度が高いでしょうよ。ほーら見て？　この平坦《へいたん》で地味な顔。あなたと並ぶと月とすっぽん、逆美女と野獣。しかも王族の妻として必要な知識も教養もない。こんなんで国民の前にお披露目とか、心から辞退したい。全国の女性が漏れなく泣いてしまう。あ、でも『聖女』としての仕事ならいつでも協力するから安心してね。王室御用達《ごようたし》の治療師になれたらＷｉｎ－Ｗｉｎじゃないの。ついでに私のあなたに捨てられました感も薄まってなんてすばらしい」

「……君はこの短時間でそこまで考えたのか？」

ちょっと狼狽《うろた》えて聞くレックだが。

「え？　だって私、この世界では身寄りもないし頼れる場所もない天涯孤独の身ですからね？　そりゃあ自分の将来が不安でしょうがないんですよ。なんとか居場所を確保して生きていかなきゃって、この世界に来てからは常に思っているよ？　そのためのスキル磨きだし、こうして打てる手は捨て身で打っているわけじゃないの」

もう常に危機感が半端ないよね。

と思ったら、レックが両手で顔を覆いながら深いため息を吐《つ》いた後に言ったのだった。

「あのね……もう、僕と正式に夫婦になったからね？　わかってる？　誓っただろう、助け合うって。その身寄りのない状態が好きなわけではないのなら、これからはちゃんと僕が守るし僕が助けてあげるから。遠慮なく頼ってくれていいんだよ」

「アニス、君はファーグロウ王家の保護下に入ったんじゃよ。レックが認めた『聖女』として、どーんと構えていていいんじゃよ？」

神父様もそう言うが。

でもそんなに突然「あ、じゃあ」なんて変われない。

……えーと、もしや私は今の状況にちょっとついて行けていなくて、混乱しているのかな。

いやだってなにしろ驚いてしまったから。

自分の人生で身近に王族がいたことなんて今まであっただろうか、いやない。

私、生まれも育ちも庶民なのよ。正統派一般庶民。

ちょっと落ち着こうか、自分。

すーはー。よし。

「あの、ちょっと驚いて取り乱しました。すみません。でもあなたのその言葉はとても嬉しかった。

ありがとう。どうも今までひたすら逃げることばかりを考えてきたから、自分の命を守らなきゃって強迫観念にかられていたのかも。うん、これも縁だし、あなたはいい人だから、これからは頼りにさせてもらうね。よろしく。あ、じゃあ、一つお願いしてもいい？」

「ああ……なに？」

レックが顔を上げた。

「私と離婚しても、元妻のよしみで出来たらヒメから私を隠してくれると嬉しいな。国家権力で隠れられたら素敵。なぜだか彼女、前の世界の時から私の人間関係を全部奪っていくのよ。まるで私の居場所に彼女がすり替わろうとするみたいに。しかもこの世界に来てからはそこに殺意も上乗せされて、本当に怖いのよね。もう危機感が半端ない」

「だからなぜ離婚が前提……ああもうそれは今はいいや。あの彼女の本質はなかなか屈折していたぞ。あの彼女はね、君が羨ましいんだ。君のことが羨ましくて、君になりたくて、そのために君のものを奪って自分のものにして君になろうとする。なぜなら君が『聖女』だから。君が持っていて彼女が持っていないその性質が、彼女には羨ましくて、そしてそれが自分にないことが許せないんだね。何故君のスキルが『癒やし』なのかわかっている？」

「へ？　スキルに理由があるの？」

「あるよ。元々のその人の性質で一番強いものがスキルになるんだから。君は人よりお人好《ひとよ》しなんだ。頼られるとあまり疑わずに、まずはなんとか力になろうと考える人。だから『癒やし』のスキルが発現したんだよ。人はみな、根底では健康に長生きしたいと思っているからそうなるらしい。

まあ異世界とやらから喚ばれた時のショックなのかこの世界で生まれつくよりは随分スキルだけが増幅されている感もあるけれど、それでもそういう性格の傾向があるから『癒やし』になったんだ。かたやあの偽『聖女』はずっと人に好かれたくて、称賛されたくて、人に取り入ることを一番に考えて、そして努力もしてきたんだろう。だから『魅了』が出た。そして取り入るために必要な相手を見定める目、つまり『鑑定』スキルも磨かれていたと思われる。だからあのスキル構成なんだ」

「ええ……そう言われるとちょっと心当たりがないわけでは……。でも少し持ち上げすぎじゃあないかな。他には居ないんでしょ？　『聖女』って。さすがに私、そこまでお人好しではないと思うの」

「だからそれは多分……その異世界とやらから来たショックか何かで強く出ているとは感じている。もしかしたら他に強い要素がなかったから『癒やし』になって、そしてその転移という出来事でスキルの上限幅が一番上まで増幅されたのかもしれないね。確かにもし最初からこの世界に生まれていたら、君の感じではこれほど強い『癒やし』スキルにはならなかったかもしれない。だけどどのみち君のスキルは『癒やし』だったと思うよ？」

にっこり。って、何故かレックは満足気なのだけれど。

「うーん……それってつまり、言い換えれば私は少々お人好しの他には特に特徴のない人間だということ……？」

なんかちょっとショック……つまらない人間と言われたようで。しかも「鑑定」スキルの人が言うということは、それは紛れもない事実ということだ。

「まあまあアニス、それは特徴がないんではなくて、『バランスのとれた人間性』と捉えればいいんでないかな？　ものは考えようじゃ。アクの強い性格ではなくて、丸くて穏やかで調和を愛する性質なんじゃよ、きっと。それに生粋の聖女はつまらんぞ？　何を言ってもお手本のような答えしか返ってこない、疑うことを知らない純粋無垢《むく》な人形のような人間じゃよ？　だから国が保護しないといけないいんじゃ」

「そうそう、一般には一緒にいるだけで癒やされる、清水のように清らかな存在と言われているが、実は影響力がありすぎるのに過度にお人好しで、善人悪人関係なく頼られれば何も疑わずにすぐに献身的になってしまうから、昔から王族が見つけ次第匿って、私利私欲で悪用されないように保護教育する必要があったくらいだ。そして保護するのに一番効果的なのは結婚することだから、だいたい王族の誰かと政略結婚する」

あらまあ「聖女」のお人好しって、なんだか度が過ぎていた。大丈夫かそれ。あ、だから保護するのか。

そしてさすが王族、政略結婚に抵抗がない。人生を左右するような一大事をさらっと言ったわね。

もしやこの人、私とは結婚観がまるっきり違うのかしらん？

「未婚の王子といえば君と、あとは第六、第七王子くらいだったかの？」

「他にも未婚の王子はいるのですが、婚約していますからね」

「兄弟多いね。王妃様大変そう」

「側室が山ほどいるからのう」

「おお……さすが王室……」

「おかげで子だくさんじゃの」

「だからこんな五番目なんて、『鑑定』スキル持ちだったのをいいことにずっと戦地と王宮との行ったり来たりですよ。そして常に人事部に拉致されて終わる」

「そして聖女が見つかった時のために独り身だったとな？」

「いやそれは別にたまたまですよ。それに私だってできるなら相手は選びたい。それに聖女の保護は他の方法もあるから……」

「へえ、もしかして、だから結婚を急いだんだ？　私が一応『聖女』で『癒やし』が使えるから？『聖女』の保護で？　でも私はそこまでお人好しじゃあないから保護の必要はないよ？」

「いや、別に急いだ訳では……ああいや急いだか……でもそれは相手が君だったからで」

「じゃあ私と離婚しても、もし生粋の『聖女』が現れたらまたその『聖女』と結婚しないといけないのかな？」

「だから君の説得のために一応ああは言ったが、本当は僕は離婚するつもりは」

「でもするよね？　だって実質は夫婦ではなくて、私はただの春までのレック専属救急救命隊員だもんね？　そう言ったよね？」

「だからって、なんでそんなに離婚前提なんだ……」

あれ？　前提だよね？

「まあ……気長にやろうかの、レック。しかし今まで何でも負けなしらしい将軍様が苦戦するとは面白いものが見られ、ああいや、苦労するのう。よしよし。じゃあアニス、とりあえず今はこの男が君の夫なんだから、親密感を増すために呼び方を変えてみようかの？　たとえば『あなた』とか……なんじゃその顔。そんなに嫌かね」

思わず据わった私の目は隠しようがなかった。

「……レックで十分でしょ。気軽でわかりやすくて最高。かりそめの夫婦に親密感なんていらない」

「でもせっかくだし、少しはあってもいいんじゃないかな」

「え？　いいじゃないですか。将軍様と呼んでいるわけではないんだし」

「なんじゃアニス、そんな味気ない。おお、では、名前を呼ぶのはどうじゃ。言ってみようか、ホレ。『レクトール』」

「はあ？　なんで神父様が嬉しそうなんですか。しょうがないですね、はい、レクトール？　あの、レックとあまり変わりませんが」

「……でも気に入ったようじゃぞ？　なんだか嬉しそうじゃ」

「ええ、そんなに自分の名前が好きだったとは知らなかったです」

「いやそうじゃないじゃろ……」

「……もういいですよ、オースティン殿。そういうことにしておいてください。私はこっちの呼び名の方がいいから。撤回される前に撤収します」

はあ、まあいいですけどね。

私も意地悪じゃあないんだから、呼ばれたいように呼んであげましょう。せめて形だけでも夫婦でいる間くらいは。

偽装とはいえ、一応書類上は本物の夫婦になってしまったのだしね。

ただし、偽装。あくまで仮。

だからいいかげんその流し目とキラキラをこっちに向けるんじゃない。ヤメロ。

なんでそんなに期待に満ちた目をしているんだ。

「なんだか空気がおかしくないですか？　ちょっと綺麗《きれい》にしましょうか、ねえ神父様？」

「んん？　空気？　ワシには別に、いつものレックの『魅了』くらいしか見えんがの？」

神父様が私とレクトールの顔を交互に見ながら言う。

「そのキラキラがちょっと多過ぎやしませんかね。ここには三人しかいないのに、一体ナニを『魅了』しようというのでしょう？」

普段から少々漏れることはあったけれど、最近は特にちょくちょく漏れているような気がするのよね。しかもたいていこっちに向かってくるのよ。

「そりゃあ決まっとるじゃろう……ワシ、そろそろレックが不憫《ふびん》になってきたよ？」

「うーん、状態異常解除」

私は軽く手を振って、そのキラキラを祓《はら》ってみた。

すると馬車の中に漂っていたキラキラした光はあっさりと姿を消したのだった。

おお、前の世界のゲームの知識が便利だね。

私はふと、あのゲームの中で『先読みの聖女』が攻略キャラの一人にかかった魔術を解いていたのを思い出して、真似《まね》をしてみたのだ。結構できるものなのね。あ、呪文は適当です。

「アニス……君、容赦ないの……」

神父様がちょっと気の毒そうにレクトールを見てはいるが。

だって……ねえ。

絶対に二人には言えないことだけれど。

こうもぐいぐい来られてしまうとね？

少しでも気を緩めると、うっかりほだされてしまいそうになる自分がいるのよ。

なにしろ彼を好きになるのは簡単だ。最初からこの顔は好みなのだし。

だからそれだけでもグラつきそうになるというのに中身もいい奴《やつ》とか、もう何もしなければ魅《ひ》かれてしまうの待ったなしじゃないか。

こんなに釣り合わないのに。

将軍というだけでもその身分差に引け目を感じていたというのにこの人は、王族なんていう、もはや想像の範囲外の人だった。

あなた、惚れた腫れたで好きに結婚できる立場じゃないでしょう。こんな後ろ盾どころか身寄りもない、身元を保証する人さえもいないような人間と、添い遂げられる立場じゃないでしょうが。

一体何を考えているのだか。

この世界では天涯孤独の私にとって、今やこの馬車に乗っている二人と一匹はかけがえのない大切な人たちなのに。

なのにうっかりこれ以上親密になって、そのあとに失うリスクなんてとりたくないのよ。

今の彼の期待に応えるのは簡単だけれど。

もしも私があっさり彼に溺れてしまった後で、いつかこじれて捨てられたとしたら私はきっと絶望してしまうだろう。そして彼に深入りしたことを、その時心から悔やむのだ。

そんな思いをするくらいなら今のままの方が平和というもの。

心を守って、深入りするな。適切な距離を保て。

私たちは楽しい仲間。もしくは同志。

夫婦というのは偽りで、真実の私の姿は彼の救護員以外のなにものでもない。

それがきっと彼と私の一番長続きする、心地よい関係。それなら仕事が終わればかつての仲間として、ずっと私たちの友情は続くだろう。

あえてこの友情を壊す必要はない。

たとえどんなに魅かれても、これ以上は、深入りするな。

……大丈夫。

……まだ、大丈夫……。

閑話◆その時男たちは

アニスが結婚を承諾した、その日の夜。

泊まった宿の、隣の部屋のアニスとは別に、部屋でくつろぐ男二人。

「しかしあのアニスを、見事に丸め込んだのう」

オースティン神父は届いた酒を早速盃《さかずき》に注ぎつつ、心から感心したという口ぶりで言った。

「いやあ良かったです。こんなに嬉《うれ》しいことがあるでしょうか。あの時オースティン殿がすばらしいタイミングでしかも理想的な提案をしてくださって、本当に感謝しているのですよ。この酒はそのことに対する私からのほんのお礼です。この宿では一番良い酒を持ってこさせました。もちろん私もいつかはとは思っていたのですが、今の段階ではきっと私から言い出してもこの結果にはならなかったでしょう。全てはあなたが言い出して、そして後押ししてくださったおかげです」

そう言って満足気に微笑《ほほえ》みを浮かべたのは、レクトール将軍である。

「なんと悪い男じゃのう。しかしあの様子ではアニスはきっと、今でも本当に『便宜上の仮の夫婦』だと思っとるよ？　こんなに立場があって知恵も回る男が、気持ちも無いのにそんなことをするはずがないというのにのう。そこがわからんというのは、まだ若いからなのか経験がないからか。まああのアニスでは、どのみちこの男には勝てんかったじゃろうけどな。この腹黒将軍に気に入られたのがあの子の運の尽きということかの。可哀想《かわいそう》にのうアニス……」

オースティン神父はそう言って、しかしにやりと楽しそうに口元をゆるめた。

「彼女に余計なことは言わないでくださいよ、オースティン殿。今うっかり私が彼女を手放す気がないと知られてしまったら、彼女は私から逃げようとするかもしれない。ですが彼女は自分の立場がまだよくわかっていないのです。このままファーグロウに入れれば、どのみち近い将来アニスは王に結婚を命じられることになる。もちろん相手の候補は他にもいるかもしれないが、しかし今、彼女がその候補を誰も愛していないのであれば、ならばもう私で良いではありませんか。他の男に渡すなんてとんでもない。あの可愛《かわい》らしい笑顔が他の男に向けられるなんて、そんなことが許せるでしょうか。彼女が見つめ微笑みかける相手は、これからもずっと私で良いのですよ」

「おお……怖い笑顔じゃのう……アニスの前ではいかにも無害そうな青年なのがまるで詐欺のようじゃの。アニスは一体いつこの男の本性を知るのじゃろうのう？　本当の意図がバレたら君、嫌われちゃうかもよ？」

にやにやにや。にやつきながらもオースティン神父は酒を飲みつつ器用に将軍の盃にも酒を注いだ。そしてそれを受けとった将軍も、同じようににやりと笑みを返したのだった。

「気を付けましょう。ですがとにかく今は、形だけでも整えてアニスが私のそばに居るようにすることが大切なのです。なにしろ横から奪われないようにしなければならない。それさえ出来ればあとは私の努力次第ですからね。たとえ今の彼女にそんな気はないとしても、いつかきっと、彼女を振り向かせてみせますよ。ええそのためには、どんな努力でもしましょうとも」

そしてレクトール将軍は杯を口元に運んだ。

この宿はなかなか良い酒を置いているな、と思いながら。

「君は、本当にアニスが気に入ったんじゃな……」

オースティン神父がしんみりと言った。

「そうですね。こんな気持ちは正直初めてです。彼女は素直で表情豊かでとても可愛らしい。なのにそこに同居するあのアンバランスなほどの高い能力。ぞくぞくしますね。とてもすばらしい。しかも彼女には、別に恩に着せたりしなくても私を夢中にさえさせてしまえば何でも望みがかなうだろうという思考が全く無い。彼女はとても無欲でお人好《ひとよ》しで、そしていつも私に振り回されては必死になっているあの様子が、いやはやなんとも可愛らしいではありませんか。ああなのに、何故《なぜ》そんな女性に限って私に全く興味がないのでしょうね？」

そう言って、心から残念そうにため息をつく将軍だった。

「ふむ、それは多分、君がどんな人間なのかがいまひとつわかっていないんじゃろ。でも君もそれを薄々わかった上で、しっかりそこにつけこんどるじゃろが。これでもワシは君を結構気に入っとるんじゃよ？　だからアニスを託すんじゃ。だがくれぐれもワシの名付け子を泣かしてくれるなよ？　そんなことをした日には、ワシはすぐさまアニスを攫《さら》って逃げちゃうからね？　ワシに不可能はないんじゃよ～ふぉっふぉっふぉ」

オースティン神父は酔いとご機嫌で顔を赤くして、朗らかに笑ったのだった。

この神父、さっきから結構飲んでいるのに強いな、と将軍はぼんやりと思った。

「もちろん頑張りますよ。私はずっと彼女と一緒にいたいと、心から願っているのですから。私に振り回されては可愛らしく戸惑う彼女を、ずっとこれからも見ていたい。たとえ今は私に全く興味が無くて冷たい視線ばかりでも、いつかは私にも幸せそうに微笑みかけて欲しいですね。そのためには全力で努力しましょう。もちろん彼女は最初は拒むかもしれません。身分や立場も気にするかもしれない。でもいつかきっと、それを乗り越えさせてみせますとも」

隣の部屋では、そろそろアニスが就寝する頃だろうか。

そして今でも「なんだか大変な事態になってしまったけれど、どうしてこうなった。おかしいな」とでも思って首をひねっているに違いない。

「ああ、その素直さが愛おしいね」

そうして将軍は、満足気にアニスのいる隣の部屋に向かって杯を掲げたのだった。

机に突っ伏して寝息を立て始めたオースティン神父を優しく助け起こしてベッドに運びながら、レクトール将軍は頭の中で今後の計画を練り始めた。

だてに将軍職を務めてはいない。計画は得意である。

まずはアニスにはそうと気付かれないうちにスムーズに国境を越え、出来るだけ早く教会に連れ込もう。そして勢いにのせて誓わせてしまうのだ。

彼女は自分の言葉に縛られる。誓いの言葉と書類で縛り、僕を「夫」として意識させることができれば彼女の気持ちも動くのではないか。

いつかきっと、手に入れてみせる。

レクトール将軍は、一人静かに杯を傾けながら、密《ひそ》かにそんな決意をしたのであった——

第七章 ✡ 聖女としての暮らし

――そんなこんなの見えない攻防を繰り広げ、主に私が疲れ果てた頃にやっと到着したレクトール将軍の拠点というのは、なんと城だった。

なんだか堅牢《けんろう》さだけを考えて作られた要塞のような城。

石。どこもかしこも石。強そう。

でも城なので大きくて、たくさんの人がそこで働いていて、そして城主や軍の首脳陣が快適に生活出来るようになっていた。

そしてこの夫（仮）、馬車から降りる瞬間からいきなり王族オーラを出し始めたから驚いた。

なんなのそのキラキラ撒《ま》き散らしているやつ！

いつもの「魅了」といえばそうなんだけれど、でも何かが違う。

これ、多分意識して出しているのではない。

その「魅了」に方向性というか、意思を感じない。いかにも普通にしていたら漏れてしまいますという感じなのだ。

それにしてはダダ漏れですが。なんだこの量。

そういえば今までは極秘任務中とか言っていたな。まさかそのキラキラを抑えていたということ？

たしかにその状態で敵の王宮の中まで偵察いや鑑定には行けないとは思うけれど、いや本当に？　まさかこっちが本来の姿!?

そう驚きで混乱する私にはお構いなく、この夫（仮）はそのまま惜しげもなく「魅了」スキルをダダ漏れさせながら優雅に馬車を降りていったのだった。

やだ王族怖い。今この人を、本当に王族なんだと実感してしまったよ。

これは芝居ではない。圧倒的な本物感。そして。

「お帰りなさいませ！　レクトール将軍！」

城の人たちがずらっと並んで迎えている。その人たちに向かって嬉《うれ》しそうな笑顔で、

「今帰った。みんなに紹介するよ。私の妻になった、『聖女』アニスだ」

キラキラキラ～。

そうしてそのキラキラのイケメンに手を取られて馬車から降りる地味顔の私……って、いいの？　ねえこれいいの!?

私にはそのキラキラは出せないのよ……？

「奥様、お帰りなさいませ！」

しかしみんなしっかり教育された人たちだった。私の地味な見た目などには気付かない様子で、一斉にお帰りコールをして頭を垂れてくれたのだった。

「よろしく……お願いします」

私はちょっと馬車の外の風景があまりにも想像を超えていたので、それだけ小声で言ってなんと

か頭を下げるのが精一杯だった。

しかしこんなキラキラオーラにまみれたイケメンの隣に立つのは、さすがにちょっと気後れしてしまう。

いやすみません、こんなに地味で。私がギャラリーだったらちょっとがっかりしてしまいそう。

ああほら女性陣のちょっと戸惑いが隠せない感じが……ごめんねみんなー。半年だけ我慢して？

みんなの将軍様を無事に救ったら、とっとと市井に消えるから……。

ほんの半年、この茶番に付き合ってくださいねー……。

城に入るやいなや、いつの間にか私の服が一式用意されていた上にお着替えを手伝いますと言われて面食らう、庶民丸出しの私。そしてびっくりしたのがうっかりそのまま伝わってしまい、おかしな顔をされるのコンボ。

ああ、身分ね。そういえば身分がね、そうだったね。どうも自覚がないから困ったものだ。

この先いったいどれだけこんな経験をするのだろうと、ちょっと遠い目になったけれど。

結局私とレクトール将軍はやたらと上等な生地の綺麗《きれい》な服に着替えさせられて、将軍の側近たちが待つ会議室に入ったのだった。

それにしても私の隣の将軍様、その階級章なのか勲章なのかよくわからないけれど、すっごく偉そうにじゃらじゃらしているね……本当に偉い人だったんだね……。

もうキラキラのじゃらじゃらなんですけれど。

今までのニヤニヤしたチャラ男の影がすっかり消えて、きりっとした顔がイケメンもあいまって眩《まぶ》しいほど。

どうしてこんな人と私が並んでいるんでしょうね……？

そしてその将軍様から早速側近の人たちに紹介される私。

肩書きは「聖女」で「妻」。

うんまあ聖女に関してはね。

自分でも宣言しちゃったしね。そして「鑑定」持ちのレクトール将軍が言うんだから誰も異議は唱えない。もちろん私も異論はないんだけれど、どうやら本来のよく知られている一般的な「聖女」とは随分違う私の様子に他の人たちの戸惑いが……感じられ……えっと、すみません……。

久しぶりの周りからのダレコレ状態に、少々居心地の悪い私です。

だけども一応今は私も首から下はいかにも貴婦人のようなドレスを着せられていて。

といってもこの国はどうやらコルセットでぎゅうぎゅうという文化ではなさそうなので、比較的ゆったりとしたシルエットで助かったけれど。でもその分生地の上質さがとてもよくわかるのだった。いやあドレープが美しいったら。そして肌触り最高……！

だから首から下は、お似合いなんですよ？　もちろん私の実力ではないんだけどね？

だけども私が第三者だったら、もう少しこう、バーンと美しい女性とか、きりっとかっこいい有能そうな人がいて欲しいと思う場所に私だからねえ……。

せめて部下として地味に、ちょっと後ろに控えたかった。

私は名も無いただの救護班的な立ち位置の方がよかったです……。

まあでも私の今の主目的というか真の職務はこの将軍様に何かあったときの救急活動とおぼろげなゲームのシナリオの記憶を掘り起こすことなので、それをこの場の側近の方々には将軍直々に説明をしていただき、もちろん驚かれたし戸惑われたけれど、隣でうんうん頷《うなず》いているだけの私がこんな会議室にまで、なぜひっついて来ているのかを納得……説得していただき、なんとか了承されたのだった。

いやあ、皆さんの動揺はちょっとすごかったけれど。

特に、「将軍突然死」説のところですね。

本人が真面目な顔で「私が死ぬ」と言う場面は非常にシュールというかなんというか。

でもそのインパクトのおかげでこの「聖女」らしからぬ私への戸惑いの視線も一時的ですんだようで、その後は私は会議室の端に陣取り、繰り広げられる作戦や会議なんかには基本傍観で積極的に空気に徹したのだった。

なにしろ地理も戦術的なものもさっぱりなので、会議内容のアレコレには全然役に立ちませんよ。ますますお邪魔ですみませんねえ……でも私も自分の人生がかかっているので、やれることは静かに頑張ります。

とりあえず聞き覚えのある人の名前とか地名とか、そういうものがあったら後で報告するのです。まあほとんどないけれど。

過去の自分、もう少し真面目にあのゲームをやっていて欲しかった。今あのゲームが手元にあったら嘗《な》めるように隅から隅まで読み込むのに。ああ後悔先に立たず。

しかし軍人さんの上の方って、高度な頭脳戦なんだねえ。

そんなこんなで、難しい話を馬鹿みたいな全く理解していませんという顔で聞きながら一人うんうん記憶を探る、そんな日々を送っていたある日。

なんとオリグロウ国から使者がやってきた。

なにやら豪華な、相変わらず居丈高な使者なところがオリグロウらしい。

が、その使者の言うことが今までの経緯をすっかり忘れたらしい用件で私は仰天したのだった。

「『聖女』アニス様を我がオリグロウ国へ返還されたし」

「断る」

レクトール将軍が即答した。

しかしオリグロウの使者も引く気はないらしい。

「しかし、聖女アニス様はもともと我が国オリグロウの方です。その聖女を我が国から略取するなど言語道断。即刻返還されますよう」

「彼女は聖女とは認定されなかったと聞いている。私が知り合ったときも王宮からの召集は聖女としてではなく治療師としてだった。そして今は私の妻だ。私と婚姻を結んだので今は正式にファーグロウの人間になっている。彼女も承諾したからこの場にいるのだ。いまさらオリグロウにどうこう言われる筋合いはない上に、略取とは言いがかりも甚だしい」

こういうときのレクトールはかっこいいと本当に思う。相手に一歩も引かない。

どうやらオリグロウが私をいまさらながら聖女に認定したようなのだった。

きっとあの王宮脱出の時の騒ぎのせいだな。

めいわく……。

あれだけ当初は冷遇したくせに、今になって手のひら返しするとか。

なんだろう、この浮気されて振られた後に自分も冷めて、すっかり情もなくなった男に言い寄られているような気分は。

もう私の事は忘れてちょうだい。

だいたい私が聖女に認定されたのだとしたら、今のヒメの立場はどうなっているのだろう？

と、思ったら、レクトールが言ってくれた。

「そちらにはもう聖女がいるだろう」

しかし。

「もちろん『先読み様』も聖女であるが、聖女が『先読み様』だけではないということだ。そちらのアニス様が『聖女』であることとは関係がない。我が国の『聖女』であればこそ、オリグロウ王から返還要求がなされたと理解されよ」

『先読み様』とな。なるほど予言は出来るもんね。さぞかし詳しく予言しているのだろう。何周もしたシナリオなら細かいところまで覚えているだろうし。

しかし私の意思を相変わらず無視してくれるオリグロウ。なんでいつもいつも私の希望とは反対のことをしてくるのだろうか。

いまさらオリグロウに聖女として行くわけがないだろう。

最後にあの王宮を出たときの、ヒメの憎しみに歪《ゆが》んだ顔を思い出す。

あれは絶対に私を殺すと決めた目だった。

もう私を放っておいて欲しいんだけどな。

ヒメのことを崇拝していますと言っているも同然の顔をした、あの王子と結婚するのではだめなのだろうか。今まで仲良くやってきたのだろうに。あの王子だって、金髪碧眼《へきがん》の正統派イケメンだよ？　にっこりされたら大半の女性ならみんなクラッときちゃうやつ。

そもそもヒメは私を聖女だと公式に認めているのかな。

王様から返還要求が出されたということは、あちらの王族が言い出しただけなのだろうか。

政治的な理由で癒やしのできる「聖女」が必要ということなのかしらん？

と思っていたら、使者は私の方を向いて言った。

「『先読み様』も『聖女アニス様』をオリグロウに歓迎するとおっしゃっております。まずは一度ご帰国いただいて、『聖女アニス様』に母国の惨状を見ていただきたいと。また、その間もしこのファーグロウに聖女が必要ならば、ご自分がファーグロウに行っても良いとまで言ってくださったのです。お心の広い『先読み様』のご厚意を、よもや無下にするようなことはありますまい。ロワール殿下があなたをお待ちです。私と一緒に是非ともご帰国いただけますよう」

ああ……つまりは、ヒメの目的はそっちなのか。

彼女の目的はレクトール将軍だ。将軍に会うためにこちらに来ようとしているのか。

そしていらなくなったオリグロウの聖女の座を私に放ってきたと？

しかし、

「アニスは我が国の人間であるし、私は妻を手放すつもりはない。もちろんそちらの『聖女』も必要ない。このままお帰りを」

レクトールがきっぱりと言った。

やだ、頼もしい……。

今までチャラ男としか見ていなくてごめんね。今はとっても頼りがいのある素敵な男性に見えるわ。真面目モードのレクトールは本当にかっこいい。

こんな時になんだけど、なんだか私の気持ちや立場を考えてくれる人がいるというのは、とても嬉しいものなのね。

しかもこんな事になるのだったら、形だけでも結婚してしまったのは良かったのかもしれない。この結婚のおかげで、私は正式にファーグロウの人間になったようだった。いつの間にか国籍ゲット。それはそうか。でもありがたい。願わくば、離婚しても国籍はそのままであって欲しいところ。できる限り手放さないぞ。

それでも食い下がる使者としばらくやりとりをしていたレクトール将軍が、とうとう会談は終わったとでも言うかのように立ち上がったので私もそれにならって立ち上がる。

「聖女アニス様！　『先読み様』もぜひにとおっしゃっております。今すぐ私と一緒にご帰国を！　国王陛下とロワール殿下がお待ちなのです！」

そう使者の人は言うけれど。

その『先読み様』は多分、私を殺したいと思っているのよね。私を殺すか消すかして、私の代わりに「聖女」になりたいのだから。

一度失敗しているから、今度はきっとどこかで確実に殺《や》ろうとしてくると思う。

行くわけないよね。くわばらくわばら。

レクトール将軍が、頑として拒否してくれたのがとても有り難かった。もう心から感謝しかない。

だって考えてみれば、彼が本当に生き残りたい「だけ」ならば、私とヒメを交換してヒメに救ってもらうことも出来るのだから。

「その時」まではヒメにいい顔をして、ちゃんと将軍が生き残るシナリオになっているであろう裏ルートの通りに救ってもらえばいいことなのだ。

そしてその「聖女の交換」を餌にオリグロウから何らかの良い話を引き出すこともできただろうに。

だから部屋を出て二人になったときに、思わず私は彼にお礼を言ったのだった。

ありがとう。私をオリグロウに送らないでくれて、とても嬉しかった、と。

そう伝えたらレクトールは、

「当然だろう、僕の妻だ。手放す気は無い」

そう言って、私に向かってニヤリと笑ってウインクをしたのだった。

あれ？　突然チャラ男に戻ったぞ？　どうしてそうなってしまうんだ、この人は。

でもまあそういう建前にしておいてくれるのは正直嬉しいので、そういうことにしてもらいましょう。どこに目や耳があるかもわからない城の中なのだし。

それに自分の好みの顔の人にそんなことを言われて気分を害する人はいない、断じていない。だから私もまんまと嬉しかった。思わず顔がにやけてしまうのは止められない。もうこればっかりは仕方が無い。

思わずへへっと喜んだ後に、それでもすぐに本来の使命を思い出して我に返るのではあるが。

そうこれは、この冬一緒にいるための口実。私が彼を守って冬を越すと約束したから。

だから来年彼が無事に春を迎えたら、そして戦争に勝利した暁には、きっと最初の約束が果たされるだろう。

私にはこの国の人間としての身分と、小さな家、そしてポーション売りとしての商売の許可と小さなお店。私が願ったこの先の未来。

彼の性格からして、あっさり冷たく突き放したりはしないだろう。少しは寂しそうにしてくれるかもしれない。だけれど……。

結末は「今までありがとう」、きっとこれ。

なにしろ今、この城の中で私の「聖女」としての立ち位置が揺らいできているのだから。

私はここに来て初めて知ったのだった。本来の「聖女」というものが、どういうものなのかを。

「聖女」は、たいてい幼少の頃にその能力が認められるほどの能力を示す。そのためすぐに王家に保護されて、高い教養と優雅な所作を身につけて将来の王族もしくはそれに準じた身分として生きていけるように徹底的に教育されるものらしい。そして年頃の未婚の王子が居ればその妃《きさき》に、居なければ王の側室に。だいたいそういう流れになることが多いと。

だからこの国の「聖女」のイメージは、「王族に匹敵するほど高貴な人」。

しかしそんなイメージに反して、突然「聖女」として現れた私はなんともガサツだった。

それはもう高貴さなんてかけらもないような普通の人だったのだ。

お辞儀一つとっても優雅なお辞儀なんて知らなくて、ペコリとするのが精一杯。

おかげでこの城の人たちの最初の反応は、

「え……？　あれが、『聖女』……？」

というものだった。

はいすみません、ドのつく庶民でございます。優雅なにそれ美味《おい》しいの？

おかげで少々城の人たちからの目が気になったのか忠告でもされたのか、レクトールが私に礼儀作法の家庭教師が欲しいかと聞いてくるくらいには見事にガサツだったのだ。

私もさすがに常に疑いの目で見られ続けるのも嫌だったので、素直に家庭教師をつけてもらって一応日々最大限の努力はしているのだが、残念ながらまだまだとうてい「王族の妻」というには難があるという自覚はある。

付け焼き刃だってそう簡単には付かないのだよ。身についた習慣や動作は、そう簡単には変えられなかった。

身分差なんてほぼ無いようなものだった世界で身についてしまった態度や行動が、この国の王族としてはふさわしくないのはわかっちゃいるけれど、もうこればっかりはどうにもこうにも。

でもそれを直さなければ、次第に軽んじて見られてしまうのも理解はしている。

だからなりきれ！　私は王族！

……いや無理……。

だって私、前の世界でだって偉くなったことなんてないんだよ……。

もう全てが圧倒的な経験不足で非常に後ろめたいったらない。

あまりにも威厳がなさ過ぎて、とうとう「偽物ではないか」と噂《うわさ》され始めたのは、きっと自然の成り行きだったのだろう。

なにしろ今日も今日とて私は侍女に叱られているのだから。

「ですからアニス様、私が起こしに来るまでは朝は勝手に起きないでください！　そして着替えも私に手伝わせてください！　勝手にやっては駄目なんです！」

そう言って容赦無く私を叱るのは、「私が仕えるのだから勝手はさせない」と言わんばかりの私の侍女。

いや良い子なのよ？　まだ若くて、そして元気で物怖《ものお》じしない。

どうやら上級使用人の女性たちが裏で私の侍女役を押しつけ合っていたらしい中、一人「じゃあ私がやる！」と手を挙げてくれたという貴重な人。

「あなたはまだそんな資格がないでしょう！」と怒られたそうだけれど、結果的にはその彼女が採用されるあたり、どれだけ私の侍女役が嫌がられていたかがわかるよね。

「ああ、みんな嫉妬しているんですよ。だってあの将軍様ですよ!? そりゃあもうみんなの憧れ！　理想の恋人！　なのにいきなり妻だとか言って女性を連れ帰ってきたら、そりゃあもうショックでご飯を食べられなくなった子とかもたくさんいたんですよ！……それでも絶世の美女とかどこかの王女様とかなら納得もしたんでしょうけれど」

とのことです。

さもありなん。あの容姿、外面、そしてあのキラキラだ。完璧な理想形。いわばアイドルだったのは想像に難くない。それがどこにでもいそうな特徴のない普通の女に奪われたとなったら。いくら聖女と言われても全くそうは見えないとなれば、はいそうですかなんて簡単に納得できないのもまあわかる。

ましてや仕えようなどとは、なかなか思えないのだろう。

「でも私はですね、恋なんてしないで結婚もしないで、ひたすら仕事で出世するんですよ！　だからアニス様の侍女に立候補したんです。そして聖女の侍女だったという経歴をひっさげて、将来華麗に転職するんです！」

と、とても正直な意志を私に日頃語る子なので、ある意味さっぱりとした性格なのだろう。

そして私はそんなやる気に溢《あふ》れたこの侍女さんに、貴族の女性としての生活について隅から隅までダメだしをされる日々。

でもありがたいのよ。だって私は何にも知らなかったのだから。なにしろ貴族や上流の人たちは、こんながんじがらめな中で生活しているのかと思うような暗黙のルールが多すぎて。

私はもうただひたすらひいひい言いながら必死に従っているので、たとえ出される食事が極端に少なかろうとも、お風呂がとってもぬるかろうとも、全然気にならら……いや気にはなるけれど。

百歩譲ってもう秋だというのに、温度の低いお風呂はまだわかる。お風呂に入るとむしろ寒くなってしまっても、まあ仕方が無いのかもしれない。お湯を作って運ぶのは大変だよね、そりゃあちょっとは手を抜きたいよね、気持ちはわかるよ。私だったら嫌だと思うもの。

でもさ、さすがにそこにハッカの精油を入れるのは止めてくれないかな。

それはそれは寒くなるのよ。もう今は夏じゃあないから爽やかでもないし、虫除《むしよ》けってあなた、ここで虫とかあんまり見ないよ!? もしや私が虫なのか!?

湯船から上がったとたんに「ひいぃ～」と言いそうになるくらいには寒いから。

もうね……どれだけあのレクトールが人気だったかということですよ。

そしてどれだけ私がその妻として、使用人の人たちを納得させることが出来ていないかということ。

私がくしゃみをしたらくすくす喜ばれるこの状況、どう見ても私の不徳の致すところ。

「すみません、どうもお湯を作るのが遅れているみたいで。でももうお風呂に入らないと夕食に間に合わないんですー！」

そう他の使用人さんたちと私との狭間《はざま》で困っている私の侍女さんを見ると、私も「大丈夫よ、要は綺麗になればいいんでしょう」なんてかっこつけてしまうのだけれど、その状況を裏でクスクス笑われているのは正直嬉しいものではない。

知らなければまだよかったのかもしれないけれど、残念ながらロロがね……私とは反対に使用人さんたちによく可愛《かわい》がられている関係で、彼女たちの言葉がうっすら聞こえてきてしまうのよね……。

いいなあ、ロロは美味しいご飯をお腹《なか》いっぱい食べられて。

私は「貴婦人なら小食なんですよね～」という建前のもと、最近はご飯がなんでも一口分くらいしか出てこないので、ここに来てからそろそろちょっと痩せたかもしれない。

文句？　言えないよ。だいたいどうやって文句を言えばいいのかもわからない。

それに文句を言うなら威厳とともにビシッと言うべきなのだろうけれど、そもそもその威厳がないからこんな状況になっているわけで。

でもここでレクトールが注意しても私が逆恨みされるだけになりそうなので、彼には目線で何も言うなとお願いしている。典型的な虐《いじ》めだからなー。気に食わない弱そうな人には容赦無く攻撃するのはどの世界でも一緒なのね。

それでも常にお腹が空《す》いている私を早々に察知して、レクトールが頻繁にお茶に誘ってくれるようになったのは嬉しかった。

お茶といえばお茶菓子ですよ！

そして気が利くレクトールは、お茶菓子だけではなく軽食もつけてくれるように言ってくれたのだった。

たとえそこで私がバクバク食べているのを裏で使用人さんたちが恥ずかしいだの品がないだの

言っていても、レクトールが「食べろ」と言ったなら、有り難く素直にいただきますとも。ありがとうレクトール。なんていい人なんだ。

え？　餌付け？　そうとも言う？　私は尻尾を振ればいいのかしら？　いくらでも振るよ？

そしてこれがとにかく美味しいのだ。なんて素敵。

レクトールが食べるものは常に最高な状態で運ばれるから、私はここで温かい食事をたっぷりと堪能するのだった。温かいはそれだけで美味しいね。

普段の私の食事は一見レクトールと同じなのに、いつも器用にとてもよく冷まされてひんやりしているからね。なんだろう、貴婦人って猫舌なのかな。

なにしろ石造りの城なので、建物自体がとても冷えるのが残念なところ。

そして冷たいお風呂にハッカの精油。ねえ普通は薔薇《ばら》とかじゃないの、こういうときは……？

おかげで寒くて実はちょくちょく風邪を引いているのだけれど、そこはスキルがあるからね。

私が熱を出して寝込んでいるあいだにレクトールに何かあってはいけないので、さっさとスキルで治しています。

はいぽいぽい。

「……？」

私が頭や喉あたりで手をひらひらさせていると使用人さんたちがいぶかしげに見てくるが、何をしているのかを言って誰かの責任問題に発展してしまっても嫌なので、素知らぬ顔をして気付かないふりをしている。

それに風邪をひいたなんて言ったら、途端に「将軍様に風邪がうつらないように」との大義名分のもとレクトールから離されてしまうのもうすうす感じていたし。

そうしてしばらくしたらそんな努力が見事に実り、

「あの人、倒れるどころか全然風邪も引かないじゃない。どれだけ丈夫なの！　これだから育ちの悪い人は」

「だから聖女だなんて嘘《うそ》がつけるのよ。ほんと図々《ずうずう》しい」

とか言われ始めた模様です。うーん、どうすれば良かったのかな私。でも、

「もういっそお風呂は毎日ではなくてもいいんじゃない？　用意するのも大変でしょう？」

と、ある日思わずちょっと弱音を吐いてみたら、

「何を言っているんですか！　貴族や王族の人は毎日入るのが当たり前なんですよ！　そんな使用人みたいなことを言わないでください！」

と侍女さんに大変怒られた上に、他の使用人さんたちにも即座に伝わって陰で散々「だから育ちが……」と言われてしまったので、もう二度と文句は言わないんだ……。

うん死ぬわけじゃないしね……。


「ハロルド、あの使者を見張れ」

オリグロウの使者を応接室から追い返したレクトールが、前を向いたまま突然言った。

でも一見レクトールの言葉が空に消えるだけで何も起こらない。

だけど今なら知っている。今この瞬間に、ハロルドはこの場所から使者のところに移動したのだ。

そうと意識して魔力の動きを探っていなければ、そのわずかな痕跡もわからないけれど。

ジンとハロルド、この二人はレクトール将軍の影だった。

非常に優秀な、影であり護衛。

なんと私がレクトール将軍と知り合った最初から近くにいたらしいのに、全くわからなかった人たち。

最上級の「隠密《おんみつ》」スキルの持ち主が本気を出せば、よっぽど魔力の高い人間が頑張って探さない限り、人にその存在は探知されないものらしい。

全然知らなかったよ、そんな人たちが周りをうろうろしていたなんて。

ちなみに今は私にも女性の影、アリスがついている。

レクトール将軍がつけてくれた。

同時に私の家庭教師も兼ねているという、万能な女性である。彼女は影として私を守るだけでなく、貴族の女性としての細かなマナーと挙動についても教えてくれるのだ。

ええ、一挙手一投足全てにダメ出しされていますが。どうやら私は優雅とはほど遠いらしい。

耳元で彼女の声だけがする。

だけどどんなにお願いしても、なかなかその姿は拝ませてもらえない。

どうやら元々非常に、なんというか、引っ込み思案の、人見知りが激しい性格のようで。

どうしても自分の姿を人には見られたくないそうだ。

「隠密」スキルを持つ人は、だいたいみなさんそういう気質らしく。

だからジンもハロルドもアリスも、レクトールでさえもほとんど姿を見たことはないらしい。

もちろんレクトールがスカウトしてきたそうなのだけれど、初めて聞いた時にはよく見つけたなと感心してしまった。

私の夫（仮）の周りには優秀な人がたくさん居る。

数日後、頭や肩に雀《すずめ》と鳩《はと》とカラスを載せたガーウィンさんが報告をしにきた。

「オリグロウの使者はおとなしく出国したようですね。今、ハロルドから連絡がありました」

この人はこれまた超一級のテイマーだそうで、いろいろな魔獣、特に鳥の魔獣を手なずけて使役ができるそうだ。いつ見ても様々な鳥たちが頭や肩に載っているけれど、全て彼の魔獣たちらしい。

そしてその魔獣たちを駆使してありとあらゆる情報を集めるのが主な仕事で、情報の伝達もするそうな。

いつもいつも体に鳥たちを載せているのは趣味なのではなくて、懐かれすぎて勝手に乗っかってくるらしい。鳥、自由だな。

おかげで彼の周りはいつも鳥のさえずりや鳴き声で賑《にぎ》やかだ。一見ね。

鳥たちのおしゃべりは微笑《ほほえ》ましいものが多いとはいえ結構話が好きな鳥が多いようで。

『奥の庭は庭師がさぼっているから虫が取り放題！　うふふふ～』

『だから、カラスの集めるガラスが邪魔だって言ってるの！　自分の巣から出さないで！　はみ出てるでしょ！』

『うるさい！　ガラスは綺麗だろうが。風流を理解しないとは悲しいことだな』

『あのね、熟した柿が美味しいのよ？　今いっぱい落ちてるの！　ぐずぐずなのよ？　それをこうやってね――』

と、ずっとこんな感じで羨ましいような、そうでないような。

言葉まで聞こえてしまうと意外に煩《うるさ》いね……。

でも考えてみればロロも魔獣だし、もしかしてロロも彼の方がいいとか言い出すかも？　と最初はちょっと思ったのだけれど、彼には、

「ロロさんは別格ですよ。テイムされるというレベルの魔獣ではありません。むしろどうやってこの魔獣を従えることができたのですか。とても羨ましいですね」

と言われてしまった。

え？　魔獣にもレベルがあるの？　へえー。

まあ、私が凄《すご》いのではなくて、「目を癒やした人間に従う」と約束させたどこぞの魔術師様が凄かっただけなんだけれどね……。

最近のロロはまた私の近くでは寝てばかり、起きても『ごはんはー？』としか言わないからうっかりすると魔獣だということを忘れそうになるくらいには、普段は普通の猫とあまり変わらない。

だけれど最近は、私の行くところには何処《どこ》にでもついてくるのがかわいいといったらないです。

私が部屋を移る度に寝ていたのをむくりと起きて、てちてちついてくるその姿といったら。なんてかわいいんでしょう～。思わず抱き上げて頬擦りしようとして嫌がられるまでがセットですが。

でもいいの、かわいいから。

「アニス様……あなたのこの魔獣は、本気を出したら大変なことになるんですよ？　かわいいとか、そんな感情とは反対のはずなんですが」

ガーウィンさんは私がロロをかわいいと言うたびにそう言うけれど、そんなことを言われましてもね……。

しかしこの子猫がねえ……まあ、あのオリグロウの王宮での動きをみると確かに普通の猫ではないのだけれど、だからといって好戦的でもないみたいだし？

いつも私の足下に来ては丸まって寝ているロロを見る限り、とても平和でおとなしそうな姿だよ？

そして、

「しかしこんな物騒な凶器持ちの聖女をオリグロウに確保されなくて本当に良かったな！　レック、よくやった。とりあえずはこの聖女をあっちに持っていかれないようにするには婚姻が一番だ。さすが王子、国のためにすばらしい働きだ」

がっはっは。そう笑うのは、副将軍のおじさんだ。

どうやら私が想像していたような「将軍」としての仕事は、主に彼がやっているそうで。もちろんレクトールがスカウトしたので実力はお墨付きである。

その副将軍の名前はジュバンスさん。筋肉の塊のような中年で、私の当初想像していた将軍様そのものな見かけの人である。とにかく兵士たちからの人望もある上に剣を握らせたら無敵らしい、そんな話がすんなりと信じられる風貌の人だった。

で、国のための婚姻……まあ、そうですね。そうとも見えますね。もちろん文句はありません。

というか言えません。なにしろ一番説得力のある名目だ。

「国のためだけに結婚なんて、そんなことはしないよ」

そうレクトールは言うけれど、この副将軍から見たら明らかに政略に見えるのだろう。

まさしく今私は、ファーグロウ王家に「保護」されているのだ。

国のためなんていう言葉を聞くと、もしかしたら私は「聖女」という地位についてまだまだ疎いというか、気軽に考えているのかもしれないと思う。なにしろ私の自意識は、今でも異世界から来た天涯孤独な独りぼっちの人間なのだから。

だからまさかあのオリグロウ国が、こんなに簡単に手のひらを返して私を聖女として欲しがるとは全く思っていなかった。

私を使えない人間扱いして切り捨てたような人たちに、今度はしれっと様付けで呼ばれ大切にするからと言われて、私はただただ驚くばかり。

そんなに偉いのか、「聖女」って？

そう思ってレクトールに聞いてみたら、返ってきた答えは、

「まあ、君くらいの『聖女』レベルだと国に一人出るか出ないかという存在だからね。そして人を癒やせるというのはとても影響力があるんだよ」

と。つまりは単なる珍獣扱いのような気がしなくもないが。

それでもその「影響力がある」というのが重要なのだろう。

なにしろ後から聞いたことも総合すると、この国でも「聖女を娶《めと》ったレクトール将軍」はおおかた歓迎されたらしいのだから。あらびっくり。

どうやらたとえ地味婚だろうと駆け落ち同然だろうと、とにかく「聖女」と婚姻関係を結んで「聖女」を王家が「保護」したことは、おおむね良いことと受け止められているようだった。

なにしろ出会う人出会う人がレクトール将軍をよくやったと褒めるのだから。

ただしその「聖女」がどんなに地味で他にはたいした取り柄も無い女であるかという話は全く出ない。

ただ「聖女を娶った将軍」を人々が褒める。

なんだ、私は高価な景品か？

あ、珍獣か。

まあいいさ。ならば私も開き直って、その立場を最大限に生かして自分の人生をつかみ取るまで。売れる恩はなんでも売り払い、明るい未来を手に入れる私の本来の目的にはなんら変わりない。

ただその珍獣ぶりにその後もオリグロウからしつこく返還要求が出されることになるのはちょっと意外だったけれど。なんだろう、その執着ぶり。もう「聖女」は一人いるでしょうが。ねえ？

あまりのオリグロウの執着ぶりに将軍の側近からは、私の警護ももっと厳しくするべきだとの意見が出るほどだった。

どうやらそろそろオリグロウでは、いっそ強制的にでも私を連れて来てから説得しろという意見が出始めたらしい。

ってちょっと、それ、誘拐って言うんじゃないの？

もう、相変わらず強権的だな。うんざりする。もちろん絶対に行きたくない。

いくらここでも若干居心地というか立場が微妙とはいえ、オリグロウに行くことに比べたらはるかにこっちがいい。命の危機より怖いものはないのだ。

だから私が「オリグロウによる『聖女』誘拐を防ぐため」として、さらに堂々と夫でもあるレクトール将軍、並びにその側近たちの近くにくっついていられるようになったのは結果オーライではないか。

なにしろみなさん精鋭揃《ぞろ》いですから心強い。

平行してどうやらファーグロウの王宮からも「聖女」の保護を提案されたようだけれど、そこはレクトール将軍が内々に事情を説明して断ったそうだ。

そこは王族同士で早く話がつくのは助かるね。

かくして、今「聖女」を将軍から引き離すと戦争に負ける。そういう予言を「聖女」がしたというのはトップシークレットではあれどもファーグロウ王宮とも共有されたのだった。

しかし「聖女」の言葉の信用度合いがすごいな、そう思ったけれど、そういえば本来の「聖女」は善良すぎてお人好《ひとよ》しすぎる清らかな人らしいから、嘘をつかないとでも思われているのかな。

でも結果、私たち形式上の夫婦は事実上お互いを守り、その二人を影たちが守り、そしてその周りを護衛と側近たちで固めることになったのだった。

ここまでやった上でレクトール将軍が突然死するのだとしたら、本当にどうやって死ぬのだろうという布陣なのだけれど。

本当に、何があるんだろう……。

将軍の死亡フラグが今どうなっているのかは、春が来ないとわからない。

ただし、そんな事情はもちろん幹部だけの秘密なので、どうやら一部の使用人の方々の「実は聖女だと騙《だま》して将軍に取り入っているのではないか」という疑惑が、「素性のわからない魔性の女がとうとう幹部をも取り込み侍《はべ》らせている」とグレードアップしてしまったようで……。

もう、そんな技術が私にあるわけないじゃないのよ……。

そりゃあ「どう見ても聖女らしくない一見普通の女」が常に幹部に取り囲まれていたら、そう思う人がいるのもわからなくはないけれど……。

見かけやハッタリ、そして威厳。そういうものがとても大切なのだと学んだこの城での生活です。

ああ身分めんどくさい……。

でもそのせいか今まではまだ表だってはふんわりだった使用人さんたちからの風当たりが随分強くなってきて、さすがにちょっと落ち込んでいたある日、ちょっとしたきっかけで状況が変わって驚いたのだった。

いやあ人生何があるのかわからないね。

それはあるとき城の中で、腕に大怪我《けが》を負った人が発生したことが発端だった。

あまりに傷が大きいので治療師である医務室長がその腕を切断すると言い出したらしく、その怪我人がどうしても切りたくない！　嫌だ！　と騒いでいるところに私とレクトールがちょうど通りかかったのだ。

もしかしたらレクトールにさりげなく連れて行かれたのかもしれないけれど。

なにしろ私自身は医務室には近寄らないようにしていたから。

なぜならここの医務室長は、反「聖女」派の筆頭なのだ。

私の顔を見るたびに何も言いはしないけれども、いかにも「嫌な奴《やつ》を見た」という顔をされてはねえ。嫌でもわかるというものですよ。

どうやら「あんな粗野な聖女なんているはずがない。明らかに偽物じゃあないか」と私のいないところでは大っぴらに言っているらしく、ここの看護師さんというか助手の治療師さんたちも一緒になってうんうんと同調しているのも伝え聞いていた。

だからたまにうっかり廊下なんかですれ違う時も、非常に胡散臭《うさんくさ》そうな目で見られながら大きく迂回《うかい》されるという、わかりやすい嫌われ方をしていたのだ。

一度は私の侍女を介して「良かったらポーションを作りましょうか」と言ってみたのだけれど、やっぱり「そんな怪しげなものなどいらん！　迷惑だ！」とあっさり追い返されてしまった。

「あの人はね、昔『聖女』に助けられたことがあるらしくて、その時の聖女様を崇拝しているんですよ。どうやら絶世の美女だったそうですよ？　そしてそれは優しかったと昔から自慢していますからね。でもだからといって、将軍様が聖女だと言っているのをあんなに堂々と否定するのもどうかと思うんですよね！　偉そうに！」

そう言って侍女さんがプンプン怒っていたっけ。

だけれどレクトールが医務室に向かうというのなら、それは私のお仕事としてついていかねばならない。どうやら今日の訓練の時に事故があったらしかった。

幸い睨《にら》まれて嫌がられるとはいえ、直接危害を加えようとしてくるわけではない。

だからちょっとびくびくしながらもレクトールの後ろに隠れてついて行ったらば、その大怪我の人が大騒ぎの真っ最中だったのだ。

「嫌だー！　切りたくない！　なんとか治してくれよ！　それが仕事だろう!?　とにかく嫌だ！　このままじゃあクビじゃねえか！　俺はここにいたいんだ！」

「そんなこと言っても傷がひどすぎるんだよ！　ほとんど潰れているじゃないか！　どうせ無理やりつなげても元には戻らんよ。どうせ動かない。だったら義手の方がずっと便利じゃないか。貴重な痛み止めのポーション使っているんだから早く切らせろ！」

「いやだ！　絶対に、いやだ!!」

ああはい、だいたい事情は察した。

私はそうっとレクトールの後ろからその怪我をした男の人を見たのだった。

そんな私を見た医務室長が「なんでこんなところに来やがった！」という顔をしたけれど、そこは将軍の前なので口には出さず、ただ私を睨むのみ。

だけれど知ってしまったからには、私は治したいのだった。

だってまだ若いのに、切断なんて可哀想《かわいそう》じゃないか。

切らなくていいのなら、それで損する人なんていない。きっと。

え、医務室長のプライド？　なにそれ美味しいの？　怪我より大事？

それにレクトールが私を見てにっこりするからいいのかと思って、レクトールの後ろからおずおずと、「じゃあ私が治します」と言ったのよ。

医務室長には即座に「なんだこいつ」という顔をされたのだけれど、その怪我している本人には必死の形相で「お願いします！」と言われたし、レクトールも反対しないどころか私をその怪我人の方に連れて行くから、じゃあいいよね、と私はその場でちゃちゃっと治すことにしたのだった。

さっさと治してとっととここから退散しよう、そうしよう。


「はい、その腕出してー」

うーん、なかなか大変なことになっている。だけど。

傷を魔術でがっちり握って、即座にぽいぽいー。

即死級の傷を急いで修復するよりは、とっても簡単な作業です。

まあ、黒々とした傷に視《み》えるところを、しっかりがっちり握って千切って捨てるだけ。

だけれど潰れていた腕がその場でみるみる綺麗な腕に戻っていくのを見て、レクトール以外のその場にいた誰もが口をあんぐりと開けて驚いていたということは。

本当にここの誰もがそれまで私を「聖女」だとは信じていなかったんだな……。

いや信じ切れていなかったというか。ああ私の威厳の無さの悲しさよ……。

でもその一件は驚きとともにすぐにこの城全体に伝わったようで、さすがにそれからは私の「癒やし」のスキルを大っぴらに疑われることはなくなったのだった。

うーん、やって見せるって、こんなに大事だったのね。

ま、まあ、

「え、あの聖女だって言っていたのは本当だったの!?　全然そうは見えなかったのに！　本当に本当なの？」

という反応が一番多かったあたり、やはり相変わらず威厳とか品格とかが全然足りないということですが。もうそこらへんはどうにもこうにも。

でもそのあたりから、今まであった様々な「不都合」がぴたっと無くなったのはとても嬉しかったです。

そして、その目で見たのでさすがに「聖女」とは断定しないまでも「癒やし」の能力は認めることにしてくれたらしい医務室長からは、後からこっそり今までの態度を謝られたのだった。

いや、直接文句を言われていたわけではないしね、大丈夫ですよ。

むしろ憧れだったらしい「すばらしい聖女」のイメージをぶち壊してごめんね……。

でもその後はちょくちょく治療のために直接呼ばれるようになって、ちょっと嬉しかったり。

せっかくのスキルは活用してなんぼよね。

嬉しさのあまり私は今までの私のポーションの評判も彼に伝えて、いろいろなポーションも作るようになりました。

これならたいていの怪我や病気は今までよりもずっと簡単に治すことができるだろうし、もし医務室長がいない時でも助手の人たちだけである程度までの治療が出来るので、助手の人たちからも喜んでもらえたのだった。

人の役に立っていると思えるのは、私にとってとても嬉しいことだった。

まあつい調子にのってせっせとポーションを作りすぎて、ちょっと引かれたりもしたけれど。

でも、痛み止めに傷薬に栄養剤、お腹の薬に便秘薬に頭痛の薬や風邪薬や咳《せき》止めなんかもいるでしょ？　いるよね？　え、保管場所がない？

ああ……じゃあちょっとレクトールに空いている棚が無いか聞いてみるわね？

え、棚ももう置けない？

あらー……？

そうこうしているうちに月日は流れ、そろそろ季節は問題の冬に入っていった。

「そろそろ気を許してくれてもいいと思うんだよね」

見目麗しい夫（仮）は、最近私の方を見ては、よくそういうことを言うようになった。

いつもの執務室。彼が休みのたびに隣の部屋にいる私の所まで迎えに来ては、毎回お茶に誘って言うことは、またそれですか？

毎日毎日顔をつきあわす日々。

最近はもうなんか、この人の近くにいることが当たり前になりつつある日常。

いい加減慣れてこの顔にも前ほどはくらっとしなくなったし、適宜漏れ出るキラキラオーラも少々見慣れてきた、ような。なんなら当たり前の風景にも……たまには見える時だって……あるような、ないような、そんな今日この頃。

「おかしいですねえ、私は結構最初から気を許してますよ？　ほーら仲良し」

にっこり。

そして私は今日も同じお返事をしてお茶をいただく。

最近はこのチャラ男的な甘々発言にもにっこり余裕で打ち返せるようになってきた。

さすが王族、戦争中なのに良いお茶を確保している模様です。役得とはこういうことを言うのですね。嬉しい。

「じゃあそろそろその丁寧語はいらないんじゃないのかな。もうちょっとほら、こう気安い言い方もあるんじゃない？　もっと僕に甘えてくれてもいいんだよ？」

「何言っているんですか、天下の王族かつ将軍様にため口とか、ましてや甘えるなんてないでしょう。身分が違いすぎて不敬です。だからそのキラキラは無駄ですから引っ込めてくださいね」

「いやだけど、式挙げたよね？　夫婦だよね？　僕たち」

「それは私があなたを見張るためでしょう？　期間限定のかりそめなのに、立場っていうものがね？　あるでしょう」

「えーまだ期間限定なの？　僕はずっと君と一緒にいたいと思っているのに」

「何を言っているんですか。ご自分で提案したんでしょう、偽装でって。それに今はやっと私も

『聖女』としてはなんとか渋々認めてもらっていますけど、だからといってあなたみたいな貫禄《かんろく》もキラキラオーラもないのに一生王族なんて出来ません。今も荷が重いったら。私はポーション屋さんで十分です。ここの医務室でも私のポーションが大変好評をいただいていて嬉しい限り。そして医務室長とも仲良くなれて、本当に良かったです」

にっこり。

しかし毎日毎日ニコニコと、ひたすら甘い言葉を吐くこのチャラ男。めげない。なぜか全然めげない。何故《なぜ》だ。

一緒にお茶をいただくようになってからはもう毎日ずっとこんな調子で、少々私も戸惑っている。

もちろん私だって素敵な彼とのこんなひとときは楽しい。

だけど例えばこの、非常に薄い白磁に精緻な手描きのティーカップ。これ一つとってもどう見ても庶民が買えないような超高級品じゃないか。それはもう、今までこの世界で見てきた茶器とはまるで別世界な優雅で繊細な美しさ。

その上このカップとおそろいのこのお皿、知ってます？　これ、裏返すとこの器を作った工房のマークに並んで、見覚えのある紋が……そう、かつてレクトールが「僕の馬車だ」と言ったあの豪華な馬車にでかでかとついていた紋が描いてあるのよ。どうやら「第五王子レクトールの紋」というものがあるらしく。

つまりは全部、彼の特注。オーダーメイド。

カップにもお皿にもポット、シュガーポット、ミルクポット、そしてティースプーンにフォーク

にまで。

全部、綺麗に、彼の紋入り。

一式セットということは、きっとスペアなんて無い。なのにうっかり一脚欠けさせてしまったらと思っただけで、怖すぎて最初はカップを持つ手が震えたよね。

しかも片手の指先だけでこれを持つのが貴族式なのよ？　いや両手でがっちり持たせてくださいお願いします。だって怖いじゃないか。

だからそんなことをつい考えてしまう私は、目の前で当たり前のように優雅に三本の指先だけでお茶を飲む彼を見ては、やっぱり自分は王族にはふさわしくないのだとその都度思い知るのだ。

こんな生活が当たり前の人生を、送れる気なんて全くしない。

外の空気が冷たくなってきて、執務室の暖炉にも常に火が入れられるようになった。

最初はなんやかやと私が騒いでいた、私室でのプライバシーを守りながらの同居生活も慣れてきて同居のルールも固まった。美しい形でのルームシェアだ。寝室は私たちの意見が一致して隣同士。でもお互いの寝室の間には扉があって直接行き来が出来るようになっているので、白い結婚もバレません。

居間は共通、食事も一緒。彼が寝ている間は影が寝室で見張り、何かあったら私が隣から駆けつける。完璧。

そしてそんな風に、なんだかんだと四六時中仲良くつるむ私たちの姿に、つまり将軍が執務室の中まで妻を帯同したり、どこにでも連れ歩くことについて文句を言う人も、もはやいない。

なんていうか、きっと毎日見ていると、人はだんだんと見慣れるのだろうね。

だいたいどちらかがいると、もう一方も近くにいるはずだと思われるようになってきたような気がするよ。

最近はよく私が一人でふらふらしていると、副将軍には、

「あれ、もう一人はどこいったんです？」

とおどけて聞かれるし、ガーウィンさんに会えば、

「おや珍しいですね、お一人ですか……ふむ、私の雀が彼は今訓練場にいると言っています」

などと言われるようになってしまった。

使用人や侍女たちも、ついつい本当に私一人なのかと周りを探すように視線が動いているのがわかる。

まあ最初は本当に常に彼について回っていたからね。

そりゃもうべったりと。他にやることも無かったし。

最初からそういうものとして認知された方がいいと主張したレクトールは正しかった。

そしてそのためには「妻を溺愛」というポーズが一番都合がいいことも、わかる。

だけれど、そうやって私が書類上「妻」という立場になってしまったがために、そして円満な仲の良い夫婦だと周囲に思われるに従って、最近は私に城の女主人としてのお仕事が増えてきてしまったのも事実だった。

接待だの相談事だの決め事だの。そしてその合間に「癒やし」のお仕事も。

こまごまと対応して、その合間にはスキルの大盤振る舞いの日々。

その結果、私は最近やたらとこの城の中をあちこちに走り回るようになってしまったのだった。

あ、もちろん実際には走らないよ？　淑女はしとやかに歩くのです。でもできる限り早く。最初は足の変なところが筋肉痛になったくらいには頑張るのだ。でも走ると家庭教師でもあるアリスに即座に叱られてしまうからね。

でもそんな状況になってくると、同じ建物の中とはいえうっかりレクトールがどこにいるのかがわからなくなるときもあって、思わず私が一人で焦ることが多くなったのも事実で。

彼を見失うたびにどうしても私は、いまごろ彼が何かの拍子に頸動脈《けいどうみゃく》がスッパリいっちゃったり、即死級の毒が仕込まれたり、塔のてっぺんから落下したり、何かの下敷きになったりしていないかと、ついつい心配になってしまうのだ。

ええ彼を死なせないために私は常に必死ですよ。

そして人なんて、一瞬の油断で死ぬこともあるんだから。

過保護？　そんな言葉は知りませんね。

だからちょっと悩んだ末に、私はあるとき執務室にいるレクトールに言ってみた。

「あなたのこの執務室の近くに、私が使える机と椅子があると助かるのだけれど、どこかに置けないかしら」

と。

とにかく私があちこち城の中を駆けずり回る（比喩）のを、出来るだけ減らしたかったのだ。

となると、定位置を決めて用事のある人にそこに来てもらうのが一番効率がいいのよ。

そしてその定位置の場所は、同時に将軍の動きをある程度見張れる場所でなければならない。

ちょっと偉そうだけれど仕方が無い。なにしろ私がここにいる真の理由は、救急隊員としての務めなのだから。初志貫徹、お仕事大事。

私の願いを聞いたレクトールはぴくりと眉を上げて、

「どうした？　大変？　ならこの部屋に君の机を置こうか？」

と言ってくれたけれど。

いやいや、それをやったら私に用事のある人がここに来ないといけなくなって、将軍のお仕事の邪魔になるじゃないの。それに私が将軍周りのマル秘の話を全部横で聞くことになってしまう。最初はたしかにそうしていたけれど、一通り記憶を洗って提供した後は、さすがに遠慮して今はそういうマル秘の話からは距離を置いていたというのに。

だいたいあなたたち、すぐに物騒な話を始めるじゃないか。あっという間に話が黒くなるじゃないのよ。出来るなら私は聞きたくないです。人に言えないような秘密を、そんなにたくさん私は知りたくはないんです。私が知らなくていいことは知らないに限る。その方が私の心は圧倒的に平和なのだから。

だから、

「あ、いいえ、ここではなくて大丈夫。隣か、向かいの部屋にでも空いているスペースがあったらそこに机を置いて、できるだけあまり城のあちこちに行かないようにできればそれで……」

と言ったらば。

「そう？　じゃあ隣の部屋がほとんど使っていないから、そこにしよう。早速用意するよ」

そうレクトールがキラキラ付きの極上の笑顔でそう言った次の日には、もう工事が始まったのだった。

って、工事!?　何故？　しかも行動が早いね!?

なにその手際。

しかも何をウキウキと設計の打ち合わせをしているのかな!?

「せっかくだから君のイメージで内装も改装して、僕の執務室との間にも扉をつけようと思うんだ。その方がいちいち廊下に出なくてすむだろう？　それにもし襲撃があった時にも逃げ道が増えて良い。もちろん君はいつでもそれを開けて直接僕のところに来ていいんだよ？　なんなら常に開けておこうか。僕は君ならいつでも歓迎だよ！　で、緑と金とピンク、どの壁紙が一番君に似合うだろう、どれが好き？」

って。

だからそのキラキラを振りまきながらのチャラ男キャラは、今この工事の人たちの前で必要なの？　いらないよね？　そしてウインクするな。

「壁紙なんて一番安いので十分です。半年使うかどうかなのに、無駄遣いなんてしなくていいから。だから、絹布とか使わなくていいから！　なんならペンキでいいから！　なんでそんなに無駄にお金を使おうとするの!?」

なぜかうきうきと壁紙を選ぶ夫（仮）。しかもその手にある見本は、一番お高いグレードのものに見えるんだけど!?

もう天下の将軍サマ然としていればかっこいいのに、どうしていつもそうなるのか。私はとっても残念です。でも最近思う。多分こっちが地だな。

どうせなら同じ甘々な台詞《せりふ》でも、こう真剣かつ意味深な目で私を見つめながら言われたならもっと――

あ、うん、チャラ男でいいや。

むしろチャラ男でお願いします。

うっかり想像してみたら、驚くほど魅力的な男だった。

びっくりした。とてもびっくりした……！

これ、下手すると好きになってしまうやつじゃないか。

今、すごく危なかった気がする。

いやあ我に返れて良かった……。

などと私がなんだか別のところに気を取られてドキドキしているうちに、あっという間にこぢんまりとした、だけれど随分贅沢《ぜいたく》な私専用の小部屋が将軍の執務室の隣に出現したのだった。

特急料金まで払って、一体誰が使うんだこの部屋……。

金持ちの行動力って、すごいなー。そして無駄に豪華だなー。なんだこの絹の壁紙。なんだこの重厚な机と椅子、そして立派な書棚まで……。

ものすごく重そうな立派なカーテンが部屋の威圧感をさらに増幅させている。

なんでこんなに張り切っちゃったんだろうこの人。この部屋一つで一体いくらするのだろうか。

ケロッとしているけれど彼、実はこういうことが趣味なの？

そしてその日から、毎日お茶の時間になるとこちらにわざわざ会いに来る将軍が出現したのだった。

私の意向？　どこにもないよ？

だけど、うん彼はとても楽しそうだね……。

直接行き来できる扉まで新調して毎日いそいそとお茶に誘う彼のその姿を見て、人々がますます愛妻家だとかおしどり夫婦だとか妻を愛しすぎて手放せないだとか噂し始めた今日この頃。

ちょっと、いくら一緒にいるためとはいえ、もはやその溺愛演技はやり過ぎじゃあないの!?　と若干引いている私。でも。

都合上、

「その通りだ。文句あるか」

と将軍が真顔で言うので、

「彼がそう望むので……」

などと私もしれっと調子を合わせている。

おかげでいろいろ楽になりました。

ええ、仕事が。

番外編◆出会い

「聖女」

こんな辺境の、大きいとはいえ民間が運営している治療院の、そのまた雑多な人々が集うごくごく一般的な職員用の食堂で。

まさかその二文字を視《み》ることになろうとは、一体誰が思うだろうか？

だからこの場所でそのステータスを視たとき、私は思わず我が目を疑ったのだった。

その人は何の変哲もない、一見すると地味目の普通の女性に見えた。

自分のよく知る注目を浴びなれた、それらしく振る舞うことが息をするように出来るいかにも高貴な女性ではなく、むしろ人目を避けるようにこの食堂の端に座って、風景に完全に溶け込んで黙々と食事をする女性。

なのに、「聖女」？　まさか、そんなはずはない。何かの間違いだろう。

そう思って少し近づいてからもう一度よく視てみたのだが、驚いたことにその鑑定の結果は先ほどと全く変わらずに、明らかにこの女性が「聖女」であると示しているのだった。

「聖女」、それは非常に数少ない、希有《けう》な人材。

王族よりも希少で、王がその王宮の奥深くに匿《かくま》うべき女性。

そんな人物が、一般に混じってこんな場所でのほほんと暮らしているだと？

そして今、このいかにも庶民的な食堂で肉の塊を口いっぱいに頬張っては幸せそうにうっとりしている、だと？

だいたい何でこんな場所で、誰にも知られずにそんなにのんびりと暮らせているんだ？

私は彼女が一人で食事をしているのをいいことに、気がついたときには思わずそばに行って直接触れて確かめていた。

いや、後から考えると確かに失礼な態度だったかもしれない。しかしその時は驚きと興奮と信じられない気持ちが激しく入り乱れてしまい、少々我を忘れていたらしい。

まさか、私の知らない目くらましの魔術が存在しているとでもいうのか？

だがそんな淡い希望、というよりは恐れをあざ笑うかのように、やはり直接触れて鑑定をしてみてもその内容は変わらないのだった。

しかも覚醒途中なのかレベルはまだそこそこなのに、潜在力というか奥行きが……これは……なんとすごい。

彼女は正真正銘の「聖女」であった。

「おお……！」

思わず感嘆の声が漏れる。しかし。

「……ちょっと、やめてください。突然何なんですか。私は珍しい動物ではないんですよ」

はっと気付いたときには、その肝心の彼女は非常に胡散臭《うさんくさ》げに、まるで不審者を見るような目で私を見上げていたのだった。

これでも自慢じゃあないが、自分の顔は今まで少なくとも女性には非常に良い印象を与えるものだと思っていたから、この反応には正直ちょっと驚いた。いや、まあたしかに失礼ではあったのだが、たいていの場合は女性なら頬を染めて嬉《うれ》しそうに……おかしいな。

どう見ても目の前の彼女は不機嫌そのものという感じで口元が歪《ゆが》み目が据わっている。

「ああ、失礼、申し訳ない。つい驚いてしまって。君があまりにも可愛《かわい》らしい女性だったから」

私は謝ったあと失礼だった態度を誤魔化すように、にっこりと微笑《ほほえ》んでウインクを送った。もちろん可愛いと思ったのは嘘《うそ》ではない。おいしそうに肉を頬張っている彼女はとても幸せそうで、そしてそれがとても可愛らしかったのだから。

だから正直にそう言ったのに、私のウインクを見てますます彼女の口元が歪むのは何故《なぜ》だ。

「チャラい……」

とは、一体どういう意味だろう？

しかしなかなか表情豊かな女性のようだ。感情が顔に素直に出ている。これは聖女としては珍しい。この人が本当に聖女だとすると、この性格と能力のアンバランスさはどうしたことか。

しかし彼女は思わず戸惑い黙り込んだ私を見て満足したのか、次の瞬間にはふいと目をそらし、完全に私を無視して食事の続きを始めたのだった。

わざわざ立って席を変えてまで逃げる気はないらしいが、だからといって私の存在に興味もないらしい。まったく会話の糸口さえもつかめなかった。

仕方が無いので私は彼女の正面にある椅子に座って、あらためてしみじみとこの発見した「聖女」を観察することにした。もちろん逃がしたりはしない。目の前にこんなに魅力的な謎があるのに、離れられるわけが無いだろう？

それにしても私が女性からこんなに冷たくされるのは珍しかった。いくら身分を隠しているとはいえ、この彼女は本当に私には興味が全く無いようだ。むしろ先ほどまでの幸せそうな笑顔が消えて少々不機嫌そうに食べているその様子からは、どうも私とは決して関わりたくないとでも思っているようである。

生まれてこのかた常に私の容姿や身分や金につられて積極的に近づいてくる女性ばかりを見てきたせいか、このような対応をされるのはとても新鮮だった。

ふむ。一見すると地味な恰好《かっこう》をした普通の若い女性である。そのステータスを知らなければ、何処《どこ》からどう見ても普通に暮らしている一般の女性にしか見えない。おとなしそうで、睨《にら》んだ顔も全く怖くはなくて、むしろこうしてよく見るととても可愛らしい。そして心の声がそのまま顔に出ているようなその無防備な様子からは、まるで今までずっと、どこにでもいるような普通の人間として過ごしてきたかに見える。

そう、その能力のせいで注目される人生を送って来たようにはまったく見えないのだ。

しかし、どうやって？

見たところ彼女は完璧に、この治療院の中の風景に溶け込んでいた。

それは見事な溶け込みようだった。彼女は一見、いやどこからどう見ても、たくさんいるこの治療院の普通のスタッフの一人にしか見えないのだ。

だから私が彼女のステータスを視たのも、本当にほんのちょっとした出来心からだった。

とにかくここには大勢の人が働いているし患者の数も多かったから、はなから全員の鑑定はしていない。

このような辺境かつ施設で、危険人物が働いている可能性は低い。だから患者やスタッフでも、気になるような目立つ人物や要職についている人だけ把握しておけばいいだろうと思っていたのだが、それはどうやら甘かったようだ。

そちらばかりを気にしていたせいで、最初に彼女を見た時がいつだったのかも覚えていない。ただ最近何度か見かけるうちに、ちょっと飄々《ひょうひょう》とした感じが可愛いなと思い始めて軽い気持ちで覗《のぞ》いた、ただそれだけだったのに。

まさかこんな国宝級の人物だったとは！


そうとわかれば近づかない理由は無い。だろう？

しかし、さてどう切り出して親交を深めようかなどと私が考えているうちに、どうやら昼食を食べ終えたらしい彼女は私のことなど一瞥《いちべつ》もせずに、むしろ逃げるようにさっさと席を立って食器を片付けに行ってしまったのだった。

一瞥もせずに！

別に身分を隠しているのだからお辞儀をしろとか敬意を払えなんて言うつもりは毛頭無い。しかし今までは相手から距離を縮めてくることが多かったから、てっきりこの彼女も最後くらいは私のことを気にしてちょっと顔を見たり一言何か言ってから席を立つだろうと思って待っていたのだが、どうやらそれは私の恥ずかしい自意識過剰だったようだ。

おかげで別れ際にもう一度微笑みとともに何かさりげない会話をしてあらためて知り合おうと思っていた計画が、全く実行出来ずに私だけが間抜けな状態のままその場に置き去りにされたのだった。

こんなこともあるのだね。女性はみんな、もう少し愛想が良いものだと思っていたよ……。

驚いたままにぼんやりと彼女を目で追っていたら、その後食器を下げる場所で彼女が誰か同僚らしき人に呼び止められて、何か責められているような様子が目に入ったのだった。

あの同僚らしき女性が私の方をちらちら見ているということは、私がらみの話なのかもしれないな。ふむ……あの女性は、たしか最近なにかとよく私に話しかけてくる女性の一人だったから見覚えがあるぞ。名前は……覚えてはいないが、確かスキルは「成長」を持っていたのだったか。治療院で働くには良いスキルだが、レベルはよくある一般レベルだった。

だけれど私があの聖女に接触をしたのが原因で、あのように彼女が同僚に文句を言われるようでは少々まずいだろう。彼女の私に対する印象がさらに悪くなるではないか。今後は人目のあるところでは、あまり直接関わらないようにした方がいいのかもしれない。

しかし。

とうとう見つけた、と私は思った。まさかこんな姿で紛れていたなんて。

今までどんなにこの治療院の中で聞いて回っても正体のつかめなかった、あの噂《うわさ》の高性能ポーションを作っているという人物はきっと彼女だろう。

ここの院長の敷いた箝口令《かんこうれい》のせいで、その治療師が誰なのかは部外者どころか新参のスタッフにもわからないようになっていた。

だから最近では「何の仕事をしているのかはわからないが、いつものんびりとあちこちを歩き回っているオースティンという名の老人」が作っているのではないかという噂が、まことしやかに囁《ささや》かれていたのだが、とんでもない。

あの「加護」スキルでどうやってポーションを作るのだろうかと、さりげなくあの老人に近づいては上手《うま》くかわされてしまっていたのは、どうやら全くの無駄骨だったようだ。

聖女であのレベルのスキルを持つ彼女ならば簡単だ。

へえ、面白い。私は思わずにやりとした。

なにしろこんな聖女は記憶にある限り初めてである。

どうやら自分が特別に凄《すご》い技を成し遂げているとは思ってもいないらしいその様子。院長に箝口令を敷かせてまで隠しているその立場。

そして大抵の女性には受けが良いはずの私の笑顔にもにこりともせずに、ただ胡散臭げに迷惑そうに見てくるその目。

野生の動物並みに警戒心が強いのは、一体何故だ？

彼女が望みさえすれば地位も金も思うがままだろうに、それらから全力で隠れようとしているように私には見えた。

確かにそういう金や地位に魅力を感じないところは本来の聖女らしい無欲な性格とも言えるが、なにしろ過去に彼女くらいの年齢まで保護もされずに聖女が市井に放置された前例がないので実のところはわからない。

ふーん。まさかこのような女性がいるとはね。

もちろんこれはお近づきにならない理由はないだろう。まだ誰にも見いだされていない「聖女」。もしも彼女を味方につけることができたなら、こんなに心強いことはない。非常に優秀な戦力になるだろう。あの可愛らしい笑顔で私を、あ、いや私の味方たちをぜひ助けて欲しいものだ。

もちろんそのためには、多少の無理でも通してみせようではないか。


そう思った私は、早速行動に移すことにした。

仲良くなるにはまず情報が無くてはね。

私はあの聖女をよく知っていて、かつ正式に私を彼女に紹介してくれそうな、この治療院で彼女と仲が良いと思われる人物を探し始めた。

しかしあらためて彼女の周りを見渡してみると、特に親しい人がいるわけでもなく、あえて広く薄い人間関係にとどめているのではと思われるほどの関係の薄さしか見えてこなかった。

それでもしばらくの間はさりげなく聞き込みをしてみたものの、やはりポーションが有名になりすぎたために、彼女の誘拐や引き抜きを恐れたらしい箝口令によってほぼ何もわからない。

さもありなん。

彼女の作ったポーションの威力はすばらしく、王族である自分が今まで見てきた中でもなかなかに良いレベルの効果をあげていた。普通は市井に流通するはずのないレベルである。もしこの治療院がこのままこのポーションの作製者を隠そうと努力を続けたとしても、いずれは確実に秘密が漏れて彼女の奪い合いになるだろう。

早めにつながりを持って、他に奪われる前に味方につけねばならない。

しかしさりげなさを装って接触を試みても、彼女自身には妙に毛嫌いされている上にたびたび他の、主に女性スタッフからの横やりが入ったりするのでなかなかちゃんと知り合うことが出来なかった。

となると、仕方がない。もうそれならば二人きりになってから、ゆっくり心を開いてもらおうではないか。彼女と二人きりになれる場所ならわかっている。日頃彼女が引きこもっているポーションの作製室だ。ああなんて好都合な秘密の場所であろうか。

ポーション作製室の場所は特定出来ていた。だからあとはその場所への入室許可を取るだけだ。なにせこれからはそこに入り浸るつもりなのだから、そのためには私は正々堂々と入れなければならない。

正式な許可さえあれば、私はいつでも彼女と二人きりになれるだろう。その場所が、厳重に立ち入り禁止になっていればなっているほど。

かくして私は、ポーション作製室への入室の許可権を握っている治療院の事務室に日参するようになったのだった。

「ここのポーションは本当にすばらしいですね。おかげで私の特別室にいる友人も大変楽にさせてもらっているのですよ。この感動と感謝の気持ちを、その治療師の方に直接伝えることはできないでしょうか。ぜひ一度お会いしたい」

そう言って少々の「魅了」とともに、自分の持つ一番女性受けのする笑顔を相手に向けた。するとその年配の事務の女性は嬉しそうに、頬をうっすらと染めて私を見つめるのだった。そう、本来よくある女性の反応はこちらである。けっしてあの私には笑顔を見せない彼女の反応が、一般的ではないのだよ……!

しかしこの女性も好意的な反応はそこまでで、職務には非常に真面目かつ忠実な女性だったようだ。そのためとても申し訳なさそうにしながらも、それでも毎回「立ち入り禁止」に例外はないと告げてくるのだった。

うーむ、さすがに簡単にはいかないようだ。思ったよりもあの聖女の防護壁は厚いらしい。

それでは、どうするか。できるだけ早くポーション作製室への入室許可は欲しいところ。あまりじっくりと時間をかけるわけにもいかない。なにしろ彼女の正体がバレたり、ガレオンの命が尽きたり、戦争が再開して私が急いで帰らなければならなくなる可能性と常に背中合わせなのだから。

急ごう。そして私は影を動かしたのだった。

「あらまあ、これ、デュワールのお菓子じゃない。なんでそんなものがここにあるの!?」

また来たと呆《あき》れ気味だった女性の顔が、あっという間に明るくなった。

「おやご存じでしたか。さすがお目が高い。では喜んでいただけるでしょうか？　今、かの店で期間限定で出しているセットです。あなたがお菓子をお好きだとお聞きしたものですから持ってきてみたのですよ。いつもこうして私の個人的な用件であなたのお手を煩わせてしまっているので、そのお詫《わ》びです。でもあまり数もないしそれほど日持ちもしないので、人にはあまり言わずにこっそり食べてくださいね？　内緒ですよ？」

私はそうささやいて、微笑みとともにウインクをした。

手元には「魅了」を少々纏《まと》わせた、部下に買いに行かせた王都にある高級店の菓子。キラキラとスキルを纏って女性の好みそうな包装紙に包まれたその小さな包みを前にして、さすがにいつもは頑《かたく》なな事務の女性も思わず笑顔になったのだった。

影による情報では彼女は菓子類が大好きで、そして少々見栄《みえ》っ張《ぱ》りでもあることから、友人に自慢できるような高級な王都の菓子類はとても良い賄賂になるとのことだった。特にこの王都にしかない有名な高級店の菓子は彼女が好きなものであるらしい。だがこのような辺境に住んでいると、なかなか菓子を食べるためだけに王都まで何日もの時間と金をかけるわけにもいかないだろう。

だがそれならば、私は時間と金をかければいいだけの話である。出来るだけ時間も金で買った。この程度の労力でこの女性の歓心を買えるならば安いものだ。なにしろ影の情報では、私の目的にはこの女性と事務長の二人が一番の障害になるであろうということなのだから。

さて私は次に、事務の部屋全体に聞こえるように声を張った。

「そうそう、せっかく私の友人がここのすばらしいポーションによって快適に入院させていただいているのですから、少々この治療院にお礼をしようと思い立ちましてね。手始めに、誠に勝手ながらこちらの事務室の全ての机と椅子を注文したのですよ。工芸の町バローニュに、とても評判の良い事務机と椅子がありましてね。ぜひ皆さんにも使っていただきたいと思いまして。もちろん感謝の気持ちからなので、私からのささやかな寄贈とさせてください」

そして一呼吸おいた。もちろん少々の「魅了」もふりまく。目の前の女性は驚きで目を見張り、そして事務室全体にも歓喜のどよめきが起こった。なぜならこの治療院は資金繰りにはそれほど余裕がないとみえて、調度や備品はどれもよく手入れはされているものの、みな使い込まれて年季の入った年代物ばかりだったのだから。

「これはこれはレック様、事務長でございます。このたびは大変ありがたいお志、どうもありがとうございます」

机と椅子の寄贈の話を聞きつけて、早速予想通りに奥から事務長がやって来た。

もちろんそれに爽やかな笑顔で応じる私。

「いえいえ、こちらこそ長いこと大変お世話になっていますからね。こちらのスタッフは皆さん優秀ですばらしい。そんな皆様に私が少しでもお役に立てるなら、こんなに嬉しいことはありません。ところで勝手に手配してしまったのですが、手続きなどはどうすれば？」

「おお、そうですね、出来ましたら書類にいくつかサインをいただけると大変助かります。本当にこのたびはありがとうございます。よろしければこちらへどうぞ」

そう言って事務長は、いそいそと奥の応接室に向かったのだった。

そう。私はこの状況を待っていた。全てはそのための菓子や机や椅子である。

応接室で事務長と二人きりになった私は、早速切り出した。

「ああそれでですね、事務長殿。サインの前にちょっと見ていただきたいものが。いや事務長殿がすばらしい酒の目利きとお聞きしての図々《ずうずう》しいお願いではあるのですが、少々珍しいものが手に入りましてね」

そう言って私は、もう一つ持っていた包みを事務長の前で開いて見せたのだった。

「なに……？　まさか……まさか、これは！　これは東方の幻の銘酒『火龍の涎《よだれ》』ではないですか！　なぜこんな所に！　これは生産地である東方でも滅多に手に入らないのですぞ！　私なんぞ東方に行くたびに探し回って、やっとこの前一本だけは探し当てたもののその時はあまりの高額で買えなかったほどの希少な……ああ何故、ここに……」

この酒を、事務長が探し回っているとの情報は影から入っていた。ならば用意すればいい。だろう？

確かにこの酒はとても希少なために、普通の勤め人ではなかなか手の出しづらい値段になりがちな酒として、東方でも有名な一品である。まあ金と権力さえあれば手に入れるのは簡単なのだが。なに、全てを合わせても馬車一台よりははるかに安い買い物だ。酒もついでだから数本余分に買っておいた。そのうちまた何か別件でも賄賂として使えるだろう。

しかし今、目の前の事務長の目は血走り、その手はわなわなと震えているのだった。

ふむ、なかなか予定通りの良い反応だ。思わず笑みがこぼれる。

「ほう、やはり本物ですか。いやあ私は幸運でした。実はたまたま手に入りましてね。しかしどんなに有名だったとしても私にとってはただの酒です。ここの治療院が作るポーションに比べれば、水みたいなものですよ。本当にここのポーションはすばらしい。私はぜひ一度、その治療師の方に直接会ってお礼を述べたいと常々思っておりましてね。そしてその方にも、ぜひ私からの感謝を具体的にお伝えできればと。ああもちろん全てはこの治療院に対する感謝の気持ちからの行動ですよ。私がこの治療院に不利になるようなことを、するわけがありません。なにしろここで私の大切な友人がお世話になっているのですから。私は本当にただお会いして、感謝を伝えたいだけなのです。その方はこの酒を喜んでくれると思いますか？」

そしてさりげなく酒を事務長に見せつけながら、私はその酒にも「魅了」をかけた。

事務長の目はますます虚《うつ》ろになって、もはやただ目の前の酒を見つめることしかできない男に成り果てた。興奮で大汗をかいて瞳孔も開き、鼻息も荒い。

ふむ、そろそろほどよく判断力も鈍っていることであろう。

さあ、食いつけ。

「ああポーション室にさえ行けるなら、私はどんなものでも差し出すのに……！」

かくして、私は正式にポーション作製室への入室許可を取り付けたのだった。

私はすぐさま足取りも軽く、彼女のいるポーション作製室に向かった。いやはや物事が目の前で計画通りに進むのを見るのは、いつであっても気分の良いものだ。

しかし機嫌良く廊下を進む私の前に、驚いたことになんとまた邪魔が入る。

ポーション室へと向かう廊下の先には、実はこの人がポーションを作っているのではと噂されている老人がにこにこした顔で、しかしけっして侮れない隙の無い雰囲気を纏いながら立ち塞がっていたのだ。

オースティンという名のその老人がニヤリと笑った。

「お主、なかなか上手くやったのう？　ふぉっふぉっふぉ。なになに、ちょおーっとお主の噂を聞いてのう。なにやら良い物をいろいろとお持ちのようじゃの？　いやいや、誤魔化さなくても良いのじゃよ？　ただ、どんな物をお持ちなのか、ワシもちょお――っと興味があるだけじゃて。どうやら事務長にはそれはそれはすばらしい一品を献上したようではないか」

そう言ってわくわくとした顔で私を見るということは、どうやらいつの間にか全てをお見通しのようである。つい先ほどのことなのに、一体何処でどうやって知ったのやら。呑気《のんき》そうな風情の割にタイミングといいその情報収集能力といい、実に有能な人物のようだ。

今考えてみれば、この老人があの聖女を守るように常に彼女の周りをうろうろしつつも老人の方が遥《はる》かに目立っていたせいで、人々の目があの聖女の方にいかないようになっていた。実はこの老人がさり気なく、わざとそうしていたのかも知れない。

素早くこの状況を計算した結果、私はこの食えない老人を敵に回すのは、今は得策ではないと判断した。

私は瞬時によそ行きの、いかにも邪心などないような晴れやかな笑顔を貼り付けて言った。

「おや、よくご存じですね、オースティン殿、でよろしいですか？　あなたも酒はお好きですか？　それはようございました。実は自分用にともう一本持ってはいるのですが、珍しいというので興味本位で買っただけで私にとってはそれほど大切なものではありません。私にとってはそんなものより大切な用事がこの先にありましてね……もしもこの先へ今行かせていただけるのであれば、あの酒はもっと味のわかる方にお譲りしても良いと思っているのですよ」

「ふぉっふぉっふぉ。さすが金持ちは話が早いのう〜。ふむふむ気に入った。ワシはこの先にあるというお主の目的よりもその東方の珍しいという酒の方がずっと興味があるのう。そうじゃな、後で院長室で見せてもらえるかね。ああでもあの院長は西方の酒の方が好きかもしれんな。あいつもたまには良い酒でも飲んで、ストレスを解消しないといけないと思っていたところなんじゃよ。ではワシらはあっちで待っとるからの〜終わったらおいで〜」

そう言うとオースティン殿は、ひらひらと手を振りながらすれ違って行ってしまったのだった。

なるほど院長室か……では酒は西方のものも加えて二本にするか。院長にはこれからも引き続き良くしてもらいたいからな。たしか良い酒があったはず。

あの老人、口では軽いことを言いつつも隅から隅まで私のことを観察していた。なんとか合格点をもらったようで良かったが、どうにも手強《てごわ》そうな人だな。

しかしこれで、さすがにもう私とあの聖女を隔てる障害は無くなっただろう。

そして私は最近の一番の目標であった扉を軽やかにノックして、そして自分の持っている中では一番女性受けの良い爽やかな笑顔を作ってから扉を開けたのだった。


果たしてそこにはポーションを作る聖女が……いや、作ってはいないな。

部屋の中で、ぼんやりと椅子に座って考え事をしている聖女がいたのだった。

見たところ部屋にいくつも並んだ大きなカメには既になみなみとポーションが出来上がり、彼女はとても……ヒマそうに見えた。

さすがにそれなりに真面目に作っているものだと思っていた私はしばし啞然《あぜん》とする。

そしてそんな私の方にゆっくりと顔を向けた彼女は。

「えあっ!?」

私を見たとたんにびっくりして椅子から飛び上がり、慌てすぎたのかおかしな声を出したのだった。

ふむ、素直な感情を正直に表す聖女とは、なかなかに可愛らしいものである。高い能力を持つのに全く澄ましていない、人間味のある聖女というものを初めて見たが、これほどまでに微笑ましいものだったとは。

思わず頰がゆるむ。

だがしかし。

「は？　え、誰？　ここは立ち入り禁止ですよ！　他の人に見つからないうちに、早く出て行ってください！」

その聖女はすぐさま顔いっぱいに不審という文字を浮かび上がらせつつ、ただ私を睨むことしかしないなんて、なんて世の中は皮肉なのだろう？

「ああ、いや、許可はとってあるよ。ほら見て。事務室が発行した正式なやつだ。そして私のことはぜひレックと呼んで欲しいな。今、私の大切な友人が特別室に入院していてね」

そのいかにも不機嫌そうな表情に負けじと笑顔を見せてみたのだが……おかしいな、なぜ彼女の眉間の皺《しわ》は深くなるのだろう？

「ああ……あの妙に有名な人ですね。特に女性に大人気ともっぱらの噂のチャラ男……ああ失礼。残念ですがここには今は私一人でして、私は……あー、ここのポーションを管理しているだけなので何にもお役には立てませんよ。他に特に面白いものもありませんし、今すぐご退出ください。出口は今入ってきたその扉です」

そして彼女はぷいとそっぽを向いて、窓の外を見たのだった。

いやそうやって追い出されないために、わざわざ手間をかけて許可証をとったのだよ。それに面白いものなら今目の前にあるではないか。そして君が今目で探しているであろうあの老人は、今頃は院長室で私が酒を持ってくるのを待っているだろう。

残念だったね。

私は内心でにやりと笑った。もはや私を邪魔する者はいない。障害は全て買収済みだ。

だが私はこのやっと摑《つか》んだチャンスを今、最大に生かさなければならなかった。なぜならここで彼女の機嫌を損ねて早々に追い出されでもしたら、きっと先ほどのあの老人が私を散々笑った後で、次からは私がここに来るのを妨害してくるだろう、そんな予感がしていたのだから。

どうやら理由はわからないが、あの老人はこの聖女を守っている。しかもおそらく手練《てだ》れだ。ということは、私は今ここで、穏便に彼女から次の訪問の承諾を得なければならない。

私は出来るだけ感じの良い笑顔を維持しながら言った。

「いやいや、ぜひ君に会いたかったんだよ。その後ろの大きなカメたちは、あの有名なポーションだろう？　驚いたな。君一人でこの量を作っていたのか。ここのポーションはそれはそれは高性能で有名なのに」

そう話しかけながら、さりげなく彼女に近づく。

目の前の彼女は明らかにギクリとした顔をして、視線を私に戻した。

隠していたつもりだったのだろう。驚いて、そして少々びくびくしているのが手に取るようにわかった。そして動揺しつつも私の言葉を正直に認めるかを迷っているようだ。

その小動物が怯《おび》えているような風情、いやはや大変好みである。心底驚き私に怯えた目を向ける聖女、ああなんとも可愛らしいではないか。

心の動きを悟られまいと常に無表情を貫く王宮の人たちとは違う、彼女の非常に豊かな感情を間近に感じて私の心の中には喜びが湧き上がった。

正直で、素直で、可愛らしい。ああ彼女はなんて魅力的なのだろうか。こんな聖女が存在していたなんて。

私は顔がにやけるのを止められないままに続けた。

「いやあ、このポーションを作っているのがこんな可愛らしい女性だったなんて、なんという喜び。ぜひ仲良くしていただきたい。もしも今お手すきなら、一緒にお茶でもしませんか？」

そして私は人受けの良い笑顔とともに若干の「魅了」を彼女に向けたのだった。

是非とも良い返事をして私と会話をし、私に好印象を抱いてほしい、そんな気持ちが自然に「魅了」として発現したのだ。

しかし。

その私の「魅了」は、なんと彼女の前であっさりと霧散したのだった。彼女に一切触れることなく、あえなく消えていく私の「魅了」スキル。

今までほとんど見たことのない現象を目の当たりにして、心の中で動揺する。

なんだと？　一番魅了を使いたい場面で魅了を無効化されただと？

そこで私は少々狼狽《うろた》えつつも、あらためてもう少し強い「魅了」を彼女に向けてみることにした。

「王都で有名なお菓子が今、ちょうど手元にあるのですよ。一緒にいただきませんか？　美味《おい》しいお茶もありますよ。私はぜひ君と一緒に楽しみたいな」

そう語りかけつつもう一度。今度はウインクで彼女の注意を引きながら。

しかし。

私の自慢ではないがなかなかのレベルのはずの「魅了」は、やはり彼女に触れる前にあっさりと力尽きて消えて行ったのだった。

と、いうことは……彼女には私の「魅了」が効かないということか。どうやら無意識に私の「魅了」を無効化しているようだ。

なんということだ。

「申し訳ありませんが私はこれでも忙しいのです。だからあなたとお茶をしている時間はありません。仕事の邪魔ですので、どうぞお帰りください」

女性で美味しいお菓子やお茶が嫌いな人なんて、今までいただろうか？　否。

しかしそう言って腰に手をあてて可愛らしくこちらを睨むこの目の前の聖女は、残念ながら頑なだった。

しかし私もそんなことで簡単に追い払われるわけにはいかないのだよ。

急いで彼女の気を引くアイデアを探す。何か――

「……ああ、まさしく私はその仕事を君に頼みに来たんだ。君はもっと性能の良いポーションは作れるか？　もちろん金ならいくらでも出す。だから特注で注文を受けてはもらえないだろうか」

それは彼女とこれからも会うための口実であり、そして実際に口に出してしまうと、とても有用な申し出に思えた。私はガレオンの病気もなんとかしなければならないのだから。

そしてその私の提案で、初めて彼女は私を睨む以外の表情を見せたのだった。

困惑という、表情を。

よし。嫌悪以外の感情を引き出せたなら、きっとそれを足がかりに私への印象を良いものに変えることができるだろう。

そう考えた私は、さらに彼女に接近して間近で彼女の瞳をのぞき込んだ。彼女の可愛らしく怯《ひる》んだ様子と戸惑う瞳が私の心を射貫《いぬ》く。

私は彼女の耳元に口を寄せて、低い声で囁いた。

「アニス、私の注文をぜひ受けていただきたい。きっと君にしか出来ないことなんだ」

すると彼女は戸惑いながらも私の目を見返して、言ったのだった。

「なぜ、私の名前を知っているのですかね」

……君は今この状況で、なぜそこが気になった？

「そりゃあ……」

影に調べさせたからに決まっているだろう？

どう呼ばれているのか、君がいつ、どうやってこの治療院に来たのか、毎日どれだけのポーションを作っているのか。好物は？　休日の過ごし方は？　下心を持って君に近づくような他の男はいない？

「こんな可愛らしい女性の名前を知らないなんて、ありえないからね」

「うわ、帰ってください。ナンパなんていらないんですよ。間に合ってます」

どうして私はこんなに至近距離で、うっとりどころかまるで胡散臭いと言わんばかりの目で見上げられているのだろうか？　おかしいな。

しかしこちらも引くわけにはいかないのだよ、可愛い人。

「いやいや、私は私のポーションの注文を受けてくれるまでは帰らないよ。ここに入院している友

人が今とても苦しんでいてね。ここの通常のポーションではもう痛みが消えないんだ。金なら出す。なんなら君に手数料を弾んでもいい」

「ん？……手数料？　ふうん…………でも高いですよ？」

私は見逃さなかった。彼女の目が、初めて期待にキラリと光ったのを。

そして私はその時、私の勝利を確信したのだった。


そう。

確信した……はずだったのだが。

気がつけば現在、私はこの彼女のいる部屋に通い続けるため「だけ」にどんどん要求の高いポーションを彼女に注文し続け、そして湯水のように金を払ってはそれを買い上げ続けているのだった。

ひたすら注文して、その特注品を受け取ることを口実に彼女のもとへと通う日々。

今はただ一貫して彼女に邪険にされているというのに、それでも毎日彼女に会えるのが嬉しい自分に驚いている。

私は今日も、断られるとわかっていながらも彼女をお茶に誘うだろう。ああ、今からその嫌そうにする可愛らしい顔が目に浮かぶ。今度はどんなお茶に誘おうか。そんなことを考えながら、今日も足取り軽くポーション作製室への廊下を急ぐ私。

しかし最近思うのだが、彼女がよく呟《つぶや》いている「チャラ男」というのは、一体どういう意味なのだろうね？

あとがき

この度は拙著をお手にとっていただき、誠にありがとうございます。

このお話は、今のところ私史上で一番主人公の名づけを引き延ばした作品となりました。

なぜなら私は名前を考えることが本当に苦手で、とにかくやりたくなかったからです。いやもう全くもって浮かばない。センスがない。知識もない。毎回何日もウンウン悩んで人名辞典やスマホ検索のお世話になっていて、今回も神父様がハーブから名前をとるという場面を思いついたのでまずそこを書いてから、必死でハーブの名前一覧をググってイメージに合う名前を探したのでした。

そして見つけたのが「アニス」です。もちろん語感だけで決めました。なのでその後、つい最近になってアニスというハーブが実は子供の頃に苦手だったお菓子の香りだと知ってがっくりしたのはまた別の話です。そうです、別の、話なんですよ……。

ええっと……この主人公アニスのいる異世界では、ハーブの名前は同じアニスでも別の香りに違いない。そういうことで。そういうことで！

ぜひこのお話は、「想像上の素敵な香り」とともに楽しんでいただけたら嬉《うれ》しいです……。

本作の刊行にあたりご尽力をいただいた、全ての方に心からの感謝と御礼を申し上げます。

そしてこの作品を読んでくださった、全ての方に、心からの感謝を。

吉高　花

OVERLAP NOVELS f

聖女のはずが、どうやら乗っ取られました 1

発行　2020年6月25日　初版第一刷発行
著者　吉高 花
イラスト　縞
発行者　永田勝治
発行所　株式会社オーバーラップ
〒141-0031
東京都品川区西五反田7-9-5
校正・DTP　株式会社鷗来堂
印刷・製本　大日本印刷株式会社

ISBN 978-4-86554-684-2 C0093

【オーバーラップ　カスタマーサポート】
電話　03-6219-0850
受付時間　10時〜18時(土日祝日をのぞく)

作品のご感想、ファンレターをお待ちしています

あて先:〒141-0031　東京都品川区西五反田7-9-5 SGテラス5階　オーバーラップ編集部
「吉高 花」先生係／「縞」先生係

スマホ、PCからWEBアンケートにご協力ください

アンケートにご協力いただいた方には、下記スペシャルコンテンツをプレゼントします。
★本書イラストの「無料壁紙」　★毎月10名様に抽選で「図書カード(1000円分)」

公式HPもしくは左記の二次元バーコードまたはURLよりアクセスしてください。
▶ https://over-lap.co.jp/865546842
※スマートフォンとPCからのアクセスにのみ対応しております。
※サイトへのアクセスや登録時に発生する通信費等はご負担ください。

オーバーラップノベルスf公式HP ▶ https://over-lap.co.jp/lnv/

OVERLAP NOVELS f
二度と家には帰りません！
I'll Never Go Back to Bygone Days!
Author みりぐらむ
Illustration ゆき哉
国王の弟に見出された令嬢のシンデレラストーリー！
WEB発の人気作！
母と双子の妹に虐げられていた令嬢のチェルシーは、12歳の誕生日にスキルを鑑定してもらう。その結果はなんと新種のスキルで!?珍しいスキルだからと、鑑定士のグレンと研究所に向かうことになったチェルシーを待っていたのは、お姫様のような生活だった！

RPG系学園恋愛ゲームの悪役令嬢に転生した元日本人のクローディア。シナリオ通りなら待つのは破滅エンドだが、前世でやり込みゲーマーだった彼女は８歳にして超絶チートスペックを獲得！　破滅フラグを叩き折り、もふもふと自由に暮らすはずだったが……!?